KB097654

표정없는 검사의 분투

표정없는 검사의 분투

能面検事の奮迅

나카야마 시치리 장편소설

문지원 옮김

블랙 6

차례

일러두기

◈ 본문의 주는 전부 독자의 이해를 돕기 위한 옮긴이 주입니다.

1
부정을 허하지 말지어다

Booth
Net Cafe & Capsule

Booth

ネットカフェ & カプセル

8F〜5F

Booth

手作り居酒屋
甚太郎
4F
3F

やきとりセン

第10東京ビル

川新ビル

鳥兵衛

にいむら

とりこ

姜屋

鉄板焼
濱

カワノ
クォーレ

747
カラオケランド

KABUKI

カラオケ
747

カラオケ
747

CINEMA
CINEMAS

鳥メ

4F
麻雀
スリー
ファイ

CASINO

新

チルイン

CENTRAL ROAD

カラオケ
コシラ
ロード

九十九

築地
Family

1

소료 미하루는 후쿠시마역 1번 출구를 나와 크게 기지 개를 켰다. 1월 4일, 세상은 아직 새해 분위기지만 오늘 시무일을 맞는 공무원들은 미하루와 마찬가지로 출근길에 올랐다.

남쪽으로 5분 걸어가면 오사카 나카노시마 합동청사가 보인다. 정확히는 도지마 지역에 있지만 관계자들은 '나카노시마'라고 부른다. 이 합동청사에는 법무성 관련 기관이 모여 있는데 미하루의 직장인 오사카 지방검찰청도 있다.

미하루는 검사 밑에서 근무하는 사무관이었다.

시무일이라서 그런지 익숙한 청사 입구도 새롭게 느껴졌다. 미하루는 크게 한 번 심호흡 하고 정면 현관을 지났다.

미하루는 작년에 오사카지검 검찰사무관으로 임용됐다. 그러나 사무관 생활을 오래할 생각은 없다. 2급 검찰사무관이 되고 3년이 지나면 고시를 치르고 부검사가 될수 있는 길이 열려 있다. 검사가 되고 싶은 미하루는 새해첫 참배 때 어떻게 해서든 실적을 쌓게 해달라고 기도했다.

엘리베이터를 타고 검찰청으로 올라가서 복도를 걷다가 사무국 총무과의 니시나 나쓰미와 마주쳤다.

"미하루 씨, 새해 복 많이 받아."

니시나가 미하루를 발견하자마자 손을 흔들며 달려왔다. 니시나는 과장 직급이지만 검찰청에 여직원이 적은데다 성격까지 좋아서인지 미하루가 감사할 정도로 친해졌다.

"새해 복 많이 받으세요. 올해도 잘 부탁드립니다."

"네에, 새해 복 많이 받겠습니다……, 그런데 참 좋네. 새해 벽두부터."

"네?"

"미하루 씨 얼굴 말이야, 벌써 기합이 팍팍 들어가 있잖아. 아직도 연휴에서 못 벗어난 직원들에게 보여주고 싶네. 그래, 액자에 넣어서 정면 현관에 걸어 두고 싶을 정도야."

그 모습을 상상하고는 몸서리쳤다. 그야말로 공개 처형 같은 장면 아닌가.

"올해도 시작되자마자 우울한 이야기가 나올 분위기니 새해라고 들뜬 마음을 가라앉혀야 하고 말이야."

니시나는 소식통이다. 검찰청 내부 인사는 말할 것도 없고 검찰관 사이의 불화와 분쟁을 가장 잘 아는 사람이 아닐까 싶을 정도다.

"우울한 이야기요? 그게 뭔데요?"

"아까 사카키 검사님과 만나서 새해 복 많이 받으시라고 인사했는데 복은커녕 수심이 가득해 보이더라니까."

사카키 무네하루는 차장검사로 명실상부한 오사카지검의 이인자다. 차장검사 정도면 사건을 맡아 법정에 서지는 않지만 대신 지검장을 보좌해야 한다. 중대 사건이 발생하면 기자회견 자리에서 대표로서 발표하기도 해 지검의 얼굴이라는 인식이 있다.

"요즘 안 그래도 차장검사님 얼굴에 생각이 그대로 드러나는 것 같은데 오늘은 특히 새해 벽두부터 표정이 장난 아니더라고. 사생활 문제를 직장까지 끌고 오는 분은 아니니 검찰청 내에 우울한 이야기가 들어왔다고 볼 수 있지."

"표정 하나로 이러쿵저러쿵 지레짐작하면 차장검사님은 얼마나 황당하시겠어요."

그러자 니시나는 비난의 눈초리로 미하루를 살폈다.

"그야 미하루 씨는 후와 검사 밑에 있으니 다른 나라 이야기겠지. 그 얼굴에서 무언가를 읽어내는 것 자체가 불가능하니까."

맞는 말이었다. 후와 검사 밑에서 일한 지 이제 아홉 달이 다 되어 가는데 그가 무슨 생각을 하는지 여전히 모르겠다.

"애초에 차장검사의 기분 상태를 왜 미하루 씨에게 말하느냐면 만약 우울한 사안이 터지면 후와 검사에게 넘어갈 가능성이 커서 그래."

"그런 거예요?"

"보통은 이럴 때 평소 유능하다고 소문난 사람들이 패로 쓰이기 십상이거든."

니시나와 헤어지고 후와의 집무실로 걸음을 재촉했다. 노크하자 안에서 목소리가 들려왔다.

"새해 복 많이 받으세요. 올해도 잘 부탁드립니다."

"잘 부탁하네."

의욕을 담아 인사했지만 상대는 미하루를 흘긋 한 번 쳐다보고는 곧바로 눈앞에 있는 컴퓨터 화면으로 시선을 돌렸다. 먼저 새해 각오를 보였으니 조금은 장단을 맞춰주면 좋으련만 타인에게 전혀 영향을 받지 않는 면이 후와가 후와인 까닭이기도 했다.

후와 슌타로, 오사카 지방검찰청 담당 검사. 일부는 후와를 오사카지검의 에이스라고 칭송하지만 후와는 오만하거나 지기 싫어하는 부류는 전혀 아니다. 컴퓨터 화면을 들여다보는 후와는 얼굴근육을 1밀리미터도 움직이지 않고 마치 시험관을 들여다보는 연구자처럼 눈동자만 굴렸다.

이 무표정이 후와의 상징이자 무기였다. 피의자는 말할 것도 없고 누구든 어떠한 협박이나 애원에도 흔들리지 않는 후와를 마주하면 몹시 당황해 자신의 페이스를 잃고 자멸했다. 호사가들이 그에게 '표정 없는 검사'라는 별명을 붙인 이유다.

지난해에 송치된 증거물 분실 사건으로 후와는 오사카 부경을 적으로 돌렸다. 원래는 협력관계인 경찰과 척져

봤자 이득 될 일 없고, 알게 모르게 압박도 받았을 테지만 후와는 무표정과 자신만의 신념을 고수했다. 검사는 그 자체가 독립된 사법기관이다. 오래된 이 말을 실천한 후와에게는 적수가 없었다. 여전히 다가가기 힘든 사람이지만 이 남자 밑에 있으면 얻는 것도 많았다.

검찰사무관의 업무는 송치된 사건의 자료 정리, 증거물 수리 및 처리, 영장 등 신병 처리 등 다양하다. 개중에는 자신의 일정 관리까지 떠넘기는 검사도 있지만 다행히 미하루는 그런 일을 당한 적은 없다. 무엇보다 다행인 사실은 후와 밑에서 일하는 한 갑질과 성희롱을 당할 일이 없다는 것이었다. 사법부 조직이기 때문인지 애초에 직장 내 괴롭힘을 당해도 공론화하기 어려웠다. 그러나 드문드문 들려오는 소문에 따르면 그런 일이 아예 없지는 않은 듯했다. 후와는 그런 면에서 결벽에 가까웠다. 꿈쩍도 하지 않는 무표정 그 자체가 직장 내 괴롭힘이라는 지적도 있기는 하지만.

자, 나도 슬슬 일을 시작해 볼까.

곧바로 새로 송치된 사건을 확인하다 보니 아침에 니시나가 말한 '우울한 이야기'가 마음에 걸렸다.

조직에서 우울한 일이라고 하면 대부분 분쟁과 관련된

일이다. 심지어 차장검사가 표정이 좋지 않을 정도라면 그만큼 대형 사고라고 볼 수 있다.

미하루는 궁금하면 반드시 확인해야 직성이 풀리는 성격이었다.

"검사님. 무슨 일 있었어요?"

스스로도 바보 같은 질문이라고 생각했지만 다행히 상대는 후와였다. 평소처럼 표정 없는 얼굴로 미하루를 쳐다볼 뿐이었다.

"무슨 일이라니, 그게 무슨 말이지?"

"제가 무슨 이야기를 들었는데, 우리 청에 우울한 사안이 들어올지도 모른다던데요. 혹시 검사님은 아세요?"

"몰라."

퉁명스러운 반응에 말도 붙이기 무서웠다. 자신이 속한 조직에 조금 더 관심을 두면 좋겠지만 후와는 눈썹 하나 까딱하지 않고 잘라냈다. 소용없는 줄 알면서도 재차 물었다.

"사카키 차장검사님 얼굴에 수심이 가득하다는 소문이 돌더라고요."

"소문에 신경 쓸 정도로 한가하지 않네."

이 또한 예상한 대답이었는데 너무나 쌀쌀맞아서 오히

려 시원할 정도였다.

"그렇게 시간이 남으면 다른 일을 더 줄 수도 있는데."

"아뇨! 시간 없습니다. 꽉꽉 찼어요."

"칼로리를 말하는 데 말고 다른 데 소비하면 더 효율적일 거야."

새해 업무 시작부터 과로라니 우스운 이야기다. 아니, 웃지 못할 이야기다. 미하루는 입을 다물고 증거물 수리 작업에 몰두했다.

잠시 잊고 있어도 한번 신경 쓰이기 시작한 일은 해결하지 않으면 계속 머릿속에 남는다. 이 역시 미하루의 나쁜 버릇이지만 탐구심이 왕성하다는 다른 표현으로 에두르며 정당화했다.

점심시간을 이용해 오사카지검이 다룰 만한 사건을 인터넷에 검색했다. 그러나 굳이 수고스럽게 손품을 팔지 않아도 현재 오사카에서 발생한 대형 사건이라고 하면 하나뿐이었다.

바로 기시와다의 국유지 불하*를 둘러싼 긴키재무국 직

---

* 국가나 공공단체에서 재산을 개인에게 매각하는 일.

원의 뇌물 수수 의혹이었다.

사건은 작년 5월로 거슬러 올라간다. 학교법인 오기야마학원이 새해에 개교할 예정이던 초등학교 부지로 기시와다의 국유지를 매입했다. 초등학교를 신설하는 데는 아무 문제가 없었지만 이때 매입한 금액에 의혹의 시선이 집중됐다. 매입 가격이 고작 평가액의 40퍼센트에도 미치지 못한 것이다.

본래 국유지는 적극적으로 매각하는 재산이 아니다. 국유재산을 처분하는 만큼 당연히 신중해야 하고 이 때문에 매각 시 공적인 수요 유무와 신청 타당성을 까다롭게 요구한다. 오기야마학원은 사립이지만 초등학교 설립 자체는 공공의 요구와 일치하면서 결정됐다. 그러나 신청내용에 적힌 매입 가격이 터무니없이 낮아서 노골적으로 이목이 집중되었다. 의혹을 처음 보도한 곳은 지역신문사였는데 사안의 공공성과 매입 가격의 불투명성이 국민의 관심을 끌면서 다른 신문사들도 잇따라 보도하며 대형 사건으로 번졌다.

국유지 매각을 담당하는 사람은 각 재무국 관재부에 소속된 국유재산조정관이다. 최초 보도한 신문사는 오기야마학원 측과 국유재산조정관 심리 담당자 사이에 어떠한 이익 공여가 있을 가능성을 시사했고, 그 외 신문사가 제각각 이를 뒷받침하는 기사를 분주하게 내보냈다.

의혹이 사실이라면 사건은 조정관 개인의 문제에 그치지 않고 긴키재무국까지 연루되는 대형 스캔들로 번진다. 오사카지검이 수사에 나서는 것은 시간문제였다.

니시나가 말한 '우울한 이야기'는 이 사건 외에는 짚이는 것이 없었다. 다만 오사카지검이 수사를 맡게 돼도 특수부 전담이 될 가능성이 커서 어차피 특수부가 아닌 후와와는 직접 관계가 없는 이야기였다. 과연 니시나의 짐작이 그저 소문에 그칠 것인가, 아니면 오사카지검의 사건이 될 것인가. 미하루는 마치 집안의 불행을 기대하는 듯한 배덕감을 느끼며 다시 업무에 집중했다.

이틀 후, 국유지 불하 사건이 진전을 보였다. 특종을 내세운 신문사가 불하 신청에 현직 국회의원이 관여했다는 의혹을 폭로한 것이다.

해당 인물은 오사카 18구 국회의원인 효마 사부로 중의원 의원이었다. 베테랑 4선 의원으로 재무성 족의원*이

---

* 특정 집단의 이익을 대변하는 일본 국회의원.

기도 했다. 의혹의 근거는 그의 후원회에 오기야마학원 이사장의 이름이 올라 있으며, 그가 긴키재무국 출신이기도 하다는 두 가지 사실이었다. 단순명료한 관계에 의혹이 보도되며 또 다른 신문사도 앞다투어 달려들었다.

그러나 보도는 어디까지나 의혹일 뿐이다. 미하루는 실상을 알기 위해 직접 정보를 수집하러 나섰다. 목적지는 당연히 니시나였다.

소문에 한창 심취해서 이야기할 때 대체로 니시나는 흡연 구역을 선택한다. 담배를 피우지 않지만 이 구역은 언제나 인적이 드문 편이라 비밀을 유지하는 데 안성맞춤이기 때문이었다.

"벌써 우리 쪽 특수부가 움직이기 시작했어."

신문사에서 냄새를 맡은 사건을 지검에서 놓칠 리 없으니 미하루도 이미 짐작한 바다. 수개월 혹은 수년에 걸쳐 내사한 후 입건하는 시점에야 비로소 지검의 수사 사실이 세상에 드러난다. 언론이 보도했을 때는 대부분 물증이 갖춰진 뒤여서 보통은 용의자가 증거를 인멸할 틈이 없었다.

"국유지 불하에 관여한 인물이 이사장과 국유재산조정관뿐이라면 단순하지만 거기에 국회의원까지 끼어 있다면 이것 참……. 차장검사님 표정이 말이 아니었던 이유가 이제야 이해되네."

"효마 사부로는 꽤 유명한 사람이기도 하고요."

"평범한 족의원도 아니고 어엿한 심의회 멤버이기까지 하잖아. 소문으로는 다음 부대신副大臣으로 추대하려는 목소리도 크다던데. 그런 거물이니 특수부도 힘이 들어가는 게 당연하지. 게다가 효마 의원의 연루 사실을 입증할 수 있다면 특수부도 명예를 회복할 수 있고 말이야."

명예 회복이라는 단어만으로도 니시나가 하려는 말을 금세 이해했다.

2010년 9월에 발각된 오사카지검 특수부 주임 검사의 증거 조작 사건은 검찰 역사상 최악의 스캔들이었다. 주임 검사와 전 특수부장 및 전 부부장이 줄줄이 체포됐고 검찰 총장까지 사퇴했다. 재앙은 그칠 줄 몰랐고 오사카지검의 권위는 땅에 떨어졌다. 그로부터 몇 년이 흘렀지만 오사카지검이 입은 타격은 아직도 완전히 회복되지 않았고, 오사카 시민 사이에 여전히 뿌리 깊은 불신이 남아 있다. 오사카지검으로서는 트라우마 같은 사건이기도 했다.

"엄청난 스캔들이었으니 웬만한 공을 세우지 않는 이상

명예 회복은 힘들지. 이번처럼 현역 국회의원의 뇌물수수나 특별배임 사건 정도는 해결해야 할 거야."

"현역 국회의원이자 차기 부대신 후보를 체포하게 되면 뜻밖의 성과기는 하죠."

"그래. 그러니까 매우 신중해질 테고, 특수부에 상당히 능력 있는 사람이 필요할 거야. 미하루 씨도 넋 놓고 있을 때가 아닐걸."

"네? 왜요? 후와 검사님은 특수부가 아닌데요."

그러자 니시나가 조금 어이없다는 듯 고개를 갸웃했다.

"뭐야. 그쪽이 궁금해서 정보를 모으는 줄 알았더니만."

"아뇨, 오사카지검을 둘러싼 문제에 관심이 있었을 뿐이에요."

"자기야, 봐봐. 예전에 조작 사건이 있었으니 특수부도 두 번 실패는 용납할 수 없을 거야. 특수부장은 물론이고 지검장까지 만전을 기해 수사하겠지? 당연히 현재 특수부 인력뿐 아니라 지원군이니 대기자니 전부 끌어모을 거라고. 그런 상황에서 후와 검사를 배제할까?"

"아."

자신도 모르게 짧은 탄성이 나왔다.

"언제 특수부에서 호출할지 몰라. 후와 검사가 불려 가

부정을 허하지 말지어다 21

면 사무관인 미하루 씨도 따라가야 하잖아. 넋 놓고 있을 때가 아니라고 한 건 바로 그런 뜻이야."

후와와 함께 특수부에서 일한다.

순간 화려한 상상의 나래가 펼쳐졌다가 사라졌다. 특수 부라고 해서 특별한 일을 하지는 않는다. 평소 업무의 연 장선일 뿐이다.

업무량이 평소보다 배는 더 많아지겠지만.

점심시간이 끝나고 취조를 한 건 마친 뒤 집무실로 돌 아오자 후와의 내선전화가 울렸다.

"네, 후와입니다. 아뇨, 지금은 딱히……. 그럼 지금 찾 아뵙겠습니다."

후와는 대답을 짧게 마친 후 곧바로 수화기를 내려놓았 다. 분위기를 보면 상사의 연락 같은데 그런 전화조차 불 필요하게 질질 끌지 않았다.

"차장검사님 호출이야. 가지."

"저도 같이요?"

"사무관을 데리고 오지 말라는 말은 없었으니."

조금 전 니시나에게 들은 이야기도 있어서 사카키가 호 출한 이유가 쉽게 짐작이 갔다. 자신이 차장검사의 호출 을 받은 것도 아닌데 몹시 긴장됐다.

사카키는 후와가 사무관과 함께 오리라 예상한 듯 미하루를 보고도 나무라지 않았다.

"사무관을 증인으로 삼을 생각입니까?"

"특별한 이유가 아니면 사무관은 검사를 수행해야 하니까요."

사카키가 꼭 트집을 잡는 것은 아니었다. 지검 관계자와의 밀담과 기록에 남지 않는 대화를 싫어하는 후와는 매사 미하루를 대동해 증인으로 삼으려고 했다. 미하루까지 있으면 상대도 기가 꺾이기 때문에 선 넘는 이야기를 꺼내기 어려웠다. 제법 훌륭한 녹음기인 셈이다.

"뭐, 그건 그렇고. 기시와다 국유지 불하 사안에 대해 어디까지 알고 있습니까?"

"신문에 보도된 정도만 압니다."

"우리 특수부가 움직이기 시작했습니다."

"그 소식도 들었습니다."

니시나와 미하루가 아는 이야기를 후와가 모를 리 없다. 그러나 어디서 정보를 끌어오는지는 짐작도 가지 않았다.

"다행이군요. 그러면 이야기가 빠르겠습니다. 효마 의원이 관여했다는 소문이 돌면서 정치권 뇌물수수 문제로 확대되는 분위기입니다. 잘못하다가는 긴키재무국뿐 아니라 재무성, 나아가서는 재무대신까지 휘말리는 몹시 중대한 사안이 될 겁니다."

사카키의 목소리에 긴장이 실렸다.

미하루도 긴장했다. 니시나는 효마 의원에게 수사의 손길이 뻗칠 것이라고 했지만 설마 그 윗선까지 확대될 줄은 상상도 못 했다.

현재 재무대신은 구로가네 이와오, 마가키 총리의 오른팔이라고도 불리는 부총리급 인사였다. 그 부총리가 정치권 뇌물수수에 연루되어 자칫 체포라도 되는 날에는 여당인 국민당의 정권 운영에도 순식간에 적신호가 켜진다.

"알다시피 여당도 조직력이 좋지 않아요. 현재는 마가키 총리가 구심점이 되어 지지율이 안정됐지만 언제든 뒤집힐 수 있죠. 총리가 오른팔을 잃으면 야당은 즉시 내각을 무너뜨리려고 할 테고, 당내에서도 마가키 총리가 내려와야 한다는 목소리가 높아질 겁니다. 우리의 수사 결과에 따라 정권 교체가 일어날 가능성도 작지 않아요."

후와 뒤에서 듣던 미하루는 점점 빠르게 뛰는 심장을 느꼈다. 일반 서민의 범죄가 아니라 국가의 범죄를 규탄하는 수사. 오사카지검에 들어온 뒤로 여러 번 상상했던 꿈이 현실이 되어 다가왔다. 어찌 흥분하지 않을 수 있을까.

"그 가능성이 작지 않은 만큼 평소보다 더욱 신중하고 빠르게 수사해야 합니다. 인력도 더 늘려야 하고 말입니다. 그래서 특수부장이 요청했어요."

올 것이 왔구나.

"후와 검사. 한시적이지만 특수부에서 해당 사건을 맡을 생각 없습니까?"

"명령은 아닙니까?"

지검 내부의 배치 문제이므로 인사발령까지 거론할 사안은 아니었다. 그야말로 차장검사 권한으로 명령할 수 있는 건이었다.

"솔직히 말하면 특수부장이 후와 검사를 지명했어요. 지난번 수사자료 분실사건 때 거의 고군분투했음에도 실적을 냈으니 말입니다. 그 뛰어난 능력을 높이 산 듯합니다. 그 활약 덕분에 한때 오사카부경과 사이가 회복할 수 없을 지경까지 망가졌지만."

한없이 추켜세우지만은 않는다. 끌어내릴 때는 끌어내린다. 상대의 기가 살아나는 것을 절대로 용납하지 않는 사카키가 즐겨 쓰는 방식이었다. 그러나 상대는 표정 없는 검사라는 별명으로 불리는 후와였다. 추켜세우든 기를 죽이든 그의 표정은 한 치도 변하지 않았다. 사카키도 후와의 특징을 잘 알기에 크게 개의치 않는 눈치였다.

"다만 후와 검사도 나름대로 사정이 있겠죠. 특수부 지원 인력으로 차출되면서 현재 맡은 사건을 처리하는 데 지장을 주고 싶지 않을 겁니다. 현재 담당한 사건을 다른 검사에게 넘기는 방법도 있겠지만 본인 일을 남에게 넘기면 후와 검사도 언짢겠지요. 그러니 당사자에게 직접 의사를 묻겠습니다. 맡은 사건을 다른 검사에게 넘기고 특수부에 합류할 생각이 있습니까?"

사카키는 흥정하듯 후와의 얼굴을 지그시 응시했다.

"부정하는 사람들도 있지만 특수부는 검찰의 꽃입니다. 그곳에서 실적을 내면 그에 걸맞은 좋은 평가를 받고 승진도 빨라지지요. 내가 보기에 손해 보는 이야기는 아닌 듯한데, 후와 검사의 생각은 어떻습니까?"

"제게 선택권이 있다면 거절하겠습니다."

추호도 망설이지 않았다.

칼 같은 대답에 사카키도 당황한 기색이었다.

"여지도 두지 않고 대답하는군요. 무슨 특별한 사정이라도 있습니까?"

"현재 맡은 사건들을 처리하느라 정신없습니다."

"그건 다른 검사에게 맡기면 됩니다."

"제가 맡은 사건이 현재 마흔두 건입니다. 하지만 특수부 사건은 결국 한 건이죠."

"사건의 경중이 다릅니다."

"누구 기준으로 따진 경중입니까?"

"물론 시민이지요."

"마흔두 건 중에는 애지중지하던 재산을 사기로 갈취당한 노인이 있습니다. 다섯 살짜리 자기 아이를 살해한 부모도 있지요. 그들도 엄연히 시민입니다."

"국회의원의 부정과 일반 서민의 사건은 비교 대상이 아닙니다. 새삼 유치한 소리를 하는군요."

"유치한지 성숙한지는 모르지만 억울함을 호소하는 사람의 얼굴은 압니다."

순간 사카키가 후와를 노려봤다. 후와를 압박하면서도 진의를 살피는 눈빛이었다.

사카키는 아마 지금까지 상대의 진의를 꿰뚫어 보면서 고삐를 쥐는 방식을 사용했으리라. 겉으로 보이는 행동과 속에 품은 진의를 간파하면 상대를 뜻대로 유도하고 허점을 찌를 수 있다.

그러나 후와에게는 그 수법이 통하지 않았다. 진의를

읽을 수 없으니 섣불리 조종할 수도 없다. 유능한 인재라서 상부에서도 말참견하기를 꺼렸다. 상사로서는 이렇게 다루기 까다로운 부하도 없을 터다.

이윽고 사카키가 후와에게서 시선을 거뒀다.

"대답은 내가 전하지요."

"실례했습니다."

떠나는 순간조차 주저하지 않았다. 이 정도면 완벽하게 '무서울 것이 없는 사람'이라고 할 만했다.

미하루는 복도에서 후와의 뒤를 따르며 쾌재를 부르고 싶은 마음과 실망스러운 감정이 뒤섞인 자신을 발견했다. 특수부 업무를 놓친 일은 아쉽지만 그 이상으로 후와의 긍지가 자신의 일처럼 자랑스러웠다. 하지만 짓궂게 묻고 싶었다.

"검사님은 특수부 일에 관심 없으세요?"

대답은 없었다.

"꼭 차장검사님이 말해서라기보다 특수부 사건으로 실적을 올리면 검사님께 적대적인 사람들도 쉽게 못 건들 텐데요."

역시 대답이 없다. 예상한 반응이었지만 그래도 화가 났다.

"적들이 입을 다물면 일하기 수월해질 것 같지 않으세요?"

그러자 후와는 돌아보지 않고 말했다.

"적이 있든 없든 상관없네."

"방해되잖아요."

"그게 어떻다는 거지?"

더는 말 걸지 말라는 신호로 들려서 대화는 거기서 끊어졌다.

1월 8일, 오사카지검 특수부가 국유지 불하 사건 수사를 시작했다는 소식이 정식으로 보도됐다. 언론이 불을 지필대로 지핀 후에야 나온 보도라서 시민들은 압도적으로 환영했다.

지검 내부에는 긴키재무국과 효마 의원을 향한 부정적인 여론몰이가 주효했다는 견해도 있었다. 어쨌든 언론의 취재 공세가 점점 격렬해지면서 최근에는 담당 조정관인 야스다 게이스케와 효마 의원의 사생활을 파헤치는 기사까지 잡지와 와이드쇼를 떠들썩하게 장식했다. 공무원 신분으로 누리는 사치스러운 생활, 타인을 사람 대 사람으로 존중하지 않는 태도를 증언하는 자도 나타났는데 진위를 떠나 사람들의 분노와 호기심을 불러일으키기에 충분했다.

그런데 국유지를 저렴하게 매입한 오기야마학원을 향해서는 이상할 정도로 비난의 목소리가 작았다. 이러한 경향은 오사카에서 두드러졌는데, 오사카 사람은 본래 정부나 관청을 싫어하는 데다 이득을 챙긴 사람이 관료와 국회의원이라는 인식이 확산된 탓이었다.

더욱이 양측 사이에는 사실인정이라는 커다란 차이가 있었다. 야스다 조정관이 뇌물수수 의혹을 철저히 부인한 데 반해 오기야마 이사장은 뇌물 공여 사실을 깨끗하게 인정한 것이다.

─이거 참. 저도 초등학교를 설립하려는 남자니 아이들 앞에서 거짓말을 할 수는 없죠. 국유지 매입이나 인허가가 얼마나 어려운지 아십니까? 재무국 관재부는 말입니다, 겉으로는 국유지 적극 매각을 표방하지만 적극적이라는 말 앞에 최대한 높은 가격이라는 말이 들어갑니다. 국고로 들어가는 돈이니 당연히 비쌀수록 좋겠죠. 하지만 되도록 높은 가격은 되도록 팔지 말라는 말과 같습니다. 국유지 매각은 여러분이 생각하는 만큼 쉽지 않습니다. 청렴결백해서는 아무것도 진행되지 않아요. 그래서 돈을

움직인 겁니다. 다소 더러운 돈일지라도 그 돈이 아이들이 다닐 학교를 짓는 데 사용된다면 가치와 의미가 있죠. 돈을 활용한다는 건 그런 겁니다.

상식적인 사람들은 그 뻔뻔한 태도에 오기야마 이사장을 혐오했지만 대부분의 시민은 별다른 거부감 없이 그의 말을 받아들였다. 양측의 인상이 정반대에 가까운 이유는 바로 그런 사정 때문이었다.

오사카지검 특수부, 명예를 되찾을 것인가

핵심은 재무상財務相인가

시민의 기대를 등에 업고

각 신문사의 헤드라인이 난무했고 수사의 진척을 전하는 기사가 연일 줄을 이었다.

1월 9일, 오사카지검 특수부는 야스다 조정관을 소환해 조사했다. 오기야마 이사장과 사적으로 어떤 관계인지와 긴키재무국장에게 특별한 지시를 받은 사실은 없는지 물었는데 그 끝에는 당연히 효마 의원과의 관계를 파헤치는 조사도 기다리고 있었다.

역시 철통 보안 탓에 특수부의 수사 상황은 소식통을

자랑하는 니시나도 자세히 알지 못했다.

"입이 꽤 무겁나 봐."

정보를 자유롭게 얻을 수 없는 니시나도 초조함을 감추지 못했다.

"야스다 조정관이 비정상적인 매입 가격에 관여한 사실은 분명한 것 같은데 그 사람 계좌에 거액이 입금된 흔적이 없고 검사가 추궁해도 꿈쩍도 안 하나 봐."

"담당 검사가 누구예요?"

"다카미네 주임 검사."

다카미네 진세. 오사카지검에서는 모르는 사람이 없는 남자다. 인상이 험상궂은 대장부. 오사카부경을 방문했을 때 아무것도 모르는 형사가 다카미네를 조직폭력단 전담 부서인 수사4과 소속 형사로 오해했다는 일화도 있다. 후와가 오사카지검의 에이스라면 다카미네는 특수부의 희망이었다.

"다카미네 검사님이 신문한다면 시간문제 아닐까요?"

"보통은 그렇게 생각하겠지, 그 무서운 얼굴을 아는 사람이라면. 표정 없는 후와 검사에 도깨비 얼굴 같은 다카미네 검사. 둘이 눈싸움하면 누가 이기려나."

쉬는 시간이 얼마나 남았는지 신경 쓰는 기색도 없이

니시나는 사용하지도 않는 흡연기에 팔꿈치를 괴고 실없는 소리를 했다. 사무국장 앞에서는 잡담을 마음껏 나누지 못하는 탓일지도 모른다고 미하루는 생각했다.

"……두 분 다 웃는 얼굴이 상상이 안 가요."

"그렇지? 후와 검사에 필적하는 다카미네 검사가 매일같이 노려보는데 자백을 안 한다니 야스다도 보통 배짱이 아니라니까."

"좀 흥미로운 피의자네요."

"아, 또 남의 일 말하듯 한다."

"왜냐하면 후와 검사님이 특수부 지원 요청을 단칼에 거절했거든요."

"그렇다고 안심하지 말라니까."

니시나가 의미심장하게 웃어 보였다.

"후와 검사도 완고한 사람이지만 차장검사님도 꽤 끈질긴 분이거든. 한 번 거절했다고 포기할 사람이라고 생각하면 오산이야."

니시나는 그렇게 말했지만 미하루는 도무지 후와가 특수부에 합류할 것 같지 않았다. 사카키가 얼마나 집요한지는 모르지만 후와의 고집은 누구보다 잘 안다. 너무 잘 알아서 한숨이 나올 정도다.

그러나 예상과 달리 후와는 꼼짝없이 특수부 업무에 합류하게 됐다. 그것도 미하루가 상상도 하지 못한 형태로.

2

1월 11일, 피의자 조사가 시작된 지 이틀이 지나도록 야스다는 진술을 완강히 거부했다. 실없는 이야기에는 곧잘 대답했지만 국유지 불하에 대해 물으면 곧바로 입을 꾹 다문다고 했다. 누구에게 충성하는지 모르지만 다카미네의 추궁에 지금까지 버티는 것만으로도 충분히 칭찬할 만했다.

다른 사건의 취조를 마친 후와는 집무실에서 다음 사건을 조사하는 데 여념이 없었다. 증거물이 법적 타당성이 있는가, 조서에 모순이 없고 정당한가 살폈다. 특수부를 둘러싸고 날이 갈수록 시끄러워지는데도 아랑곳하지 않고 일상 업무를 처리했다. 그 모습이 마치 한 치의 오차도 없는 기계 같아 새삼 보고 있어도 질리지 않았다. 덕분에 날마다 송치되는 사건은 지체없이 기소와 불기소로 분류되어 정리됐다.

사카키가 특수부 합류를 제안했을 때는 솔직히 미하루

도 가슴이 뛰었다. 지금과는 다른 광경을 보고 더 큰 보람을 느낄 수 있지 않을까 기대했다. 그래서 후와가 고사한 순간에는 실망했지만 지금 생각해 보면 그것이 정답이었다는 생각이 들었다.

더욱이 11일은 오기야마 이사장의 소환 조사가 시작된 날이기도 했다. 오기야마 다카아키 이사장이 오사카지검에 도착하자 합동청사 앞으로 몰려든 보도진 때문에 한때 직원조차 출입이 어려울 지경이었다.

오기야마는 출두 전부터 언론에 떠들었던 증언을 특수부에서도 그대로 반복했다.

◆ 초등학교 건설지를 찾는 과정에서 야스다 조정관을 알게 됐고 신청 타당성과 매입 가격에 대한 다양한 조언을 얻었다.

◆ 후보지를 좁힌 뒤 야스다와 상의한 결과 현재 매입한 기시와다시 무코야마 부지 8천 7백 제곱미터를 선택하게 됐다. 그러나 오기야마학원의 모든 자금을 쏟아부어도 평가액에 크게 미치지 못했다.

◆ 그래서 예전부터 후원한 효마 의원이 떠올라 해당 국유지의 평가액이 매입 가능한 금액이 되도록 '조정'할 수 있

는지 타진했다.

◆ 그 후 우여곡절 끝에 해당 국유지 불하 신청이 인정되어 초등학교를 짓기 시작했다.

이상이 오기야마의 핵심 진술 내용인데 본인 입으로 말했듯 절대로 청렴결백한 인물이 아니다. 거짓말을 하지 않는 대신 정작 중요한 뇌물수수 사실에 대해서는 입을 다문 것이다.

자백은 완전 묵비, 일부 자백, 전면 자백으로 다양한데 90퍼센트만 자백하고 10퍼센트를 묵비하는 부류가 가장 악질이다. 특정 부분에 대해서만 한사코 침묵하기 때문에 피의자의 기력을 빼앗는 데 수고와 시간이 많이 든다. 이는 특수부도 예상치 못한 상황으로 자칫 야스다를 조사할 때보다 더 어려워질 수도 있겠다는 예감이 들었다.

1월 12일, 그리고 13일. 이틀이 지나도록 두 사람에게서 결정적인 진술을 얻지 못했다. 규정상 조사 시간도 하루 8시간으로 정해져 있어서 한정된 조사로는 어림도 없었다.

다카미네 주임 검사와 두 피의자의 공방은 대외비였지만 수사에 진전이 없으니 일부 소문이 새어 나왔다. 이번에도 니시나가 가장 빨리 소문을 들었는데 그녀가 풀어내는 일진일퇴의 공방전은 미하루의 식후 즐거움이었다.

"정황 증거는 확보했다는 듯해. 초등학교 설립 희망서와 신청서, 국유지 매매계약서. 그리고 가장 중요한 국유지 매각 결재문서. 이 자료들을 쌓아놓은 높이가 30센티미터가 넘어. 특수부에서 거의 다 검토했지만 당사자의 진술이 없으면 공판에서 뒤집힐 가능성도 제로는 아니니까. 워낙 대형 사건인 데다 엄청난 주목을 받고 있으니 유죄 판결 확률이 백 퍼센트가 아니면 기소할 수 없다는 게 딜레마야. 1라운드에서 두 번이나 다운시켰으니 무슨 수를 쓰든 세 번째도 반드시 다운시켜야지."

마치 권투 경기를 해설하듯 말했다.

"오기야마 이사장은 뻔뻔해서 만만치 않을 줄은 알았는데 야스다 조정관이 의외로 끈질기게 버티네요."

"다카미네 검사의 예상이 완전히 빗나간 것 아닐까. 미하루 씨, 야스다 조정관 본 적 있어?"

"TV에서요. 직접 본 적은 아직 없고요."

"인상이 어땠어?"

"학교 다닐 때 대개 반에 한 명은 있을 법한 사람이라고 생각했어요."

"그래. 음흉해 보이는 키 크고 마른 수재 타입."

니시나는 그렇게 말하더니 조금 수줍게 웃었다.

"응. 내 타입이야."

"네에!?"

"생각지도 못했다는 그런 표정 짓지 마. 각자 취향이 있는 법이라고. 게다가 말이야, 그렇게 비실비실하고 못 미덥게 생긴 사람이 프로레슬링의 악역 레슬러처럼 생긴 다카미네 검사와 칼을 맞부딪치며 불꽃 튀는 싸움을 한다고 상상하니 이 소녀의 마음이 짜릿짜릿하단 말이야."

"갭모에*인가 하는 그건가요?"

"와아, 미하루 씨가 그런 말도 알아? 맞아, 그거. 그런데 내가 직원인 걸 떠나서 하는 말인데 그 야스다 조정관이라는 사람, 생긴 것과는 완전히 다른 인물이야. 물론 뇌물수수 같은 걸 인정하면 관료 인생도 끝장이니까 필사적이겠지만 그렇다고 해도 강단이 있어. 요즘 관료들은 허세나 부리는 종이호랑이라고만 생각한 나를 매우 치고 싶다니까."

미하루는 모호하게 고개를 끄덕였지만 사실 니시나와

---

* 평소 보여주지 않는 반전 매력에 끌리는 감정.

비슷한 생각이었다. 사무관 중에는 남몰래 야스다를 응원하는 사람도 있었고, 미하루도 응원까지는 아니어도 그 인내심에 감탄하는 사람 가운데 한 명이었다. 같은 공무원으로서 용서할 수 없는 죄를 지었지만 다카미네를 상대로 이렇게까지 버틸 줄 아무도 예상하지 못했으리라. 니시나처럼 권투 경기에 비유하면 갓 프로에 데뷔한 선수가 첫 경기에서 챔피온을 상대로 선전하는 형세와 같았다.

호기심과 죄책감이 뒤섞인 기분으로 니시나와 신나게 떠드는 동안은 평화로웠다. 아무리 중대한 사건이라도 자신이 담당한 사건이 아니면 속 편하게 관객일 수 있다. 맨 앞줄에서 관전하다 보면 종종 링 위에서 피가 튀기도 하지만 자신이 다치지는 않는다.

그러나 그러한 관객 기분은 오래가지 못했다.

그날 오후, 사카키가 또다시 후와를 호출했다.

"이번에는 또 무슨 일이에요? 검사님도 몹시 바쁜데 말이에요."

후와는 미하루의 푸념에 대꾸하지 않고 차장검사 집무실로 향했다. 문을 연 순간 비난 어린 사카키의 시선이 노골적으로 두 사람에게 날아왔다.

"다른 사람을 동반하지 말라고 했을 텐데요."

"사무관을 동반한 이유는 지난번에도 말씀드렸습니다."

"나중에 증언이 필요할 만한 이야기가 아닙니다."

"그렇다면 더더욱 괘념치 않으셔도 되겠군요."

"……이게 후와 검사의 방식이라면 앞으로 속을 터놓고 이야기할 수 없겠군요."

"숨겨진 본심에 원칙이 좌지우지되는 조직이라고 생각하지 않습니다."

사카키가 짧게 탄식했다.

"정말 황소고집이로군요."

"검찰청 근무자로 적임인 사람일지 모르죠."

"우리 식구만 아니면 때려주고 싶은 말투네요. 그 사무관은 얼마나 믿을 만한 사람입니까? 돈에 넘어가지 않을 사람입니까? 남자에 넘어가지 않을 사람입니까?"

지나치게 모욕적인 말에 받아치려고 했지만 후와가 한 발 빨랐다.

"그런 것에 흔들리는 사무관이라면 제 밑에서 아홉 달이나 견디지 못했을 겁니다."

"뭐, 좋습니다. 앉아요."

사카키의 권유에 후와는 소파에 앉았지만 미하루는 당

연하다는 듯 그 뒤에 섰다. 이런 취급을 받을 때마다 사무관은 검사의 부속품에 불과하다는 현실을 통감한다. 관습처럼 되어 버렸지만 최근에는 이것이야말로 은연한 갑질 아닐까 하는 생각이 들었다.

"얼마 전에 특수부를 지원해 달라던 요청 말인데, 결과론이지만 그때 거절해서 다행이에요."

"무슨 일 있습니까?"

"이제 그 특수부를 조사해야 할 처지입니다."

후와의 뒤에서 설명을 듣던 미하루는 순간 상황을 이해할 수 없었다.

"수사가 시작된 후 증거물 일부가 조작됐을 가능성이 있어요."

헉. 이상한 소리가 새어 나왔다. 자신도 모르게 입이 벌어진 모양이다. 미하루는 황급히 손으로 입을 막았다.

"이번 사건뿐 아니라 원래 증거물이 되는 문서는 원칙적으로 원본을 압수하죠. 그 원본에서 명백한 조작 흔적이 발견됐어요."

"구체적으로 어떤 문서입니까?"

"긴키재무국에서 작성한 결재문서예요. 조작 가능성을 발견하고는 곧바로 그쪽에서 보관하던 사본과 대조했더니 역시나 해당 부분 변조된 것이 맞더군요. 원래 뭐가 적혀 있었는지는 모르지만 아마도 결정적인 유죄 증거가 될 내용인 듯합니다."

"그 부분만 바꿨습니까? 아니면 페이지를 통째로 바꿨습니까?"

"페이지를 통째로. 그래서 처음 봤을 때는 눈치채지 못했죠."

"어떻게 알았습니까?"

"지극히 단순합니다. 바꾼 페이지만 종이 질이 달랐거든요."

사카키가 심술궂게 웃어 보였다.

"서류를 갈아 끼우느라 정신이 없었나 보죠. 같은 복사 용지를 사용해야 한다는 생각까지는 못 한 모양입니다. 종이 제조업체가 달랐어요."

"종이 색도 달랐습니까?"

"색이 같아서 육안으로는 구분할 수 없었죠. 하지만 질감이 달랐어요."

미하루는 짐작 가는 바가 있어서 솔직히 감탄했다. 특수부뿐 아니라 모든 검사는 자료를 읽는 능력이 있어야 한다. 대차대조표와 손익계산서를 비롯한 각종 결산서,

토지 가옥 평가서, 증권매매 보고서. 그런데 어느 분야나 특출한 능력을 지닌 사람이 존재하기에 자료 분석이 일상인 검사 중에서도 손으로 만져보기만 해도 질감 차이까지 잡아내는 사람이 있다. 니시나에게 전해 듣기로는 담당 검사가 학창 시절 인쇄소에서 아르바이트한 경험이 있어서 그때 종이 질 차이를 알게 됐다고 한다.

"뭐든 배워 두면 도움이 된다고, 이럴 때 큰 도움이 됐어요. 그러나 한편으로는 제 무덤을 판 꼴 아닌가 싶기도 해요. 조작 내용과 타이밍을 고려하면 외부 소행 같지 않아서."

"긴키재무국에서 보관하던 문서니까요. 범인은 긴키재무국 관계자, 혹은 문서를 압수한 관계자 중에 있을 겁니다."

"그렇겠죠. 그래서 특수부를 조사해야 합니다. 후와 검사를 특수부에 보내지 않아 다행이라는 말은 그런 의미예요."

"저더러 조사하라는 말씀입니까?"

"특수부에 맡길 수 있는 문제가 아닙니다. 어찌 됐든 우리 청에서 내로라하는 인재는 후와 검사를 제외하고 전부 특수부 지원에 끌려갔으니까요."

사카키는 자조하며 고개를 저었다.

"우수한 소방대원들을 모아놨더니 그 본부에 불이 난 형국이네요. 그리고 아이러니한 이야기가 또 있어요."

"증거물 조작, 말씀이십니까?"

"그래요. 2010년 조작 사건으로 오사카지검 특수부의 권위가 실추됐죠. 이번 오기야마학원 문제는 오명을 벗을 절호의 기회임에도 이 시점에 또 조작 사건이 터졌어요. 언론이 냄새를 맡기 전에 해결하지 않으면 이번에야말로 우리 지검 특수부는 완전히 궤멸하고 말 겁니다. 자칫하면 위아래 할 것 없이 검사직은 전부 다른 지검 관계자들이 차지할 수도 있어요. 인정하고 싶지 않지만 전례 없는 위기예요."

3

사카키에게 특수부의 증거 조작 의혹 소식을 들은 뒤부터 미하루의 두근거리는 심장은 멈출 줄 몰랐다. 오사카지검에서 두 번째 벌어진 증거물 조작 사건. 자칫하면 특수부 부장부터 담당 검사까지 징계를 받을 수 있다. 특수부 붕괴는 곧 오사카지검의 권위가 또다시 바닥에 떨어진다는 것을 의미한다. 바로 사카키가 가장 우려하는 점이었다.

그런데 후와는 황당한 말을 입에 담았다.

"정식명령입니까? 아니면 팀을 편성해 조사를 시작하겠다는 취지로 하신 말씀입니까?"

사카키는 대답하기 어렵다는 듯 얼굴을 찡그렸다.

"아니, 공식적인 것은 아닙니다."

"그렇다면 거절하겠습니다."

"은밀하게 움직이는 건 싫다는 말입니까?"

"내사도 은밀한 활동입니다."

"내부 총질이라서 싫습니까?"

"부정을 파헤치는 일이 내부 총질이라고 생각하지 않습니다."

"그러면 도대체 무엇이 마음에 안 드는 겁니까?"

"마음에 안 드는 것이 아니라 형식이 중요하다고 생각할 뿐입니다. 명령받은 이상 성과를 내든 책임을 지든 해야 하는데 정식명령이 아니면 책임질 방법이 없지 않습니까."

"내밀하게 부탁하는 겁니다. 굳이 책임질 필요 없어요."

"책임지지 않는 업무는 일이 아니라고 생각합니다. 특

히 우리 검사에게는."

사카키가 후와를 노려보면서 짧게 탄식했다.

"왜 그렇게까지 자신을 고립시킵니까?"

"본래 검사는 독립된 사법기관입니다."

"됐어요. 이야기는 끝났습니다."

사카키는 지친 모습으로 창문 쪽으로 몸을 돌렸다. 썩 물러가라는 신호였다.

"나가보겠습니다."

후와는 얼굴색 하나 변하지 않고 뒤돌아 집무실을 나갔다. 미하루는 허둥지둥 후와의 뒤를 따랐다.

"검사님. 어째서 차장검사님의 제안을 받아들이지 않으셨어요?"

집무실로 돌아가던 중 앞서 걷는 후와에게 물었는데 뜻밖에도 대답이 돌아왔다.

"전에도 말했지. 미결 사건이 아직 쌓여 있네. 게다가 특수부 내 불미스러운 사건이라면 다카미네 주임 검사 주도하에 조만간 해결되겠지."

후와는 어지간해서는 다른 사람을 칭찬하지 않는다. 차장검사나 지검장에게도 입에 발린 소리 하나 하지 않는 사람이다. 그런 사람이 동료 주임 검사의 실력을 최고 수준으로 칭찬했다.

"미심쩍은 표정이로군. 전에도 말했을 텐데. 감정을 얼굴에 드러내지 말라고."

"저기, 좀 놀라서요. 검사님도 남을 칭찬할 때가 있네요."

"칭찬한 적 없네. 정당하게 평가했을 뿐이야."

화내는 말투도 겸연쩍어서 얼버무리는 말투도 아니었다.

"그래도 차장검사님이 저렇게나 곤란해하시는데. 부탁을 두 번이나 거절해서 앞으로 지장이 있지 않을까요?"

"무슨 지장?"

미하루는 황급히 입을 다물었다. 후와에게 출세나 줄타기 따위가 동기부여가 될 수 없다는 사실을 잊고 있었다.

"특수부의 불미스러운 사건이 길어지면 이번에야말로 오사카지검의 권위가 곤두박질칠 거예요."

"차장검사님이 한 말 못 들었나? 불미스러운 사건이 발각되면 권위가 실추되는 건 특수부지 오사카지검이 아니야. 혼동하지 말게."

"세상은 그 둘을 동일시해요."

"자네는 지검에서 근무하는 사람들이 전부 세간의 평판을 신경 쓰며 일한다고 생각하나?"

"아뇨, 그건……."

"사법에 종사하는 사람이면서 박쥐 노릇을 하고 싶어?"

말을 하면 할수록 궁지에 몰리는 기분에 미하루는 결국 입을 다물었다. 미하루가 말을 걸지 않으면 후와는 해야 할 말이 있을 때만 입을 열었다. 하긴, 말을 걸어도 무시 당할 때가 부지기수지만.

그 대신 미하루는 후와가 내린 인물평을 믿고 싶어졌다. 사교성 없고 입에 발린 소리도 못 하고 아부도 못 하니 오로지 능력만 보고 평가했겠지만 후와는 다카미네를 높이 평가하는 듯했다. 후와가 고평가하는 인물이라면 괜찮으리라는 생각이 들었다.

그러나 그 예상도 크게 뒤집히고 말았다.

다음 날, 출근 도중에 인터넷 기사를 보던 미하루는 헤드라인을 보고 깜짝 놀랐다.

오사카지검 특수부, 또다시 증거 조작

목구멍에서 튀어나오려던 이상한 소리를 삼키며 기사를 읽었다.

15일, 오기야마학원 사건을 수사하던 오사카지검 특수부에서 증거 자료를 조작했다는 의혹이 떠올랐다. 관계자에 따르면 해당 사건을 담당한 다카미네 진세 특수부 주임 검사가 긴키재무국이 작성한 결재문서 일부를 조작했다고 한다. 해당 사건은 정치권이 얽힌 뇌물수수 사건으로 번질 것으로 예상됐는데 다카미네 검사의 행위로 수사에 찬물을 끼얹게 됐다. 오사카지검 특수부는 과거에도 증거물 조작 사건이 터진 전례가 있어 오명을 벗기 위해 노력해 왔다. 이번 조작 사건이 사실로 드러나면 그 노력은 물거품이 될 것이다.

　지검에서 철저히 숨기던 정보가 유출되었다는 사실도 경악할 만했지만 그보다도 기사에서 다카미네의 이름을 거론하며 그를 범인 취급 한다는 점에 아연했다.

　기사는 그저 '관계자'의 내부 정보인 듯 뉘앙스를 풍겼지만 달리 말하면 내부 고발을 의미했다. 즉 특수부 내부 혹은 특수부와 가까운 인물이 다카미네를 저격한 것이다.

　휴대폰을 쥔 손이 부들부들 떨렸다. 평소에는 쓰지도 않던 경천동지라는 말이 머릿속을 맴돌았다. 결코 과한 표현이 아니었다. 미하루가 정신적 지주로 여기는 오사카지검이 요동치다 못해 바닥부터 무너져내릴 수도 있는 사안이었다.

심장이 경종을 울렸다.

자신이 증거 조작에 관여한 당사자도 아닌데 주변 사람이 비난의 눈초리로 쳐다보는 것만 같았다. 피해망상일 뿐이라고 마음을 다잡으려고 해도 한번 의식한 이상 도리가 없었다.

불미스러운 사건을 일으킨 조직의 일원이라는 사실 하나만으로 이렇게나 위축됐다. 미하루의 소속감이 강하다는 방증이었다.

가시방석 같은 전철에서 내려 종종걸음으로 합동청사 안으로 도망쳤다. 건물 안에 들어선 순간 몸과 마음이 안심이 됐다.

그러나 걸어가면서 안도감이 점점 답답한 거북함으로 바뀌었다. 복도를 걸으면서도 청각이 예민하게 주변 소리를 감지했다.

"그 소식 들었어요? 특수부 뉴스."

"아, 그래 들었지. 하필 다카미네 검사일 건 뭐야."

"전혀 생각지도 못한 이름이 나왔죠?"

"이제 오사카지검 특수부도 끝이네."

"특수부가 전원 교체되면 우리 쪽 검사가 발령받을 수

있으려나."

"그건 아닐걸. 그럴 일은 없어. 같은 오사카지검 사람은 믿을 수 없으니 다른 지검에서 사람을 불러오겠지. 무엇보다 그러기도 전에 대대적인 숙청이 시작될걸."

검사나 사무관이나 몹시 들뜬 목소리였다. 애초에 검찰청 내부는 불화와 반목이 소용돌이치는 곳이다. 검사도, 그 아래 있는 사무관도 엘리트 의식으로 똘똘 뭉쳐 권력욕을 숨기지 않는다. 당사자만 없으면 어디서든 숨 쉬듯 험담한다. 아무리 그래도 자신이 속한 조직의 존폐가 달렸을 정도로 위급한 상황이 닥치면 하나로 단결해 위기를 헤쳐 가는 것이 순리일 텐데 그들은 여전히 권모술수에 여념이 없어 보였다. 엘리트 의식과는 거리가 먼 미하루는 실망과 분노를 느꼈다. 후와의 말을 빌리자면 '검사는 한 사람 한 사람이 독립된 사법기관'이지만 지금 같은 시기에는 독립이 다 무슨 소용인가 싶었다.

후와도 당연히 이 소식을 들었을 터다. 어쨌든 자신이 높이 평가하는 다카미네가 증거를 조작한 장본인이라고 보도됐다. 분명 실망하거나 분개했으리라.

"안녕하세요."

"그래, 좋은 아침."

후와의 얼굴을 본 미하루는 맥이 빠졌다. 여느 때와 다름없이 표정 없는 얼굴이었기 때문이다.

"저기, 검사님. 뉴스 보셨어요?"

"무슨 뉴스?"

"다카미네 검사님이 문서를 조작한 범인이라는 뉴스요."

"그 이야기라면 들었네. 아침 일찍 차장검사님이 연락하셨어."

사카키가 직접 언급했다면 뉴스가 완전히 헛소문을 보도한 것은 아닐 것이다.

"어떡해요?"

후와의 표정에 조금이라도 금이 가기를 바랐던 자신에게 화가 났다. 그리고 다카미네의 배임에 눈 하나 깜짝하지 않는 후와에게 그 이상으로 짜증 났다.

"검사님이 특수부 비리를 조사했다면 이런 식으로 내부 고발이 터져 나오기 전에 사태가 수습되지 않았을까요?"

"차장검사님이 내부 조사를 제안한 시점이 어제 오후야. 뉴스가 나간 시간을 생각하면 언론은 분명 오늘 이른 아침에 정보를 입수했겠지. 어차피 막을 수 없는 일이었어."

"그래도."

"애초에 내부 고발의 화살이 다카미네 검사를 겨냥한 것이라면 누가 언제 개입하든 마찬가지야."

"그럼 이건 단순 고발이 아니라 다카미네 검사님을 쳐내려는 목적이란 말인가요?"

"가정으로 추론을 확대하지 말게. 잘못된 판단을 할 수 있으니. 그보다 증거물 정밀 조사가 쌓여 있어. 시시한 잡담으로 시간을 낭비하지 말지."

"시시한 잡담이라니요."

"담당 사건을 제외한 나머지 이야기는 전부 쓸데없는 이야기야. 그런 이야기는 이 방 밖에서 하게."

다소 독선적인 말투였지만 옳은 말이었기에 반박하지 못했다. 미하루는 이것저것 묻고 싶은 마음을 꾹 참고 업무를 시작했다.

점심시간에 흡연 구역으로 가니 예상대로 니시나가 있었다.

"오, 어서 와, 미하루 씨."

역시 대화 상대를 찾던 듯하다.

"이런 말을 할 만한 사람이 자기밖에 없단 말이야."

"다카미네 검사님 사건 말이죠? 복도에서도 여기저기 수군대는 소리가 들리더라고요."

"복도만 그러면 다행이게? 위층은 더 난리야."

니시나가 천장을 가리키며 쓴웃음을 지었다.

"사무국도 아침부터 난리였어. 언론사마다 문의가 빗발치고 부장님들은 죄다 호출됐고, 지검장님과 차장검사님은 어디로 사라졌고."

"그럴 수가. 지검장님과 차장검사님이 안 계신다고요?"

"안 계시는 게 아니라, 무슨 밀담을 나누는지 지검장님 집무실에 틀어박혀 있어. 외부 연락을 완전히 차단해서 휴대폰 연결도 안 돼."

"지금 같은 시기에 무슨 밀담이에요? 뉴스에는 이미 다 보도됐는데."

"지금 같은 시기니까 바로 둘이서만 은밀히 이야기하는 거야."

니시나가 집게손가락을 흔들어 보였다.

"지난번 조작 사건 때는 옥신각신하다가 결국 대검이 끼어들었잖아. 이번이 두 번째니까. 대검이 지체하지 않고 들어오겠지. 아마 그 상황에 대비해 입을 맞추는 거겠지."

"어떻게 입을 맞추는데요?"

"우리는 아무것도 몰랐습니다. 전부 특수부 안에서 발생한 문제입니다'."

"모르쇠로 일관한다고요? 꼬리 자르기나 마찬가지잖아요."

"꼬리 자르기라고 해야 하나, 특수부장도 책임을 피할 수 없으니 뭐 하반신까지는 잘리지 않을까."

"그럴 수가. 특수부 전원 교체라니."

"벌써 두 번째 증거 조작이니까. 그래도 솜방망이 징계라고 생각하는 사람도 있을 거야. 하지만 지검장으로서는 특수부가 날아가도 차장검사 이하 검사들과 사무관들을 지킬 수만 있다면 감지덕지겠지. 조작이 발각된 순간부터 오사카지검의 권위가 곤두박질친 건 확정이니까. 이제는 어떻게 퇴각하고 어떻게 끝낼지가 과제인 셈이지."

"……벌써, 그렇게까지 내다보는 건가요?"

"아니, 이건 순전히 내 추측. 하지만 당장은 들어맞지 않아도 머지않은 미래일걸. 능구렁이 같은 사코타 지검장이라면 당연히 그 정도는 생각하겠지. 그렇지 않으면 오사카지검의 수장 노릇을 어떻게 하겠어."

예전에 단 한 번 지검장 집무실에서 사코타 지검장을 직접 본 적 있다. 후와의 어깨너머로 봤을 뿐이지만 우두

머리 기질에 능구렁이 같은 아저씨라는 인상이 강했다. 하긴 그 인물이라면 대를 살리기 위해 아무렇지 않게 소를 잘라낼 것이다.

"그건 그렇고 다카미네 검사님은 지금 어때요? 아직 기사 내용이 사실이라고 밝혀진 게 아니니까 스스로 결백을 증명하면 되잖아요. 아니면 이미 조작 사실을 인정했어요?"

"그게 말이야, 다카미네 검사와 특수부장도 어디로 사라졌어. 사무국에서도 사실 확인차 거듭 연락했는데 둘 다 연결이 안 돼. 청사 안에 있기야 하겠지만."

즉 지검장과 차장검사 둘이, 또 특수부장과 주임 검사 둘이 자취를 감춘 셈이다. 꼬리를 자르는 쪽과 잘리는 쪽이 저마다 말을 맞추는 모습을 상상하면 오사카지검이라는 조직도 복마전 같다는 생각이 들었다.

"후와 검사 말이야, 차장검사님이 두 번이나 부탁했는데 특수부 수사 건 거절했다면서?"

자신도 모르게 니시나의 얼굴을 쳐다봤다.

그 자리에서 오고 간 대화는 사카키와 후와, 제삼자였던 미하루 세 사람만 안다. 그런데 어떻게 니시나가 공공연한 사실처럼 이야기를 꺼내는 것일까.

"뭐야. 그 얼빠진 표정은."

"니, 니, 니, 니시나 과장님이 그걸 어떻게 아세요?"

"안다기보다 때려 맞춘 건데. 차장검사님이 후와 검사를 호출한 시기와 특수부의 불미스러운 소식이 사무국에 흘러들어온 시기를 생각하면 차장검사님이 후와 검사에게 내부 조사를 명령했다고 볼 수밖에. 처음에는 거절했으니 두 번이나 불려갔을 테고, 후와 검사의 성격을 생각하면 상부의 명령을 받아서 동료의 비리를 캘 사람이 아니긴 하지."

미하루의 손이 땀으로 축축했다. 니시나는 미하루보다 후와와 알고 지낸 세월이 길어서인지 상황을 정확하게 짚었다. 미하루는 후와의 사무관으로 일한 지 1년째지만 함께한 시간은 니시나보다 훨씬 많았다. 후와의 성격을 니시나보다 더 잘 파악해야 하는데도 그렇지 못하다는 사실에 자괴감이 들었다.

"결과론이지만 후와 검사가 차장검사님의 제안을 거절해서 정말 다행이야. 만약 내사를 맡았으면 증거가 조작된 것도 알아차리지 못했냐며 욕받이가 될 뻔했어."

"하지만 차장검사님이 내사를 부탁한 날에는 이미 조작사실이 언론에 새어나간 상황이었잖아요."

"그건 별로 상관없어. 적어도 외부에는 말이야. 아마 이번 일로 특수부와 연관된 모든 사람이 크든 작든 피를 볼 거야. 특수부를 조사하면서 증거가 조작된 걸 왜 눈치채지 못했냐. 결국 너도 한 패구나, 뭐 그런 식이겠지."

"완전히 뒤집어씌우기잖아요."

"사정을 모르면 그렇게 의심하는 사람도 있어. 처음부터 특수부와 거리를 둔 후와 검사가 현명했다는 이야기야, 그런 점에서."

니시나의 말을 듣다 보니 암담해졌다.

"앞으로 어떻게 될까요?"

"대검과 오사카지검이 싸우겠지. 문제가 터진 고을에 조정의 관리가 파견 나와 뒤집어엎고, 그 고을에서는 겉으로만 복종하는 척하며 대충 넘어가려고 하는…… 아아, 비유가 왜 이래. 나이 많은 티 내는 것도 아니고."

니시나의 예언이 가혹하게 들리는 까닭은 미하루가 세상 물정을 모르기 때문이라는 사실을 나중에 알게 됐다.

"그런데 말이야, 지검장님과 차장검사님이 생각하는 방안은 선후책이긴 하지만 좀 달라."

"숨겨진 의미가 있나요?"

"범인 찾기. 누가 다카미네 검사를 찔렀는지. 그에 관한 수사도 동시에 진행할 거라고 봐."

"하지만 내부 고발로 증거 조작이 발각됐다면 결과는 상관없는 셈 아닌가요?"

"세간에서는 그럴지 몰라도 지검장 입장에서는 왜 상사에게 보고하지 않고 외부에 누설했는가 하는 문제거든."

"아……."

"상부에 보고만 올렸어도 내부에서 처리할 수 있던 문제가 겉으로 드러나는 사태가 벌어졌어. 덕분에 오사카지검 전체가 비난의 대상이 됐고. 억울한 누명을 싫어하는 사람들에게는 그 인물이 정의의 사도일지 몰라도 오사카지검에는 배신자지. 저지른 일이 옳은지 그른지를 떠나 방식에 화가 난 사람이 지검장만은 아닐 거야."

"하지만 내부 고발자를 벌하면 그거야말로 비난이 쏟아질 텐데요."

"이봐요, 미하루 씨. 공무원 세계에는 겉으로는 벌로 보이지 않는 처형 방법이 아주 많답니다."

니시나는 천연덕스럽게 무서운 말을 했다.

"조직에 정의의 사도는 필요 없어. 명령과 조직 방어에 충실한 사람이 필요하지."

그러자 한 남자의 얼굴이 떠올랐다.

"그럼 후와 검사님은 뭘까요? 검사님은 차장검사님의 요청도 거절하고 조직 방어에 열정도 없어 보이는데요."

"후와 검사는 어떤 면에서는 조직에 해를 끼치는 사람이야. 다만 능력이 좋아서 일도 척척 잘하고 내부 잡균을 잡아먹는 사람이지. 윗사람들로서는 회충 같은 존재니까 충분히 키워 놓을 메리트가 있지."

표정 없는 후와를 회충 취급하다니, 니시나도 보통이 아니라고 생각했다.

순간 후와가 내부 고발자 아닌가 의심이 머리를 스쳤지만 이내 지워버렸다.

맡은 사건을 소화하는 데 정신없는 데다 다카미네 검사를 높이 평가한 후와가 내부 고발자일 것 같지는 않았다. 애초에 후와가 특수부에 합류하지 않은 것을 같은 집무실에서 일하는 미하루가 가장 잘 안다.

이렇게 오사카지검 내부는 동요와 권모술수가 휘몰아쳤지만 청사 밖으로 한 걸음만 나가도 결국 집안싸움일 뿐이었다. 두 번째 증거 조작, 유달리 정부와 관리를 싫어하는 오사카 시민들이 이를 놓칠 리 없으니 오사카 지방 신문과 TV 방송국이 오사카지검을 비난의 눈초리로 주시했다.

개선되지 않은 체질

누명 소굴인가

사법 개혁을 추궁하다

지검 검사, 뇌물 수수에 연루됐나

각 방송국 와이드 쇼는 예외 없이 증거 조작 사건을 톱 뉴스로 보도했다. 거듭되는 불미스러운 사건에 캐스터도 전문가 패널도 심각한 얼굴로 의견을 쏟아냈다. 오사카지검에서 공식 발표나 기자회견은 하지 않았지만 그들에게는 내부 고발만으로도 충분했다.

거리 시민들의 목소리도 캐스터들 못지않게 격렬했다.

—네에? 또요? 오사카지검은 정말 지긋지긋하네요. 차라리 검사들을 모두 교체하는 게 낫겠어요.

—오기야마학원 관련 사건이죠? 역시 관료들은 제 식구 감싸기 바쁘다니까요.

—용납 안 되죠. 범죄자를 기소하는 사람이 범죄를 저지르다니, 그런 인간은 하루빨리 그만뒀으면 좋겠어요.

—증거 조작도 두 번째잖아요. 지난번 특별 조처가 결국 아무 소용없었다는 뜻 아닙니까. 오사카지검은 그냥

해체하는 게 낫지 않나.

아침 첫 보도가 나갔을 뿐인데 시민들의 목소리는 벌써 처벌 쪽으로 기울었다. 앞으로 두 번째 보도, 세 번째 보도, 아니 다카미네 검사가 체포되면 사태는 더욱 시끄러워지리라.

퇴근길 전철에서 기사를 보던 미하루는 인터넷 창을 껐다. 새 정보 검색도 그만뒀다.

출근할 때보다 더욱 움츠러들었다. 자칫 지검 관계자라는 사실을 누군가 눈치챌까 봐 옷과 소지품을 점검했다. 한심하다. 사무관에 임용됐을 때는 온 세상이 아름다워 보일 정도로 기뻤는데 오늘은 온몸이 쪼그라드는 기분이다.

하다못해 다카미네 검사를 향한 내부 고발이 착오였기를 바라는 심정이었다. 혹은 첫 보도가 오보였으며 내일이라도 정정 기사가 실리는……. 안이한 생각이다. 미하루는 머리를 흔들어 망상을 털어냈다. 지검장과 차장검사가 밀담을 나눌 정도다. 아마 뉴스가 보도되기 전에 대략적인 기사 내용은 파악하고 있었을 것이다. 즉 전혀 근거 없는 헛소문이 아니라는 증거다.

신뢰를 잃는 데는 한순간, 되찾는 데는 평생이라는 말

이 있다. 그 말이 진실이라면 이번 사건 이후 오사카지검이 신뢰를 회복하려면 수십, 수백 년이 걸릴까?

다음 날, 아침부터 합동청사에 불온한 분위기가 감돌았다. 긴장과 두려움, 치욕과 호기심이 뒤섞인 기이한 분위기.

공교롭게도 그 무리가 도착한 시간과 미하루가 출근한 시간이 겹치면서 제대로 목격했다. 그 무리는 네 남자였는데 앞장서서 걷는 사람이 책임자 같았다. 나이는 40대 후반, 검사보다 관료 분위기를 풍기는 남자로 날카롭기보다 빈틈없고 융통성 없어 보이는 인상이었다. 뒤따르는 사람들도 같은 분위기였는데, 한마디로 표현해 재미없게 생겼다.

그런데 그중 홀로 다른 분위기를 풍기는 사람이 있었다. 융통성 없어 보이는 점은 일행과 같지만 눈빛이 유달리 예리한 남자였다.

남자들이 기이한 위압감을 풍겨서 복도 맞은편에서 걸어오는 사람들이 먼저 길을 비켰다. 마치 홍해를 가르는 모세 같았다. 도쿄에서 파견한 조사팀일 터다.

집무실에 있는 후와는 조서를 읽느라 집중한 상태였다.

설마 대검찰청에서도 불시에 들이닥치지는 않았으리라. 당연히 약속을 잡았을 테고 오사카지검 측의 양해를 구했다면 후와 같은 검사들도 방문 목적을 알았을 것이다.

"아까 복도에 모르는 사람들이 있더라고요. 경비원도 통과했으니 검찰 관계자 같아요."

"대검이야."

후와는 조서에서 시선을 떼지 않고 대답했다.

"검사님이 어떻게 아세요? 그 사람들 방금 도착했던데."

"자네가 퇴근한 뒤 차장검사님이 상황을 알려주셨어. 파견 팀 책임자는 대검 형사부 오리후시 검사. 이름 정도는 기억해두게."

"상황 설명이라니, 다카미네 검사님이 정말로 증거를 조작했는지도 말씀해주셨어요?"

"왜 그런 설명을 했을 것이라고 생각하지?"

"네? 하지만……."

"조작했는지 안 했는지를 조사하려고 조사팀을 파견한 거야. 아직 결론이 나지 않았어. 결론도 나지 않은 사안을 어떻게 설명하겠나."

후와의 말을 듣고 있으니 마치 자신이 경솔한 구경꾼처럼 느껴져 부끄러웠다. 무슨 말을 해도 제 얼굴에 침 뱉기가 될 것 같아서 입을 다물고 증거물 수리 작업을 시작했다.

세 시간 정도 지났을 때 누군가 집무실 문을 두드렸다. 미하루가 아는 한 이 시간대에 면회 약속은 없었다.

"들어오세요."

후와의 대답에 들어온 사람은 무려 조금 전 복도에서 마주친 눈빛이 예리한 남자였다.

"미사키 검사님."

지금까지 조서에서 눈을 떼지 않던 후와가 벌떡 일어났다. 이 남자치고는 보기 드문 행동이었지만 그보다 놀라운 사실은 방문자의 이름이었다.

미사키 교헤이, 도쿄지방검찰청 차장검사. '동쪽의 미사키, 서쪽의 사카키' 혹은 '귀신 같은 미사키, 부처 같은 사카키'로 사카키와 더불어 사법 관계자들 사이에서 유명한 인물 아닌가.

순간 후와가 어떻게 미사키와 안면이 있는지 궁금했지만 이내 후와의 전임지가 도쿄지검이었다는 사실을 떠올렸다.

"오랜만이군."

미사키가 다가오자 후와도 책상을 벗어나 응접용 의자에 자리를 권했다. 그러나 미사키가 거절했다.

"그저 인사만 하러 온 거니 이대로도 괜찮아. 이야기가 길어지면 자네에게도 방해가 될 테고."

"네."

자신도 모르게 팔꿈치로 쿡쿡 찌르고 싶어졌다. 지금은 예의상 거절했을 텐데 여전히 윗사람에 대한 배려가 없다.

"대검에서 팀을 보낸 건 알고 있지?"

"어제 들었습니다."

"나도 그 팀 일원으로 왔어."

"도쿄지검에서도 사건을 맡습니까?"

"대검에서 정한 멤버야. 뽑힌 이유는 나도 모르네. 하지만 대검이 상당히 위기감을 느낀다는 건 알지. 무슨 말인지 알겠지?"

"두 번이나 발생한 증거 조작은 당사자 개인의 문제가 아니라 오사카지검 특수부, 나아가 오사카지검이라는 조직의 체질 문제 아닌가. 그런 뜻입니까?"

"공공연하게 그리 말하는 자도 있다고 들었어. 심지어 세상을 뒤흔든 오기야마 사건이 한창 진행 중이야. 검찰이 권력에 고개 숙였다는 이미지는 대검도 피하고 싶겠지."

미하루도 미사키의 말을 이해했다. 지금 상황에서 오사카지검 특수부에 대한 내사를 대충 했다고 비치는 것은 검찰 전체가 정권의 눈치를 본다는 인상을 줄 수 있다. 자연히 특수부에 메스를 들이대는 방식도, 조작이 확정된 뒤 처분도 한층 더 심할 것이라는 의미다.

　"자네가 보기에 다카미네 검사는 어떤 인물이지?"

　"제 평가가 조사에 영향을 미칩니까?"

　"어떤 사람의 자질을 파악할 때 타인에게 듣는 인물평이 참고가 되지. 들어서 손해 볼 건 없어."

　"특수부 주임 검사로서 유능한 사람이라고 생각합니다."

　"그건 능력에 대한 평가 아닌가."

　"성격이나 기질은 모릅니다. 대화를 깊이 나눈 적도 없으니까요."

　"여전히 누구와도 어울리지 않는가?"

　"검사끼리 어울릴 필요가 뭐가 있겠습니까."

　"하지만 직장 동료가 배임 혐의를 받고 있어. 그 사실에 대해 생각하는 바가 없나?"

　"설령 무슨 생각을 했다고 해도 드러낼 마음은 없습니다. 정식 절차에 따라 수사가 진행된다면 주변 평판과 동정심이 개입할 여지가 없습니다."

"……일단, 알겠네. 큰 도움이 됐어. 고맙네."

대단히 고마워하는 기색도 보이지 않은 채 미사키는 발길을 돌렸다. 그리고 문 앞에서 단 한 번 뒤돌아봤다.

"앞으로도 이런저런 질문을 할 테니 잘 부탁하네."

미사키가 집무실을 나가자 후와는 아무 일도 없었다는 듯 다시 조서를 읽기 시작했다.

미하루의 머릿속에 질문이 금세 다섯 개쯤 떠올랐지만 물어 봤자 차가운 반응만 돌아오리라는 것을 알았다. 위기감과 호기심이 뒤섞인 의문을 일단 깊숙이 넣어두고 후와처럼 다시 일하기 시작했다.

이제는 니시나가 총무과장인지 홍보과장인지 헷갈렸다. 그러나 소식통인 그녀의 이야기에 귀 기울일 가치가 있었다.

"조사팀에 도쿄지검 미사키 차장검사가 포함된 건 말할 것도 없이 대검의 뜻이라나 봐. 대검 형사부뿐 아니라 지검의 이인자까지 넣은 건 그만큼 대검이 진심이라는 뜻을 안팎에 알리기 위해서야."

"미사키 검사님이 비장의 카드라는 말인가요?"

"다음 인사발령 때는 고등검찰청 차장검사, 다음은 도

쿄지검 지검장 자리가 약속된 초특급 엘리트야. 게다가 다른 엘리트들과 달리 한 번 좌천당하는 쓴맛을 봤지만 기어코 기어 올라 출세 가도로 돌아온 불굴의 사나이고. 실무에 뛰어난 점도 강점이지."

엘리트라기보다는 산전수전을 다 겪고 성공한 사람 분위기를 풍겼던 이유가 그 때문인가.

그런데 미하루를 유심히 살피던 니시나는 그 속을 알겠다는 듯 히죽히죽 웃었다.

"엘리트 얼굴이 아니던데, 라고 생각했지?"

"아뇨, 무슨 말씀이세요. 그럴 리가요."

"우리끼리니까 하는 말인데 미사키 검사 본인은 밝히고 싶어 하지 않는 눈치지만 그 집안, 엘리트 집안이야. 미하루 씨, 최근 쇼팽 콩쿠르에서 파이널리스트까지 올랐던 미사키 요스케라는 피아니스트 알지?"

"당연히 알죠. '5분 간의 기적'으로 유명하잖아요. 그 사람의 연주로 교전 중인 탈레반이 전투를 멈췄다고 파키스탄 대통령이 언급하며 전 세계 뉴스에……. 헉, 그 미사키가 설마……."

"그래. 그 미사키 요스케의 아버지가 미사키 검사야."

"전혀 안 닮았잖아요. 그 사람은 순정만화를 찢고 나온 귀공자처럼 생겼는데 아버지는⋯⋯."

그 뒤에 나오려던 말을 목구멍으로 삼켰다.

"분명 어머니를 닮았을 거야. 그건 그렇고 당분간 청사에서 미사키 검사와 마주칠 수 있으니 그 수려하게 생긴 피아니스트와 결혼하고 싶으면 있는 힘껏 좋은 인상을 남기도록 해."

미하루는 고개를 세차게 저었다. 엘리트 집안에 관심은 있으나 그 집안 사람이 되고 싶다는 생각은 조금도 하지 않았다.

"팀 책임자는 오리후시 검사인데 오늘 날짜로 오사카지검 검사 사무 대행으로 임명됐어."

"니시나 과장님. 그거 설마⋯⋯."

"응. 이제 오리후시 검사는 오사카지검 어디든 마음껏 드나들 수 있고 사무국 내부에도 관여할 수 있어. 지난번 조작 사건 때와 같아."

니시나는 초조한 마음을 감추지 않았다. 아무리 대검의 지시라고 해도 외부인들이 자신들의 앞마당을 마구 휘젓고 다니는 것은 참을 수 없을 터다.

"그래서 말인데. 당분간은 여기도 불편할 테니 자제하자."

"잠시라면 얼마나요?"

"모든 건 다카미네 검사에게 달렸어. 그 사람이 추락할지, 버틸지, 아니면 훌륭하게 자신의 결백을 증명할지."

"그러고 보니 다카미네 검사님은 어디 계세요? 보도가 나온 뒤로는 청사에서 한 번도 못 봤어요."

"어제까지는 특수부장, 오늘부터는 검사 사무 대행 씨의 새장에 갇혀 있지. 별실에서 내내 조사받고 있어."

"니시나 과장님은 다카미네 검사님이 증거를 조작했다고 생각하세요?"

니시나가 이번에는 고개를 세차게 저었다.

"나도 다카미네 검사를 믿고 싶어. 하지만 누구나 순간 뭐가 씌어서 헤까닥할 때도 있잖아. 다카미네 검사는 꽤 인간미 넘치는 사람이기도 하니까."

불현듯 후와의 얼굴이 떠올랐다. 그처럼 인간미와 거리가 먼 사람은 없을 것이다. 누가 부탁하든 고집을 꺾지 않을 것 같다. 원래라면 꺼림칙한 성격이 지금 같은 상황에서는 유리하다는 사실이 아이러니했다.

4

미하루는 영토를 점령당한 국민이 이런 기분일까 싶었

다. 오리후시 검사 일행이 온 뒤로 청사 내부 분위기는 눈에 띄게 무거워졌다. 자기들끼리 별실에 틀어박혀 국유지 불하와 관련된 수사자료를 분석하거나 다카미네를 조사하는 통에 그들을 직접 볼 기회는 적었지만 위압감과 패배감이 사방에서 짓눌렀다. 간혹 팀원 중 한 명이 복도를 걷고 있으면 특수부와 관계없는 직원조차도 시선을 피할 지경이었다.

별실에 있는 다카미네에게 어떤 질문을 하는지 자세한 내용은 니시나의 귀에도 들어오지 않는 듯했다. 애초에 긴키재무국이 작성한 결재문서의 어느 부분이 조작되었는지도 밝혀지지 않은 상황이었다.

정보를 철통같이 지키는지 아직 어느 언론사도 증거 조작과 관련한 후속 보도를 내놓지 못했다. 고발자에게 추가 정보가 없기 때문인지, 지검 내부 사정으로 운신의 폭이 줄었기 때문인지는 알 수 없지만 어쨌든 언론은 교착 상태에 빠졌다. 그래도 각 신문사 법조 기자들이 대검에서 조사팀을 파견한 사실은 보도했으니 외부에서는 수사가 진행되는 것처럼 보였다.

개중에는 드물게 예리한 언론사도 있었는데, 어느 중앙지는 '다카미네 검사의 증거 조작 의혹이 제기되면서 오기야마학원 문제가 보류된 감이 있다'라고 경고성 기사를 내보냈다. 그러나 이는 경고라기보다 단순한 현상 인식 수준으로 그동안 국유지 불하를 수사하던 담당자 본인이 피의자가 됐으니 본래 진행하던 수사가 답보 상태에 머무른 것이 오히려 당연했다.

특수부 인력 부족으로 오기야마학원 사건 수사가 늦어졌는데 그 또한 오사카지검의 책임이라고 비난받았다. 지검에 근무하는 사람에게는 엎친 데 덮친 격이었지만 그 지적이 사실이기도 해서 고개를 숙일 수밖에 없었다.

이대로 계속 특수부 인력이 부족하면 어떻게 될까. 직접 관계는 없지만 미하루도 앞날이 걱정됐다. 그러나 일개 사무관이 고민해 봤자 사태가 나아질 리 없으니 새삼 자신의 무력함만 깨달을 뿐이었다.

점심시간이 되자 생각에 잠긴 채로 1층 식당으로 향했다. 대검 조사팀은 외부 음식을 배달해 먹는다고 하니 적어도 식당에서는 그 얼굴들을 보지 않아도 된다.

B 정식을 받아 빈자리에 앉았다. 5백 엔짜리 동전 하나로 튀김 두 개와 생선구이, 샐러드에 된장국까지 포함이라니 감사할 따름이다.

"잘 먹겠습니다."

미하루가 두 손을 모았을 때였다.

"같이 앉아도 될까."

"네, 그럼요."

바로 앞에서 들려온 목소리에 반사적으로 대답했다. 그리고 무심코 고개를 들었다가 깜짝 놀랐다. 눈앞에 앉은 사람은 전혀 예상치 못한 인물이었다.

"미사키 차장검사님……."

황급히 일어서려는 미하루를 미사키가 한 손으로 저지했다.

"테이블이 다 차서. 자리 뜰 필요 없네. 아니면 이런 아저씨와 합석하는 건 불편한가."

"그렇지 않습니다."

"그럼 앉아서 천천히 들어요. 우리 세대는 습관이 돼서 점심을 5분 만에 먹는 게 익숙하지만 미하루 씨 같은 아가씨들은 다르잖아요."

"제 이름을 아십니까?"

"후와 검사 밑에서 일하는 사무관에게 관심이 있어서 사무국에 물었지."

미사키는 말하면서 회 정식을 먹었다. 한입 씹어 삼키더니 조금 놀란 듯 입술을 오므렸다.

"호오."

"왜 그러십니까?"

"도쿄지검이 있는 합동청사 식당에도 같은 메뉴가 있는데 여기 음식이 백 엔 싸면서도 더 맛있군."

직함과 풍모에 어울리지 않는 말에 그만 굳어 있던 얼굴이 풀어졌다.

"내가 무슨 이상한 말을 했나?"

"죄송합니다. 차장검사님이신데 무척 서민 같은 말씀을 하셔서요."

"서민이고 뭐고 세 끼 중 두 끼는 청사 식당에서 먹어. 먹는 건 사무관들과 같거나 어떨 때는 그보다 못할 때도 있네."

"전혀 그런 이미지가 아니세요."

"인상으로 사람을 판단하면 안 되네. 애초에 공무원 신분이야. 쓸데없이 요란하게 배만 채워서는 납세자를 볼 낯이 없지."

이 자리에서 꾸며낸 그럴듯한 말이 아니라는 사실은 말투로 알았다.

"후와 검사도 이곳을 이용하나?"

"아뇨, 점심은 대개 집무실에서 먹습니다."

"건강을 돌보지 않는 식습관은 여전하군……. 그런데 참 아까운 일이야, 여기서 일하면서 이 식당을 이용하지 않는다니. 정말 맛있군."

자신이 만든 음식이 아닌데도 미하루는 이상하게 뿌듯했다. 직접 대화해 보니 첫인상과 달리 의외로 소탈한 인물이었다.

"질문이 있습니다."

"해 보게."

"우연히 여기 앉으신 게 아니죠?"

"아아, 그래. 자네라면 여기 있을 거라고 들었거든."

"그런데 왜 점심시간인가요? 차장검사님이라면 저 같은 사무관은 언제든 호출하실 수 있지 않습니까."

"사람은 기이하게도 밥 먹을 때와 발가벗고 있을 때는 거짓말을 하지 않으니까……. 아, 아니, 방금은 성희롱 같은 발언이었군. 잊어 주게."

당황하는 모습이 귀여워서 저도 모르게 쓴웃음을 짓고 말았다.

"그렇다는 말씀은 제 속마음을 물으려고 하신다는 뜻이죠? 무엇을 물어보시려는 건가요?"

"다른 건 아니고 후와 검사 이야기야."

역시. 깊게 생각하지 않아도 도쿄지검 차장검사가 일개 사무관에게 관심을 보일 리 없다.

"본인에게 직접 물으시는 편이 더 빠르지 않을까요?"

"후와 검사의 사무관 같지 않은 조언이군. 언뜻 듣기로는 오사카지검에서 '표정 없는 검사'라는 별명으로 불린다던데. 그런 별명이 붙은 남자가 쉽게 마음을 열겠나."

"저기, 후와 검사는 예전에 차장검사님과 같은 도쿄지검 소속이었죠?"

"같은 층에서 근무한 건 1년뿐이었어. 기백이 대단한 젊은 검사라 언제 한번 둘이서 술이라도 마시고 싶었는데 그사이에 전근 갔지."

후와의 전근 이야기는 예전에 니시나에게 자초지종을 들어 안다. 얼굴에 감정이 드러나던 시절 후와가 피의자에게 휘둘리는 바람에 증인 한 명과 사건 해결 수단을 잃고 만 사건이었다. 오사카지검 발령은 단순 전근이 아니라 명백한 좌천이었다. 또 후와의 얼굴에서 표정이 사라진 계기이기도 했다.

"표정을 보아하니 후와가 왜 오사카지검에 오게 됐는지도 아는 모양이군."

미하루는 당황해 얼굴에 손을 가져다 댔다. 후와나 니

시나뿐 아니라 만난 지 얼마 되지 않은 미사키에게까지 속내를 읽히다니 도대체 자신의 안면근육은 얼마나 발달한 것인가.

"그 사건은 도쿄지검의 패배였어. 그런데 검사 한 명의 책임으로 전가한 감이 있지."

"차장검사님이 도와주실 수는 없었습니까?"

입 밖으로 꺼내고 나서 아차 싶었지만 이미 늦었다.

조심스럽게 눈치를 살폈지만 예상과 달리 미사키는 개의치 않는 듯했다.

"차장검사라도 할 수 있는 일과 할 수 없는 일이 있어……. 당시에는 이 말을 면죄부처럼 내세웠지만 이제와 생각하면 웃기는 소리야. 내가 주변머리가 없었을 뿐. 그래서 아직도 후와 검사에게 죄책감을 느끼기도 하네. 그런데 후와 검사가 그 사건에 대해 직접 말했나?"

"아뇨. 그 사건은커녕 본인 이야기는 전혀 안 합니다. 아직 가족 구성이 어떻게 되는지도 몰라요."

"철저하군."

미사키는 감탄하듯 말했다.

"그런 식이면 지검 내에서 고립될 텐데. 뭐, 검사는 독립된 존재이니 그럴 수밖에 없기도 하지만."

"누가 무슨 말을 해도 자기만의 방식을 고집해요."

"멀리 떨어진 도쿄지검에서도 소문 정도는 듣고 있네. 오사카지검의 에이스라고 불린다면 그 방식도 정답이겠지. 오사카부경의 불미스러운 사건도 후와 검사 혼자서 파헤쳤다던데 사실인가?"

수사자료 대량 분실사건은 미하루도 직접 겪은 당사자 중 한 명이다. 기다렸다는 듯 자세한 경위를 설명하자 미사키는 만족스러운 얼굴로 고개를 끄덕였다.

"'표정 없는 검사' 이름값을 하는군. 그만큼 외압이나 이해관계와 무관한 방식이라면 걱정할 필요도 없겠어."

놀랍게도 미하루는 아직 반도 먹지 못했는데 미사키는 접시 위를 완전히 비웠다. 점심을 5분 만에 먹는다는 말은 농담이 아니었던 모양이다.

"사무관인 자네에게 전해두지. 다카미네 검사 건이야."

등허리가 저절로 꼿꼿해졌다.

"도쿄에서 팀을 꾸려 왔지만 그래도 단독으로 조사할 수 있는 범위가 한정되어 있네. 홈그라운드가 아닌 점도 무시할 수 없고. 우리끼리 하는 말이지만 다카미네 검사도 보통 고집이 아니야. 외부인인 우리에게는 좀처럼 마음을 열지 않아."

생각지도 못하게 조사 상황을 직접 듣게 돼 당황했다.

다카미네는 아직 자백하지 않았다. 오리후시가 이끄는 조사팀의 조사에서 버티는 듯했다.

"아마 어떤 식으로든 후와 검사에게 부탁할 수밖에 없을 거야. 물론 미하루 씨에게도 그렇고. 그때가 되면 잘 부탁해요."

미사키는 말을 마치더니 쟁반을 들고 자리에서 일어났다.

"잠깐만요. 왜 후와 검사에게 말하기 전에 제게 미리 물밑 작업 같은 말씀을 하시는 겁니까?"

"그 친구 성격상 물밑 작업을 가장 싫어할 거야. 자네는 후와 검사의 현재 상황에 대해 유용한 정보를 들려줬으니 따지자면 등가교환인 셈이지."

"그게 다입니까?"

"후와 검사와 가장 가까이에 있는 사람, 그 친구의 진의를 가늠할 수 있는 사람은 사무관인 자네뿐이니까."

그 말을 남기고는 곧바로 자리를 떴다.

미하루는 모처럼 찾아온 기회였는데 왜 아들인 천재 피아니스트의 개인사를 묻지 않았을까 하고 금세 엉뚱한 후회를 했다.

떨떠름한 기분으로 점심 식사를 마치고 집무실로 돌아

오니 아나나 다를까 후와는 일하고 있었다.

"방금 식당에서 미사키 차장검사님을 뵈었어요."

나중에 후와가 알게 되면 찝찝하니 먼저 이실직고했다. 후와의 반응은 역시 싱거웠다.

"그런가."

그 말뿐, 미하루에게 시선을 돌리지도 않았다.

"검사님에 대해 이것저것 물으시더라고요."

"그래?"

"뭘 물으셨는지 궁금하지 않으세요?"

"내 근무 태도는 어떠하냐, 평소 사무관에게 무슨 말을 하느냐, 얼추 그 정도겠지."

"……어떻게 아셨어요?"

"미사키 차장검사가 즐겨 쓰는 방식이야. 같이 밥을 먹으며 상대에게 질문하기. 식사 중에는 경계심이 느슨해져서 속내를 끌어내기 쉽거든."

"그럼 제가 어떻게 대답했는지 신경 쓰이지 않으세요?"

"아니. 애초에 자네는 겉과 속이 같지 않나."

어린아이 취급하는 말투지만 확실히 겉과 속이 다르게 행동한 적은 없다. 말을 하면 할수록 궁지에 몰리는 기분이 들어서 입을 다물었다.

한동안 말없이 작업하는데 유선전화가 울렸다.

"네, 후와입니다. ……알겠습니다."

후와는 누구와 전화하든 그 반응이 무심해서 통화 상대를 짐작할 수 없었다.

"호출이다. 사카키 차장검사님 집무실로 가지."

업무를 중단하고 사카키의 집무실로 향했다. 이달 들어 세 번째 호출이다. 용건은 다카미네 검사의 증거 조작 사건이나 오기야마학원 문제 중 하나이리라.

사카키는 평소보다 언짢아 보이는 얼굴이었다.

"바쁜 와중에 미안합니다."

말에 뼈가 있었다. 지난 두 번의 제안을 거절당해 불편한 심사를 드러내는 말로 들렸다.

"내가 왜 불렀는지 압니까?"

"글쎄요."

"지난번에도 말한 건입니다. 다카미네 검사의 증거 조작 사건을 조사하세요. 단 이번에는 지검장님의 정식명령입니다."

미하루의 몸이 약간 경직됐다. 사건 담당 검사를 배정하는 것은 보통 차장검사의 업무로 지검장이 관여하는 일은 드물었다. 지검장이 명령하는 것은 특별한 경우였다.

"하도 형식을 따지기에 그렇게 했어요. 원한다면 임명장을 발급해줄 수도 있어요."

"그렇게까지는 안 하셔도 됩니다. 정식명령이기만 하면."

"물론 단독으로 조사하라는 말은 아닙니다. 대검에서 파견 나온 조사팀에 합류하세요. 다카미네 검사가 왜 증거 조작에 가담했는지. 그 동기와 배후를 밝히는 데 힘써주세요."

역시나.

어떤 식으로든 후와 검사에게 부탁할 수밖에 없을 것이라더니. 점심시간에 미사키가 했던 말은 분명 예고였다.

"도쿄지검 시절에 미사키 차장검사와 함께 있었다면서요."

"함께한 건 1년도 채 안 됩니다."

"그래도 속을 잘 아는 사이잖아요. 실은 이번 일도 조사팀에서 후와 검사를 지명했기 때문에 내린 명령이에요. 부디 후와 검사가 협조해주기를 바라 마지않는다더군요."

"황송할 따름입니다."

"미사키 차장검사가 후와 검사의 실력을 높이 사서 추천했겠죠. 역시 인연만 한 것이 없네요."

이 또한 비아냥 섞인 말이었다. 평소에 누구와 어울리

지 않다 보니 예전에 상사와 부하 관계였던 사실이 금방 소문으로 돌았다.

"어쨌든 초면이 아니니 의사소통 문제도 없겠죠. 잘 부탁합니다."

"알겠습니다."

"굳이 말하지 않아도 알겠지만 밝혀낸 사실과 팀에서 어떤 식으로 대화가 오갔는지 상세하게 보고하세요."

후와가 대답이 없자 사카키가 거듭 말했다.

"다카미네 검사의 증거 조작 사건은 오사카지검에도 중대한 문제예요. 본래라면 조사팀이 밝혀내기 전에 우리가 먼저 파악하고 싶었는데 말입니다. 하지만 지금은 그럴 수 없는 상황이죠. 그러니 적어도 진척 상황을 실시간으로 알고 싶다는 말입니다."

"그것도 지검장님 명령입니까?"

"그렇게 생각해도 무방합니다. 무슨 문제 있습니까?"

노골적으로 말하지는 않았지만 결국 스파이 노릇을 하라는 강요나 다름없었다. 지난번 부탁과 같은 내용이지만 이번에는 조사팀에 들어가게 됐으니 내사가 더 쉬워졌다는 이야기였다.

'또 거부할까?'

미하루의 염려도 잠시, 후와는 곧바로 입을 열었다.

"보고 내용은 일단 생각해 보겠습니다."

사카키가 한쪽 눈썹을 들썩였다.

"무슨 뜻이죠?"

"확실하지 않은 정보를 무작정 보고하면 받는 사람도 혼란스럽습니다. 꼼꼼하게 조사해서 얻은 정확한 정보라면 오해도 최대한 막을 수 있습니다."

"나는 모든 정보를 원합니다."

"조사팀은 마지막에 확실한 정보만 채택합니다. 조사팀의 동태나 방침을 파악한다며 확인되지 않은 정보를 보고했다가는 그것이 잘못된 판단의 요인이 될 수 있습니다. 저도 책임지기 어렵습니다."

사카키의 미간 주름이 깊어졌다. '책임'이라는 두 글자를 거론한 순간 후와가 유리해졌다. 조사팀과는 다른 속셈으로 내린 명령이니 당연히 떳떳할 수 없는 입장이다. 책임을 거론하면 사카키는 물러설 수밖에 없었다.

"됐습니다. 후와 검사의 판단에 맡기죠."

"이만 나가보겠습니다."

오래 머물수록 사카키가 곤란한 요구를 하리라 생각하는 사람처럼 후와는 재빨리 말을 끊고 물러났다. 미하루가 바로 옆에서 흘긋 보니 사카키의 입꼬리에 울분이 가득했다.

복도를 걷는 후와의 등을 향해 말을 걸었다.

"이제 은밀하게 움직여야겠네요."

"무슨 말이지?"

"조사 진행 상황을 보고해야 하잖아요. 이렇게 말하면 좀 그렇지만 미사키 차장검사님의 신뢰를 저버리는 것 아닌가요?"

"사카키 차장에게 보고하는 내용은 미사키 차장에게도 미리 말해둘 거야. 아무 문제 없어."

"그러면 스파이가 아니잖아요."

"누가 스파이 노릇을 하겠다고 했나. 사카키 차장에게는 미리 언질도 줬네. 보고해도 무방하다고 판단한 정보만 보고할 거야."

지금에 이르러서야 마침내 미하루는 이해했다. 돌이켜보면 수사자료 대량 분실사건 때도 후와는 마지막까지 자신의 추론을 입에 담지 않았다.

이번에는 동쪽 상사와 서쪽 상사 사이에 끼었지만 여전히 자신의 방식을 관철할 생각일 것이다.

2
개임을 허하지 말지어다

Booth
Net Cafe & Capsule

ネットカフェ & カプセル

8F〜5F

Booth

第103 東京ビル

747 カラオケランド

チルイン

CASINO
Kabukicho

4 麻雀
スリ
ファ
生19

鳥メ

KABUKI

CENTRAL ROAD

手作り居酒屋
甘太郎

4F
3F

やきとりセンター

九十九

カラオケ
747

カ
ラ
オ
ケ
コ
ジ
ラ
ロ
ー
ド

CINEMAS

深地
Family

1

다음 날인 18일에는 후와가 조사팀에 합류한다는 사실이 정식으로 공지됐다. 물론 오사카지검 내부에만 공식 발표했을 뿐 언론에 발표할 계획은 없었다.

기묘한 경위로 동쪽과 서쪽 검찰청을 전부 살펴야 하는 처지가 됐지만 이런저런 고민으로 끙끙대는 사람은 미하루뿐이었고 정작 후와 본인은 매우 태연했다. 하지만 얼굴에서 감정을 읽을 수 없으니 그렇게 보일 뿐 속내는 어떨지 알 수 없다.

사카키 차장이 지시를 내린 시점은 어제 정오가 지난 무렵이었는데 이후 후와의 업무 처리 속도는 어마어마했다. 평소에도 한눈팔지 않는 후와지만 마치 장기 휴가를 떠나기 직전인 사람처럼 업무량을 소화했다. 미하루의 업무는 송치된 사건을 확인하는 일이므로 후와의 페이스에 맞춰야 한다. 그 때문에 오후에는 숨 쉴 틈 없이 일했고 날짜가 바뀌고 나서야 청사에서 벗어날 수 있었다.

예사롭지 않은 업무 속도는 오늘 아침에도 계속됐다. 사건 확인뿐 아니라 오후에 잡혀 있던 피의자 조사까지 앞당기는 바람에 두 건이 늘었다. 일정 조정을 담당하는 미하루는 부담이 가중됐다.

후와가 하루치 업무를 반나절 만에 끝내려는 이유는 설명할 필요도 없었다. 조사팀에 합류한 뒤 다카미네의 증거 조작 사건을 수사하는 데 할애할 시간을 계산했기 때문이다.

"조작 사건 수사가 빨리 끝나지 않으면 아무래도 일상 업무에 지장이 생기겠네요."

격무가 계속되니 입도 가벼워졌다. 흘러나온 말에는 자연히 불평불만이 실렸다. 아차 싶어서 후와를 쳐다봤지만 이 표정 없는 검사는 미하루의 푸념 따위 신경 쓰는 기색도 없었다.

문득 미하루는 걱정됐다. 업무가 과다해도 어차피 미하

루의 업무는 보좌에 불과하다. 가장 골치 아픈 사람은 역시 후와였다.

"검사님은 괜찮으세요?"

마침내 후와가 반응을 보였다.

"무슨 소리지?"

"업무 과다로 이런저런 차질이 생기잖아요."

"고사해야 했다고 생각하나?"

"검사님도 이렇게 될 걸 예상해서 처음에는 거절하셨잖아요."

"이걸 꼭 예상해야만 아나?"

무뚝뚝하지만 말뜻은 이해할 수 있었다. 평소에도 업무가 많았는데 거의 반나절을 다른 업무에 할애해야 하니 업무 과중은 당연한 결과였다.

"이렇게 될 줄 알면서도 받아들이신 거예요?"

말하고 나서야 실수했다고 깨달았다. 후와가 아무리 독립된 존재라고는 해도 지검장의 명령을 거부할 수 있는 위치는 아니었다. 수락할 수밖에 없는 상황이었다.

"죄송합니다. 제가 실수했습니다."

고개를 숙였다. 그러나 후와는 여전히 미하루를 쳐다보지 않았다.

어색한 침묵이 여전히 익숙하지 않았다. 침묵을 깨려고 말을 꺼내다가 본의 아니게 말실수를 해서 더욱 난감해졌다.

도대체 지금까지 같은 실수를 몇 번이나 반복했을까. 검사 밑에서 일하는 사무관이 됐으니 어지간하면 학습 능력이 생길 만도 한데 나쁜 버릇은 좀처럼 고쳐지지 않았다.

"섣불리 고개 숙이지 말게."

"네? 하지만."

"쉽게 고개 숙이는 사람은 그러다가 쉽게 실수하게 돼. 실수해도 고개만 숙이면 용서받을 수 있다고 생각하니까."

"그렇게 생각하지 않았어요."

"처음에는 그럴 생각이 없었어도 익숙해지면 곧 그렇게 돼. 고개를 숙일 때마다 그 가치도 떨어지지."

지나치다고 생각했지만 틀린 말은 아니었다. 사무관이 고개를 숙여 봤자 가치가 없는 것도 사실이었다.

"조심하겠습니다. 오늘부터 조사팀에 합류하니까 더더욱 그래야죠."

그제야 후와가 미하루를 한 번 쳐다봤다.

"상대에 따라 태도를 획획 바꾸는 건가?"

"아뇨, 그게 아니라……."

정정하려다가 그만뒀다. 여전히 표정을 읽을 수 없지만 후와의 기분이 좋지 않다는 것은 알았다. 무슨 말을 해도 신랄한 말만 돌아올 뿐이었다.

"입 움직일 시간 있으면 손을 움직이게. 그러는 만큼 말실수도 줄어들고 업무 처리 속도도 빨라질 테니."

가뜩이나 몹시 바쁜데 마음까지 불편하니 정신적인 피로가 상당했다. 오전 업무가 끝나자 미하루는 녹초가 되어 집무실을 나왔다.

기운이 달려서 식당에서 B 런치를 반쯤 의무감으로 씹어 넘겼다. 익숙한 맛에 피로가 조금 풀렸지만 오후부터 시작되는 조사를 생각하면 긴장감에 다시 입맛이 싹 사라졌다.

후와는 알아낸 정보를 자신이 판단해서 보고하겠다고 했지만 사카키가 선택의 자유를 허락할 것 같지는 않았다. 또 오리후시를 비롯한 조사팀이 조사 결과 유출을 쉽사리 허용하지도 않을 것이다. 가장 골치가 아픈 사실은 사카키와 조사팀 모두 후와를 우수한 인재로 인정하고 일을 맡긴다는 점이다. 능력자일수록 부리는 사람의 기대가 크기 때문에 보통 성과로는 만족시키지 못한다. 조사팀과 사카키가 정반대의 성과를 요구하면서 후와는 그야말로 고래 싸움에 새우 등 터질 지경이었다.

후와에게 가해지는 압박은 사무관인 미하루에게도 그대로 적용됐다. 후와에게는 어떠한 말을 해도 씨알도 먹히지 않는다는 사실을 동쪽과 서쪽의 두 차장검사 모두 잘 안다. 그렇다면 그들이 휘두르기 쉽다고 생각할 인물은 당연히 사무관인 미하루였다. 후와가 완강할수록 알게 모르게 미하루에게 압박을 가하리라 예상됐다.

미하루는 눈치가 빠른 편은 아니지만 의심과 눈치싸움이 판치는 검찰청에서 1년 가까이 시달리다 보니 나름대로 위기를 감지하는 능력이 생겼다. 처음에는 조사팀에 합류하게 되어 흥분되고 설렜지만 막상 이런 상황이 되니 경계심만 강해졌다.

어쩌면 가장 염려되는 점은 자신의 성격 아닐까. 그런 생각이 들기 시작하는데 갑자기 뒤에서 대화가 들렸다.

"그런데 깜짝 놀랐다니까, 오늘 아침 공지."

"아. 후와 검사의 조사팀 합류 명령? 보통 우리 청에서 차출하긴 하지만 그 사람이 하필 후와 검사라니 두 번 놀랐다니까."

뒤돌아보지 않아도 누구인지 짐작 가는 목소리였다. 두 사람 모두 미하루처럼 검사 밑에서 일하는 사무관이었다.

　"들리는 이야기로는 후와 검사를 지명한 사람이 도쿄지검 미사키 차장검사라던데."

　"왜 '귀신 같은 미사키'가 '표정 없는 후와'를 선택한 거야?"

　"그게 말이야, 도쿄지검 시절에 후와 검사의 상사가 미사키 차장검사였다나 봐."

　"아아, 그래서구나. 그런데 도쿄지검 시절 후와 검사는 지금과 달리 생각이 얼굴에 다 드러나는 사람이었다던데 사실일까? 평소에 그 표정 없는 얼굴을 보면 도무지 믿기지 않아."

　"무슨 소리야, 어릴 적부터 그랬다면 그게 더 무섭다고."

　"뭐, 미하루 사무관 같은 이미지였겠지. 미하루 사무관처럼 리트머스 시험지 같은 사람이 그대로 검사가 된 느낌 아닐까."

　설마 등을 보이고 서 있는 여자가 당사자인 줄 모르고 하는 이야기겠지만 주위에서 자신을 그렇게 평가한다는 사실에 가슴이 따끔했다.

"그런데 미사키 차장의 뜻으로 뽑혔다면 후와 검사는 완전히 적에게 붙은 꼴이 되겠군. 특히 전 상사에게 지명받은 거니 더더욱 그렇겠지."

"적이고 뭐고, 그 사람은 애초에 성골이 아니잖아. 좌천돼서 온 지 벌써 몇 년이나 됐는데 아직도 우리 지검에 녹아들지 못하는 거 봐."

아무리 뒷말이라도 너무하다고 생각했다. 녹아들든 둥둥 뜨든 후와는 이미 에이스라고 불릴 정도로 오사카지검에 크게 일조했다. 그런데 성골이니 진골이니 왈가왈부하는 것은 너무 배타주의적 사고 아닌가.

"나는 후와 검사의 조사팀 합류에 두 가지 의미가 있다고 생각해."

"뭔데?"

"하나는 대검을 중심으로 한 오사카지검의 숙청. 특수부뿐 아니라 임명 책임을 구실 삼아 오사카지검 사람들을 무더기로 제거해버리고 도쿄 중심에서 밀려난 놈들의 수용소로 만들려는 거지. 나머지 하나는 이번 건으로 후와 검사가 공을 세우면 그를 개선장군으로 도쿄지검에 다시 불러들이려는 거야. 심지어 후와 검사는 부장검사로, 미사키 차장은 도쿄 고검쯤으로 영전. 어때? 이 시나리오."

"현실감 있네."

"그게 다가 아냐. 이건 두 차장검사의 대리전이라고도 볼 수 있어. 원래 '동쪽의 미사키, 서쪽의 사카키'인지 뭔지 하면서 비교됐는데, 결국 마지막에 두 사람이 노리는 건 검찰총장 자리잖아? 그렇다면 이번 기회에 상대의 평가를 떨어뜨려 놓아서 나쁠 것 없지. 다카미네 검사 사건에 줄줄이 엮어서 사람을 많이 쳐낼수록 미사키 차장의 승리. 피해를 최소화하고 다카미네 검사만 쳐내면 사카키 차장의 승리."

'듣자 듣자 하니까 정말.'

미하루는 되받아치며 항의하고 싶었지만 조금 더 들어보기로 했다.

"두 차장검사가 생각할 법한 이야기네. 그런데 만약 그렇게 되면 검사야 그렇다 쳐도 사무관은 어떻게 되는 걸까?"

"오사카지검에서 채용한 사무관을 징계받는 검사와 같이 보내버릴 수는 없겠지. 우리한테까지 책임을 물을 필요는 없잖아. 다카미네 검사의 사무관도 그렇고."

아아, 그렇구나. 미하루는 마침내 이해했다. 오사카지검 검사들이 책임을 추궁당하는데 이렇게 태연하게 뒷말이나 지껄일 수 있는 이유는 자신들은 피해를 입지 않으리라는 안일한 생각 때문이다.

"그러고 보니 후와 검사에게도 좋은 이야기지. 내가 듣기로는 처음에는 고사했다가 거의 두 번 만에 받아들였대."

"오, 그건 좀 의외네. 그 사람은 권력욕이나 출세에는 별로 관심 없는 느낌이야."

"검사라는 사람이 출세욕이 없을 리가. 그 사람은 그게 얼굴에 드러나지 않도록 필사적으로 감출 뿐이지."

"어차피 다카미네 검사의 증거 조작 사건은 더는 논쟁의 여지 없는 사실이니까 결국 당사자의 진술을 되도록 빨리 받아 내고 조작 내용이 무엇인지를 밝히면 게임 끝이야. 후와 검사가 이기리라는 건 시작하기도 전부터 확정이지. 요점은 게임 종료까지 얼마나 걸리느냐야."

"그래, 맞아. 우리는 고상하게 강 건너 불구경이나 하자고."

"그런데 미하루 씨도 마른하늘에 날벼락이겠어."

"왜?"

"후와 검사를 보좌하지 않으면 무능한 사무관이라는 소리를 듣겠지. 그런데 제대로 일하면 일할수록 다카미네 검사를 절벽에서 미는 꼴이 돼. 후와 검사는 어차피 도쿄 지검으로 돌아가면 끝이지만 미하루 사무관은 오사카지검에 남잖아. 수사 결과가 보도되고 나서는 아무도 거론하지 않겠지만 다카미네 검사의 팬도 적지 않아. 후와 검사 밑에 있던 사무관으로서 사건 후에 지검에 남겨지면 호의적인 시선을 받을 수 없지. 오사카지검의 배신자니까."

"어디로 엎어지든 좋은 소리를 못 듣는다는 말인가."

슬슬 미하루의 인내심도 한계가 다다랐다. 식기에 튀김이 남아 있지만 입맛이 완전히 사라져 마저 먹을 수 없었다.

자리에서 일어나 출구로 향하면서 대화를 나누던 사무관들을 스쳐 지나갔다. 두 사람은 못된 장난을 하다가 들킨 아이 같은 얼굴로 식당을 나가는 미하루의 뒷모습을 지켜봤다.

나가기 직전, 등 뒤에서 마지막 말이 쏟아졌다.

"딱하게 됐어."

식당을 나와서도 음식을 먹은 포만감 대신 울분만 가득했다. 잊으려고 해도 두 사람의 조롱과 비아냥이 머릿속을 맴돌았다.

자신을 비웃는 것, 증거 조작 문제가 어떻게 결론 나든 미하루는 낙동강 오리알 신세라고 조롱한 것 등 화나는 점이 한두 가지가 아니다. 하지만 가장 분노한 점은 후와가 출세욕 때문에 조사 명령을 수락했다고 수군거린 것이다.

멍청한 소리 하지 마.

그 검사가 남들만큼이나 성공과 출세 지향적인 평범한 사람이었다면 미하루도 고생하지 않을 것이다. 같은 공간에 있어도 크게 긴장할 필요 없고 그저 웃는 얼굴로 그 속물근성을 지켜보기만 하면 된다. 그러나 후와 검사는 절대로 빈틈을 보이지 않아 매일 같이 고생길이었다.

하기야 최근에는 그 피로감도 익숙한 편안함으로 바뀌고 있다. 늘 긴장하고 빠르게 움직여야 하는 육체가 나날이 성장하는 것을 실감했다. 피곤할지언정 괴롭지는 않았다. 몸이 편하다고 꼭 상쾌하고 즐겁지는 않은 법이다. 그 사실을 일깨워준 사람이 후와이기에 그들이 떠드는 소리에 더욱더 부아가 치밀어 견딜 수 없었다.

몸부림치고 고민해도 시간은 무심히 흘러간다. 오후 업무가 시작되자 미하루는 후와와 함께 조사팀이 사용하는 회의실로 향했다. 후와가 팀에 합류하는 첫날이니 우선 인사부터 시작할 터였다.

회의실에 들어가자마자 먼저 눈에 띈 것은 엄청난 골판지 상자 더미였다. 바닥이니 테이블이니 할 것 없이 상자가 산처럼 쌓여 있어 창밖이 제대로 보이지도 않았다. 국유지 불하 수사자료 및 긴키재무국과 학원 측과의 협상 기록이 담긴 상자였다. 본래 특수부 사무실에 보관했지만 조사팀이 도착하고 나서는 모두 몰수당했다고 한다.

다음으로 눈에 띈 것은 회의실에 있는 남자들이었다. 오리후시와 나머지 두 명, 그리고 미사키. 미사키를 제외한 세 사람은 미하루에게 노골적으로 의아한 시선을 던졌다.

"기다렸습니다."

그때까지 앉아 있던 오리후시가 입을 열었지만 자세는 자리에 앉은 그대로였다. 의아했지만 미사키가 일부러 헛기침해서 신호를 보내준 덕분에 후와가 먼저 다가오기를 기다린다는 것을 깨달았다.

순간 오리후시가 몹시 오만하다고 느꼈다. 니시나에게 들은 이야기로 오리후시는 차기 대검 형사부장으로 소문난 인물이다. 늘 그렇듯 니시나의 정보 수집 능력이 기가 막힐 정도로 감탄스러웠다. 그런데 미하루 본인이 대검에 근무한다면 이 남자 밑에서는 일하고 싶지 않다고 생각했다. 가만히 있으면 상대가 알아서 숙이고 들어온다고 생각하는 상사 따위 존경할 수 없다.

잠시 기다려도 후와가 움직일 기색이 없자 오리후시는

떨떠름한 태도로 재촉했다.

"거기 앉아요."

미사키가 갑자기 고개를 돌려서 어떤 표정이었는지는 짐작하기 어려웠다. 대신 다른 두 사람은 불쾌감을 숨기려 하지 않았다.

두 사람에 대한 사전 정보도 입수했다. 몸이 두껍고 키가 작은 남자는 도야마, 지나치게 마르고 안색이 나쁜 사람은 모모세. 두 사람 역시 대검 형사부 소속이었다.

세 사람 모두 대검 형사부 소속이라는 점을 생각하면 도쿄지검 소속 미사키의 존재가 어쩔 수 없이 이질적으로 느껴졌다. 식당에서 만났을 때 제법 멋있는 사람이라고 생각했는데 역시 검사로서의 식견과 도량이 한 수 위인 듯했다.

후와가 가까운 의자에 앉자 오리후시가 앉은 채로 다시 미하루를 흘긋 쳐다봤다.

"저 사람은 뭡니까?"

"제 사무관입니다."

"그걸 묻는 게 아닙니다. 사무관이 왜 여기 있지?"

오리후시는 끈적끈적한 목소리와 스스로 잘못을 인정하라는 말투로 말을 이었다.

"명색이 내부 비리를 조사하는 일입니다. 조사하는 사람이 적을수록 좋죠. 무엇보다 그 아가씨가 얼마나 도움이 될는지."

예상한 반응에 미하루는 묵례하고 회의실에서 나가려고 했다.

그런데 미하루가 움직이기도 전에 후와가 말했다.

"미하루 사무관은 동석시키겠습니다."

"이유가 뭡니까."

"사무관은 검사의 그림자입니다."

"추상적인 이유군요."

"그림자니까 검사가 보고 듣는 것은 사무관도 보고 들어야 합니다."

"그래서 어쩌라는 겁니까."

"사무관이 보거나 듣지 않기를 바라는 것을 검사가 보고 듣는 것은 이치에 맞지 않죠."

그러자 곧바로 오리후시의 미간에 주름이 잡혔다.

"직위에 따라 기밀 사항 접근 권한이 다를 텐데. 검사와 사무관이 알 수 있는 정보에 차이가 있는 건 당연한 일이에요."

"검사가 다루는 정보는 머지않아 법정에서 공개될 것들

입니다. 밀실에서 주고받을 성질이 아니지 않습니까. 그렇다면 검사와 사무관이 같은 공간에 있어도 문제없다고 생각합니다. 아니면 다카미네 검사의 증거 조작 사건이 같은 지검 관계자에게 알려지면 곤란합니까?"

"그 사무관 입은 무겁겠죠?"

"무겁지 않다면 사흘 만에 쫓아냈을 겁니다. 사무관이 갖추어야 할 가장 중요한 자질입니다."

오리후시는 어쩔 수 없다는 듯 고개를 저으며 마지못해 승낙의 뜻을 내비쳤다.

"뭐, 사무관은 일단 됐고 자네를 팀원으로 들이기 전에 확인해두고 싶은 게 있어."

말투가 거칠어진 것은 겉치레는 끝났다는 뜻일까. 이 투박한 말투가 본래 오리후시의 말투겠지.

"이번에 다카미네 검사와 한솥밥 먹는 자네를 팀에 합류시켰어. 이유를 아나?"

"명령받았기 때문에 딱히 생각해 본 적 없습니다."

"상당히 쿨하군."

"어떤 내용이든 업무에 개인감정을 개입시키지 않으려고 합니다."

"지검 내부 사정에 밝은 사람을 한 명 넣으라고 형사부장이 지시했다. 하지만 그 자리에 자네를 추천한 사람은 저기 있는 미사키 차장검사님이지. 도쿄에 있을 때부터 실력이 보통이 아니었다면서."

유능했던 것은 사실이지만 후와는 도쿄지검 시절 실패로 좌천이라는 쓴맛을 봤다. 오리후시가 그 사실을 알고 있을까? 적어도 말끝에서는 의도를 파악할 수 없었다.

"내가 확인하고 싶은 건 임무에 대한 자네의 충성심이야."

그 거만한 말투는 업무에 대한 충성심이 아니라 오리후시에 대한 충성심을 묻는 것처럼 들렸다.

"다카미네 검사는 인망과 신뢰가 두텁다고 들었다. 같은 오사카지검 사람인 자네들 입장에서도 이번 사건이 오죽 안타깝겠어? 나도 같은 검사로서 안됐다 싶어. 하지만 그것과 진상 규명은 별개 문제야. 조사하다 보면 다카미네 검사를 강도 높게 신문해야 할 거야. 현재 오사카지검을 비롯한 검찰청이 처한 입장을 알고 있나?"

"지검의 권위가 의심받고 있다는 말씀입니까?"

"방금 자네 입으로 업무에 개인감정을 개입시키지 않는다고 했지. 나도 같은 생각이야. 검찰 수사는 그래야 해. 하지만 한편으로는 검사도 사람이야. 오랫동안 같은 층에서 근무하고 술자리도 같이 하면서 가까워진 동료를 철저히 규탄하기란 쉽지 않지. 그래도 그를 동료도 검사도 아니라 온전히 피의자로 대우해야 해."

특명을 받고 파견된 만큼 달랐다. 오리후시의 말은 다분히 독단적이었지만 검사의 마음가짐을 잘 나타내기도 했다.

"타인의 죄를 파헤치고 기소하는 자에게는 청렴의 잣대가 더욱 엄격하게 적용되지. 그렇지 않으면 국민이 검찰에 힘을 실어주지 않을 테니."

고압적인 자세로 흔들어대도 후와는 눈썹 하나 까딱하지 않았다.

"애초에 검찰 조사 앞에서 검사든 일반 국민이든 모두 같다고 생각합니다."

"그 말을 들으니 든든하군. 검사 된 자로서 당연한 자세야. 다만 피의자를 대하는 마음가짐만 필요한 건 아니야. 동료의식, 파벌, 상하관계. 그런 여러 굴레에서도 벗어나야 해."

새삼스러운 이야기라고 생각했다. 후와는 파벌과 상하관계에 얽히지 않기에 고립된 것이다. 고고하다는 말은 듣기에는 좋아 보이지만 실상은 주변 사람들이 꺼리는 사람이며 그들과 가깝게 지내지 못한다는 뜻이다. 굳이 외부인이 언급할 필요도 없다.

하지만 오리후시의 속셈은 다른 데 있었다.

"이 회의실은 조사팀 전용 공간이다. 국유지 불하에 관한 수사자료는 전부 이곳에 모아뒀지. 그뿐만이 아니야. 이 회의실에 있는 사람은 오로지 팀원으로 존재한다. 다시 말해 오사카지검 1급 검사라는 지위도 잊으라는 말이야."

"처음부터 그럴 생각이었습니다."

"사카키 차장에게 들은 소리는 없나?"

"무슨 말씀인지 의미를 잘 모르겠습니다."

"자네를 추천한 사람은 미사키 차장검사님이지만 현재 자네는 사카키 차장의 부하지. 조사팀에 합류하라고 명령할 때 조사의 진척 상황을 보고하라고 지시하지 않았나? 다카미네 검사의 혐의가 확실해진 시점에 사태를 원만하게 수습할 수 있도록 증언을 분석하라고 하지 않았나?"

오리후시뿐 아니라 도야마와 모모세도 후와를 의심의 눈초리로 쳐다봤다. 명백히 용의자 취급하는 눈빛이었다.

"긴 말 안 하겠어. 조사팀은 지검 윗선의 의향을 참작할 생각 따위 추호도 없다. 검찰 얼굴에 먹칠한 멍청한 자식을 철저히 추궁할 거다. 그 인간의 비리를 용납한 관계자에게도 똑같은 죄를 물을 거야. 제 식구고 뭐고 치열하게 파헤치고 누가 봐도 불쌍할 정도로 죗값을 치르게 할 거야. 그렇게 해야 비로소 우리는 세상으로부터 면죄부를 얻을 수 있어. 후와 검사도 당연히 그런 각오로 팀에 합류했으면 좋겠군.”

첫날은 인사 정도만 하겠거니 만만하게 생각한 자신을 매우 치고 싶었다. 후와와 미하루를 기다리던 것은 결코 화기애애한 친목이 아니었다.

“자네 답변에 따라 자네를 기용하는 것을 다시 생각해야 할 수도 있어.”

사상 검증이었다.

오사카지검에서 기르는 개로 남을 것인지, 아니면 대검에 꼬리를 흔들 것인지 이 자리에서 입장을 명확히 하라는 압박이었다.

조사팀에 합류한 이상 오사카지검 사람이라는 사실을 잊으라는 말은 합당한 요구다. 그러나 그 합당한 요구 뒤에 특수부와 관계자를 한꺼번에 정리하겠다는 역겨운 속셈이 보이는 듯했다.

꺼림칙한 기분에 미사키를 바라봤다. 그는 여전히 고개를 돌리고 있어서 오리후시의 말을 어떻게 받아들이는지 알 수 없었다.

문득 의심이 샘솟았다.

식당에서는 소탈한 모습을 보였지만 그것이 미사키의 본모습이라는 증거는 어디에도 없다. 사카키와 나란히 거론될 정도니 분명 그처럼 권모술수에 능해서 여러 경쟁자를 짓밟고 그 자리까지 올라갔을 것이다. 그렇다면 실적을 쌓기 위해 오사카지검의 대대적인 물갈이 정도는 아무렇지 않게 계획했다고 해도 이상하지 않았다.

그런데 후와는 미하루의 걱정이 남의 일인 양 태평하게 말했다.

"면죄부 말씀하시는 것 같은데 저는 관심 없습니다."

"검찰의 권위가 곤두박질쳐도 상관없다는 말인가."

"신뢰를 잃는 데는 한순간, 되찾는 데는 평생. 당연한 말입니다. 제 식구에게 다소 엄격하게 구는 정도로 부여될 면죄부라면 그 효력도 오래 못 갈 겁니다. 비리도 실수도 없이 엄숙하게 임무를 완수해야 합니다. 섣불리 영합해 봤자 간파당할 것이 뻔합니다."

이번에는 후와의 말이 더 설득력 있었다. 오리후시는 뜻대로 되지 않아 화가 난 듯 입술을 일그러뜨렸다.

"거창하게 말하지만 결국 노선을 확실하게 정하고 싶지

않다는 말 아닌가. 박쥐처럼 어떨 때는 새, 어떨 때는 짐승인 척 행동하면 안전이 보장되니까."

"노선은 모르겠고 제 지침은 청에 들어온 후로 오로지 이것 하나뿐입니다."

그렇게 말한 후와가 옷깃에서 희미하게 빛나는 검사 배지를 손가락으로 가리켰다.

오리후시는 이번에야말로 말문이 막힌 듯 후와를 매섭게 노려봤다. 일촉즉발 상황인가 싶던 순간, 미사키가 두 사람 사이를 중재하고 나섰다.

"오리후시 검사, 한 방 먹었군."

"미사키 차장검사님."

"후와 검사의 말이 정론이지. 기강 잡기도 내부 단속도 없다. 검사인 이상 우리는 추상열일의 굴레에서 벗어날 수 없어. 이 배지가 나타내는 네 글자만이 검사의 존재 의의지. 이번 대화는 후와 검사가 이겼어."

훌륭한 중재처럼 보이지만 뒤에서 상황을 지켜보던 미하루는 미사키가 처음부터 후와의 승리를 예측한 듯하다는 생각이 들었다.

오리후시가 명분을 내세워 윽박질렀지만 후와는 그보다 더 큰 명분을 꺼내 들었다. 명분 싸움이라면 둘 중 대의명분에 더 가까운 사람의 주장이 우세해진다. 대의명분을 그대로 자신의 신념으로 삼고 있는 후와를 이길 재간이 없었다.

"아무튼 검사가 일으킨 범죄야."

미사키는 두 사람을 진정시키면서도 격려하듯 말했다.

"오월동주라는 말이 있지. 서로 속은 달라도 한시적이지만 힘을 모아야 해. 거창하게 들릴지 몰라도 검찰의 권위를 지킬 수 있을지는 우리 다섯 사람의 손에 달려 있다."

2

그로부터 오후 내내 미하루는 골판지 상자 더미와 씨름했다.

애초에 특수부가 압수한 문서는 목록이 정리되어 있다. 그 압수품을 다시 조사팀이 압수한 셈이지만 미하루에게 부여된 업무는 당초 작성한 목록과 현재 압수품을 대조해 유실 여부를 확인하는 작업이었다.

상자를 다시 세어 보니 마흔세 상자였다. 대조 작업이라고 해도 단순 대조가 아니라 쪽수가 일치하는지, 사라진 부분은 없는지, 다른 문서가 섞이지는 않았는지 꼼꼼하게 살펴야 해서 도무지 하루 이틀 사이에 끝낼 수 있는 작업이 아니었다.

지금까지 송치된 사건은 절도, 방화, 살인 같은 강력범죄가 대부분이었다. 강력범죄 사건도 딸린 자료는 많지만 경제사범에 비할 바는 아니다. 특수사기, 뇌물수수, 탈세 같은 범죄는 증거물 대부분이 문서류이며 담당 검사는 이를 읽는 데 상당한 시간을 소요한다. 이번 국유지 불하 사건도 여느 사건처럼 우선 자료 분석부터 시작한 뒤 다카미네 검사의 조사를 동시에 진행했다.

후와와 다른 검사들만큼 세세하게 분석하며 읽지는 않지만 미하루도 문서와 목록을 부지런히 대조하다 보니 다카미네 검사가 조작한 것으로 짐작되는 문서가 어떤 종류인지 어렴풋이 보이기 시작했다.

전에 사카키가 후와에게 대략 설명한 내용을 어깨너머로 듣기도 했지만, 범행 방식은 정확히 표현하면 부분 수정이 아니라 바꿔 끼우기였다. 긴키재무국에서 작성한 결재문서의 일부 페이지를 통째로 갈아 끼워서 오기야마 이사장이 암시한 현금 제공 사실을 입증할 수 없게 됐다.

당초 오사카지검은 이 결재문서에 현금 제공을 암시하는 문구가 숨어 있으리라 추측했다. 결재문서에는 국유지 매각 금액 협상 기록이 있었고, 기재된 내용 중에 효마 의원을 비롯한 국회의원들의 이름이 자주 등장하지 않았을까 의심한 것이다. 실제로 오기야마 이사장은 가격을 '조정'할 수 있는지 타진했다고 진술했다.

"갈아 끼운 부분은 24쪽이지?"

후와 옆에서 자료를 읽던 미사키가 중얼거렸다. 당연히 후와에게 물은 말이었지만 후와는 주위에 아무도 없는 사람처럼 집중한 상태였다.

대답 정도는 하면 좋으련만. 미사키는 개의치 않고 계속 말했다.

"문제가 있는 부분을 바꾼 탓에 내용의 앞뒤 연결이 어색해. 종이 질의 차이를 손으로 만져 판단하는 재주는 없지만 관료들 어법은 구역질이 날 정도로 읽었으니 이 정도는 알지."

"동의합니다."

대답은 했지만 후와는 시선을 여전히 문서에 고정한 채였다.

"아마 부분 부분 수정해서는 문맥이 어색해졌을 겁니다. 국유지 불하가 특종으로 터지면서 세간의 이목을 끈지 얼마 안 됐으니 서류를 재빠르게 갈아 끼웠겠죠."

두 사람 모두 '갈아 끼우기'라는 표현을 사용하지만 야당 의원들과 세간은 '조작'이라고 표현했다. 갈아 끼우는 행위 자체가 현금 제공 사실을 은폐하려는 의도라고 주장하는데 이는 법조인과 일반인의 인식 차이일 것이다.

"지검 내에서도 범죄행위라고 인식하니 세간에서 조작이라고 떠드는 것도 무리는 아니야. 문제는 다카미네 검사가 왜 그런 짓을 했느냐다."

미하루는 듣지 않는 척 태연한 얼굴로 귀를 쫑긋 세웠다. 이번 사건이 드러난 이후 미하루도 그 점이 궁금했기 때문이다.

"다카미네 검사와 오기야마 이사장, 또 효마 의원 사이에 이익 공여 행위가 있었는지 수사한 지 얼마 되지 않았지만 도무지 모르겠어. 이사장도 의원도 간사이 사람이라서 다카미네 검사와 접촉했을 가능성이 없지는 않지만 현재 시점에서는 세 사람이 무슨 관계인지 전혀 안 보여. 대충 간사이권으로 묶어도 세 사람 모두 출신 지역은 달라. 중고등학교도 다른 곳을 나왔고, 무엇보다 다카미네 검사는 두 사람과 띠동갑 이상 차이가 나지. 다카미네 검사가 오기야마학원 관계자나 효마 의원의 후원회에 이름을 올린 적도 없어. 담당 조정관인 야스다 게이스케와 다카미네 검사는 같은 대학 출신이지만 그 대학은 국내에서도 알아주는 재학생 수가 많은 학교니까 특별한 공통점이라고 할 수 없지."

"대학에서 접점은 없었습니까?"

"다카미네 검사가 세 학년 선배야. 다카미네는 법학부에 럭비 동아리 소속이었고. 하지만 야스다 조정관은 경제학부에 동아리 활동은 안 했어. 접점이 전혀 없어."

다카미네 검사와 오기야마 이사장, 효마 의원이 혈연관계일 리도 없었다. 사건이 발각되는 시점에 피의자와 혈연관계인 검사는 담당에서 제외되기 때문이다.

"방금 말했듯 수사는 이제 막 시작됐어. 조사하다 보면 연관성이 드러나겠지."

"글쎄요."

후와는 돌아보지 않은 채 의문을 제기했다.

"효마 의원과 오기야마 이사장 사이에 이익 공여가 있었고 그 사실을 다카미네 검사가 은폐하려 했다면 혈연 혹은 그와 같은 수준의 깊은 관계가 아니라면 설명할 수 없습니다. 깊고 끈끈한 연결고리가 있다면 초동수사 단계에서 떠올랐을 가능성이 크죠."

"우리의 수사능력을 과대평가하는 것 아닌가."

"지명돼서 머나먼 오사카까지 파견되지 않았습니까. 과소평가하는 게 더 이상합니다."

"글쎄. 자네가 나서면 또 다른 전개가 펼쳐질 것 같은데."

흘려들으면 서로를 칭찬하는 대화였지만 미사키의 표정에서는 위화감이 느껴졌다. 눈빛은 친근하지만 예리함이 담겨 있기 때문이었다. 후와는 후와대로 속을 알 수 없는 사람이니 그가 하는 말을 곧이곧대로 믿을 수 없었다. 평소 속내를 전혀 내보이지 않는 남자는 상사 앞에서도 똑같았다.

"풀리지 않는 문제는 하나 더 있어. 긴키재무국에서 보관하던 사본까지 그 부분이 갈아 끼워졌던데 그 시점이 언제냐는 거야."

미사키가 다시 의혹을 던졌다. 대화를 계속 듣다 보니 미사키는 질문과 대답을 반복하며 문제를 정리하는 사람이라는 사실을 알 수 있었다.

"원래라면 문서를 압수당하기 전에 재무국이 사본을 남겼을 거야. 그렇다면 다카미네 검사가 압수한 증거물을 갈아 끼워도 사본은 갈아 끼울 수 없었을 거란 말이야. 그런데 왜 두 증거물 전부 갈아 끼워져 있지?"

"그건 특수부가 초동수사를 신속하게 했기 때문입니다."

후와가 갑자기 설명하기 시작하자 미하루는 조금 놀랐다.

"긴키재무국을 급습해 그들이 제대로 복사하기도 전에 압수했다는 듯합니다. 그 후 긴키재무국의 요청을 받아들여 검찰에서 수시로 사본을 보내줬답니다. 아마도 복사할 때 갈아 끼웠을 겁니다."

미하루 앞에서는 관심 없는 척했지만 실은 정보를 수집하고 있던 모양이다. 정말이지 만만하게 볼 남자가 아니라고 새삼 생각했다.

"그게 사실이라면 다카미네 검사는 압수 전부터 증거물을 갈아 끼울 계획이었다는 말이군."

다시 말해 계획범행이다. 다카미네의 입지가 점점 좁아졌다.

"아무튼 다카미네 검사 본인에게 묻는 것이 가장 **빠를** 겁니다."

"그래. 내일은 내가 다카미네 검사를 신문할 예정이야. 지금부터 전술을 짜야지."

미사키는 싫지만은 않은 표정이었다. 보통 차장검사는 소속 검찰청의 전반적인 사정을 파악하고 지검장을 보좌하므로 자연히 현장 업무와는 멀어진다. 이런 식으로 피의자와 대치하는 일을 즐기는 차장검사도 드물 것이다.

다음 날, 미하루는 점심을 재빨리 먹고 흡연 코너로 뛰어갔다. 식당에 오래 있으면 언제 어느 때 불쾌한 소문을 듣게 될지 모른다.

최근 오사카지검 검사들 사이에는 미신이 난무했다. 흡연자, 비만자, 호인은 출세 코스에서 벗어난다는 이야기였다. 니시나의 말로는 원래는 미국 엘리트 사이에서 전해지던 이야기라는 듯했다. 담배를 끊지 못하는 것은 중독에 취약한 사람이라는 의심을 살 만하고, 비만은 자제력이 부족하다고 판단할 수 있다. 그러나 세 번째인 호인은 검찰청이라서 생긴 조건일 것이다.

그런 이유 때문에 흡연 코너는 언제나 파리 날렸다. 자주 이용하는 사람은 니시나와 미하루 정도 아닐까.

오늘도 무료하게 시간을 보내는데 기다리던 니시나가 모습을 드러냈다.

"어머. 어쩐 일이야, 미하루 씨. 기운 없어 보이네."

"아니에요."

"얼굴이 까칠하잖아. 생기도 없고."

무심코 얼굴에 손을 가져다 댔다.

"농담이야 농담. 하지만 기운 없어 보인다는 건 진담. 역시 회의실 안은 숨이 턱턱 막히지?"

"생기를 잃는다고 할 정도는 아니지만 솔직히 숨 막히네요."

"뭐, 그 인사들이면 어쩔 수 없지. 여하튼 그중 미하루 씨와 가장 가까운 사람이 후와 검사이니 알 만하다."

"아직도 세 사람이 노려봐요."

"원래 심술궂게 생겼잖아. 그래서 조사는 얼마나 진행됐어?"

"맨날 자료만 읽고 있어요. 오늘부터는 미사키 차장검사님이 신문한다고 하시더라고요."

"자료를 읽는 단계면 아직 별다른 진척은 없나 보네."

"진척은 없어도 사실 이런 식으로 이야기하는 건 금지이긴 해요."

"울분을 토하는 건 괜찮아. 회의실에서는 숨 막혀 죽을 것 같잖아."

"아무튼 그 세 사람의 눈빛이 따가워요."

"젊고 잘생긴 청년이면 좋은 의미로 아플 텐데. 그 세 사람은 절레절레다."

"미사키 차장검사님은 익숙해졌어요."

"'귀신 같은 미사키'한테 익숙해졌다면 어떤 검사 밑에 들어가도 걱정 없겠다."

니시나는 반쯤 놀란 듯 말했지만 실제로 말을 주고받는 미하루는 대수롭지 않게 여겼다. 일할 때는 귀신같을지 몰라도 언뜻 보이는 얼굴은 평범한 중년남성이었다.

"같은 공간에 사무관이 있는 것이 도무지 마음에 안 드는 눈치예요."

"검찰의 세계는 아직도 남초 사회니까 어떻게 보면 스모계와 비슷한 셈이지. 여자는 스모판에 올라오지 말라는 것처럼."

일리 있는 말이라고 생각했다. 확실히 그 성가신 시선은 금녀의 구역에 발을 들여놓은 여자를 보는 눈빛이었다.

"뭐, 피차일반이긴 해. 우리도 그 무리를 수상쩍다고 할까, 방해된다는 눈초리로 보니까. 자기도 벌써 눈치챘잖아?"

"네? 네네."

미하루는 머뭇거리면서도 고개를 끄덕였다. 한번은 복도를 걸어가는 오리후시를 한 검사가 몹시 꺼림직한 눈초리로 쳐다보며 스쳐 지나가는 것을 목격했기 때문이다.

"검사만 그런 게 아니라 다른 직원들도 다들 싫어해."

"사무관은 그냥 강 건너 불구경한다고 생각했어요."

"처음에는 그랬지. 징계 대상이 아무리 확대돼도 본인들은 피해 입지 않을 거라고 생각했으니까. 그런데 그 거만한 눈빛의 정체를 슬슬 눈치챈 거야. 징계가 어떻게 진행되든 대검에서 온 무리는 하나같이 답 없는 엘리트 의식으로 똘똘 뭉친 인간들이라는 걸. 입 밖으로 내지 않아도 그 눈을 보면 그들이 자신을 어떻게 생각하는지 정도는 알지. 자기를 경멸하는 인간을 존경할 수 있는 사람은 변태뿐일걸."

"변태라니요."

"사무관들이 그 정도인데 검사들은 말할 것도 없지. 자기 목을 베어가려는 청룡도를 든 인간을 친근하게 대할 수 있는 사람이 어디 있겠어?"

대검 팀과 오사카지검 멤버가 대립한다. 다카미네 검사라는 제물이 결정되고 나서도 그 틈은 메워지지 않는 상황이었다.

"뭐랄까, 앞으로는 완전히 혐오 관계로 돌아설 거야. 처음에는 대검에서 파견 나온 사람들이니 경외감 같은 게 있었지만 지금은 완전히 원수거든. 어제인가, 대검 팀이 부탁한 배달 음식에 설사약을 넣겠다고 공언한 직원도 있다던데."

아무리 그래도 그 이야기는 루머일 테지만 직원들의 악감정을 생각하면 전혀 터무니없는 소리는 아니라고 생각해서 잠자코 있었다.

"그래서 미하루 씨. 나는 후와 검사가 걱정이야. 평소에도 이 조직에 소속감이 없어 보이는 사람인데다 이번 사건을 수사하면서 그 사람답게 행동할수록 지검 내부에 적을 만들 거야. 겉으로 보기에는 그야말로 동료를 배신하고 총구를 겨누는 격이니까 말이야."

그 점은 미하루도 피부로 느꼈다. 후와와 함께 걷다 보면 지검 직원과 검사들의 험악한 눈초리가 느껴졌다. 예전에는 거리를 두는 듯한 시선이었지만 요즘은 명백히 증오와 경멸의 빛을 띠었다.

고립무원이던 처지가 이제는 사면초가가 된 것이다.

"후와 검사는 진짜 무슨 생각일까? 그 사람은 도대체 무슨 생각을 하는지 알 수가 없어. 그런데 이번만큼은 그 무표정이 좋지 않은 방향으로 작용할 수도 있겠어. 그러니 미하루 씨."

"네."

"그렇게 되지 않도록 자기가 똑바로 지켜봐야 해. 후와 검사를 이런 패권 다툼의 희생자로 삼기에는 너무 아깝잖아."

고개는 끄덕였지만 미하루는 상황을 완화시킬 자신이 전혀 없었다. 애초에 대검과 오사카지검의 불화를 해결할 입장도 아니고 후와의 방패막이 노릇을 할 재량도 없었다.

비상시에야말로 사람의 가치가 드러난다. 아무도 지킬 수 없고 아무것도 바꿀 수 없는 자신이 정말로 무력하다는 사실을 통감했다.

그리고 역풍이 몰아치는 가운데서도 묵묵히 지시받은 일을 해내는 후와의 정신력은 역시 강철 같았다.

점심시간이 끝나고 오후가 되자 미하루는 회의실로 향했다. 발이 떨어지지 않았지만 어쩔 수 없었다.

후와는 여전히 자료를 읽는 데 여념이 없었다. 대검팀이 저마다 추론을 늘어놓는 와중에 홀로 묵묵히 문서에 집중할 뿐이었다.

"오기야마 이사장이 다카미네 검사에게 이익을 공여했다는 가설은 힘을 잃었어. 이사장은 이미 전면 자백에 가까우니 검사에게 뇌물을 건네도 아무 의미가 없잖아."

"금전이 아니라 약속어음은 어떨까. 다카미네 검사의

목표가 정계 진출이라면 효마 의원이 자신에게 빚을 지게 해두는 것도 결코 의미 없는 짓은 아닐 테니."

"전혀 말이 안 되는 건 아니네. 오사카지검 특수부의 희망이니 뭐니 하면서 인기가 많은 상황에서 정년이 가까워지면 손에 닿는 범위도 눈에 보일 테니까. 다른 분야로 진출하겠다는 계획도 나쁘지 않은 생각이야. 그렇다고 조급해하면 악수가 되지만 말이야."

"다카미네 검사가 직접 그렇게 진술해주면 좋을 텐데."

"참나, 정말 강적이야. 어제는 내가 담당했는데 잡담에는 반응하지만 정작 중요한 이야기가 나오면 입을 꾹 다문다니까. 처음부터 끝까지 아무 말 안 하는 것보다 더 성가셔."

"맨날 하던 일이 취조다 보니까 우리가 뭘 피하고 싶어하는지, 어떻게 해야 곤란해 할지 너무 잘 알아. 이래서 검사는 상대하기 싫다니까."

"아무튼 오늘은 차장검사님이 맡는 날이네. 그 산전수전 다 겪은 양반이 어떤 실력을 보여줄지 기대되는군."

세 사람이 잠시 쉬느라 회의실을 나가자 후와와 단둘이 남겨졌다.

"한 가지 여쭤도 될까요?"

"뭐지?"

후와는 미사키를 대하던 것처럼 자료에서 눈을 떼지 않은 채 대답했다.

"검사님은 정식명령이 내려올 때까지 이 사건 수사를 피했잖아요. 그런데 지금은 대검팀의 지시에 순순히 따르고 계셔요."

"부자연스럽다는 말인가?"

"이해가 가지 않아서요."

"명령받은 이상 내 일이야."

"지금 청사 사람들이 검사님을 어떻게 보는지 아세요?"

"딱히 관심 없네."

"같은 지검 동료에게 총질하는 배신자라고들 해요."

"떠들고 싶으면 떠들라고 해."

감정이 깃들지 않은 목소리에 점점 울화가 치밀었다. 걱정해서 하는 말이라는 것을 모르나? 아니면 처음부터 지검에 충성하지 않았으니 배신자가 아니라고 궤변을 늘어놓을 셈인가.

"검사님이 마치 도쿄지검으로 돌아가려고 안간힘을 쓰는 것처럼 사람들이 떠든다고요."

"같은 말 여러 번 하게 하지 말게."

조바심이 나서 그만 도발하고 싶어졌다.

"설마 정곡을 찌른 건가요? 이번 성과를 발판 삼아 도쿄지검으로 돌아가실 심산이에요?"

대답은 없었다. 작심해서 도발했는데 무시당하자 미하루는 당황스러웠다.

거북한 분위기가 주위를 지배했다. 웅변은 은, 침묵은 금이라는 격언이 떠올랐다. 격언이 진실이라면 시종일관 침묵을 지키는 후와는 최강 아닐까.

평소처럼 경솔한 발언을 후회하는데 이윽고 후와가 중얼거렸다.

"미하루 사무관은 다카미네 검사를 어떻게 생각하나?"

"어떻게라뇨······."

"평범한 동료가 아니야. 다카미네는 어엿한 검사다. 근거 없는 모함이라면 조속히 혐의를 벗어야 하고, 만약 비리를 저질렀다면 동기를 밝혀야 해. 내가 지시받은 내용은 바로 그것이야."

어안이 벙벙했다.

기가 막힐 정도로 단순명료한 행동 원리였다. 패권 다툼이니 명예 회복이니 부르짖던 자신이 몹시 멍청하게 느껴졌다.

이 남자의 머리에 간토*와 간사이**의 대결이라는 하찮은 도식은 조금도 존재하지 않는다. 오로지 철두철미한 일처리와 검사로서의 사명감만 있을 뿐이다.

함께 일한 지 곧 1년인데 아직도 후와라는 사람을 파악하지 못했구나. 어리석은 자신에게 혐오마저 느낄 때 회의실 문이 열렸다.

모습을 드러낸 사람은 미사키였다. 다카미네 검사의 조사가 끝난 듯했다.

"오사카지검 특수부의 희망이라고 명성이 자자할 만하더군."

가장 먼저 꺼낸 말은 상대를 향한 찬사였다.

"긴키재무국에서 보관하던 사본은 나중에 복사된 것이라는 자네 지적이 맞았어. 다카미네 검사도 그 점은 깔끔하게 인정하더군. 하지만 압수 후에 복사했다는 점은 인정해도 갈아 끼운 행위는 인정하지 않았어. 질문하는 쪽이나 대답하는 쪽이나 모두 급소를 알아서 쉽지 않아."

결과가 좋지 않았는데도 미사키는 왜인지 실망한 기색

---

* 도쿄가 있는 혼슈 동쪽 지역.
* 오사카가 있는 혼슈 서쪽 지역.

이 아니었다. 어쩌면 예상한 결과일지도 모른다.

"공격 방법을 아니까 도망치는 방법도 빠삭해. 평범한 전술로는 끝을 볼 수 없겠어."

그러고는 후와를 짓궂게 바라봤다.

"그러니 평범하지 않은 검사가 나설 차례지. 내일은 자네가 신문해."

마치 자신이 앞장서서 등판했으니 성과를 내지 않으면 용납하지 않겠다는 말투였다.

3

다음 날 오후, 미사키의 뒤를 이어 후와가 다카미네를 신문했다. 신문은 평소처럼 개별실에서 진행되었다. 평소 작은 회의에 사용되는 회의실이지만 다카미네 사건이 터지면서 취조실로 바뀌었다.

후와와 미하루가 먼저 취조실로 들어가 기다렸다. 벽에는 포스터 한 장 없고 방 한가운데에 책상과 의자만 있을 뿐이었다. 살풍경하기 짝이 없었다. 오로지 용의자를 신문하는 것만이 목적이라면 검사 집무실보다 적합해 보였다.

"실례합니다."

정해진 오후 1시 정각에 다카미네가 나타났다.

"호오, 오늘은 자네인가 보군, 후와 검사. 틀림없이 미사키 차장일 줄 알았는데."

조사를 받는 입장인데도 다카미네는 여유 있게 미소 지었다. 미하루도 다카미네를 복도에서 몇 번 스쳐 지나간 적이 있지만 이렇게 정면에서 보는 것은 처음이었다. 전력비부원답게 양복을 입었어도 근육질 몸매가 느껴졌다. 얼굴도 그야말로 대담하게 생겨서 검사라기보다 출전식에 참석한 운동선수 같았다.

"그러고 보니 같은 지검 소속이면서 마주 앉는 건 이번에 처음이군."

"그렇습니까?"

"검사들끼리 협의할 일도, 술잔을 주고받을 일도 별로 없으니까."

"불필요한 일입니다."

그러자 다카미네는 고개를 한 번 끄덕였다.

"맞아. 우리는 무리 지을 필요도 없고 친하게 어울릴 필요도 없지. 다른 검사에게 그다지 관심도 없고. 하지만 자네는 무척 흥미로웠지. 오사카지검 에이스 후와 슌타로. 기회가 있다면 단둘이 이야기를 나눠보고 싶었어."

"지금 그러고 있군요."

"이런 형태는 원하지 않았는데. 무엇보다 단둘이가 아니잖아. 자네의 사무관이 함께 있지 않나. 그러고 보니 언제 어디서든 사무관을 대동한다고 들었는데."

"사무관이 있다고 못 할 이야기라면 하지 않는다는 주의입니다."

"그렇군. 자신을 감시하는 자를 세워두는 셈이니 검사답지 않은 행동을 삼가게 되는 요인이 되겠군. 나도 그랬어야 했나."

다카미네는 자학적으로 말했지만 어딘가 후련하게도 느껴져서 비꼬는 소리처럼 들리지 않았다. 증거물을 조작하는 사람이어서 훨씬 비겁하고 교활한 인상일 줄 알았는데 뜻밖이었다.

"그것이 브레이크 역할을 한다는 뜻입니까?"

"아니, 내가 문서를 갈아 끼우지 않았다는 사실을 증명해줄 증인이 될 테니까. 오기야마학원 사건을 수사할 때는 사무관도 접근하지 못하도록 조치한 것이 새삼 후회되는군."

"문서를 갈아 끼우지 않았다고 주장하는 겁니까?"

"당연하지. 고작 종이 질감 차이로 지독하게 꼬투리를

잡았더군. 복사 용지는 종류가 한두 가지가 아니야. 문서 더미 중 몇 장이 다른 종이라고 해도 이상하지 않지."

지극히 상식적이라는 생각이 드는 항변이었지만 문서 갈아 끼우기를 의심하는 조사팀으로서는 당연히 의혹을 제기할 만한 근거였다.

"관공서 비품은 대부분 같은 업체에서 일괄 구매합니다. 긴키재무국에 납품하는 업체는 '이마쿠루'의 법인부로 최근 10년 동안 그곳에서 제공하는 복사 용지는 '오피스 라보'의 제품이죠. 국유지 불하 결재문서에 사용된 용지도 마찬가지입니다. 그런데 24쪽 한 장만 '재팬 제지'의 종이였습니다. 그리고 오사카지검이 납품받는 용지도 '재팬 제지'입니다."

"우연이 아니라는 말인가."

"문서의 앞뒤 내용을 읽어 보면 오기야마 이사장과 야스다 조정관의 협상 내용이 적힌 부분의 용지가 바뀌었습니다. 불하 여부가 결정되는 핵심 부분이므로 더욱더 작위적이라고 느낄 수밖에요."

"어디까지나 느낌일 뿐이지. 내용을 조작했다는 증거는 아니야."

그러나 세간과 언론은 물론 조사팀의 관심은 그 한 가

지에 집중됐다. 현재 오기야마 이사장은 효마 사부로에게 이익을 공여했다는 사실을 암시했지만 어디까지나 언론용 발언일 뿐이었다. 긴키재무국의 결재문서에 그 사실이 남아 있으면 오기야마 이사장은 물론 효마 의원까지 뇌물수수 혐의로 기소할 수 있다.

"조사팀 사람들은 나와 효마 의원의 관계를 의심하지. 내가 양쪽 혹은 어느 한쪽으로부터 이익 공여를 받았다고 단정하지만 증거는 어디에도 없어. 어차피 계좌도 조회했을 테지. 오기야마학원 문제가 발각되기 전이든 후든 내 계좌에 거액이 입금된 적이 있나?"

"없습니다."

"차가 갑자기 고급 외제차로 바뀌었나?"

"아뇨."

"허름한 관사 생활을 하던 놈이 미도스지*에 있는 맨션이라도 샀나?"

"아닙니다."

"공무원 분수에 맞지 않는 호화로운 해외여행을 즐겼나?"

---

* 오사카 중심 지역.

"아닙니다."

"돈 좀 들 것 같은 여자와 유흥가에서 술 마시는 모습을 본 사람이라도 있나?"

"아뇨."

"그렇겠지. 그런 적이 전혀 없으니까."

전부 사실이었다. 조사팀이 다카미네의 사생활을 샅샅이 파헤쳐 자산과 행적을 조사했지만 이전과 달리 사치스러워진 흔적은 발견하지 못했다.

그러나 후와는 끈질기게 물고 늘어졌다.

"그 이익이 꼭 돈이라고만은 할 수 없죠."

"호오. 법무성이라면 몰라도 재무성 족의원 마음에 들어서 어떻게 출세할 수 있을까? 아니면 퇴직 후 여당 공천을 구두로 약속이라도 받았다는 말인가?"

"정치에 관심 있습니까?"

예상 밖의 질문이었는지 순간 다카미네의 입이 반쯤 벌어졌다.

"……관심이 없지는 않지. 검사 생활을 오래 하다 보면 오류가 있는 법 때문에 고민할 때가 많아. 내 손으로 바꿀 수 있다면 그러고 싶어. 그건 후와 검사도 마찬가지일 텐데."

"아니요."

후와는 일언지하에 대답했다.

"현행법이 지속되는 데는 나름대로 이유가 있어서입니다. 우리가 하는 일은 송치된 사건을 현행법의 범위에서 기소할지 불기소할지 결정하는 것뿐입니다."

"감탄할 만한 준법정신이로군."

"법을 무기 삼아 타인에게 죄를 묻습니다. 그런 사람에게 준법정신이 없다면 불합리하겠죠."

다카미네는 말문이 막힌 표정이었지만 이내 정신을 가다듬는 기색이었다.

"그랬지. 자네는 그런 검사야."

"다시 본론으로 돌아가겠습니다. 당신은 국유지 불하에 관해서는 관련자 누구에게도 이익을 제공받지 못했다는 말이죠?"

"그래, 못 받았어."

다카미네는 팔짱을 낀 채 가슴을 폈다. 명백한 도발 자세는 후와를 초조하게 하려는 의도이리라.

그러나 역시나 후와의 얼굴은 조금도 변화가 없었다.

"의외군."

다카미네는 신기하다는 듯 말했다.

"준법정신이 투철한 자네라면 감정을 더 드러낼 줄 알았는데."

"왜 그렇게 생각했습니까?"

"내 잘못으로 오사카지검에 폐를 끼치고 말았어. 아니, 문서 교체 같은 짓은 안 했지만 어쨌든 시답지 않은 일로 의혹을 받고 말았어. 예전 증거물 조작 사건으로 오사카지검의 권위는 땅에 떨어졌지. 지검 직원 모두가 한마음으로 신뢰 회복에 힘써왔는데 또다시 이런 꼴이 됐어. 지검 직원들의 시선이 따가워서 견딜 수 없다고."

진심일까? 미하루는 의심스러웠다. 후와와 나누는 대화를 듣다 보니 점점 다카미네의 협상술이 보였다. 일방적으로 공격하지는 않되 상대의 반응을 확인하며 다음 수를 생각하는 부류다웠다.

특수부가 다루는 사건은 대부분 정치 비리와 경제 사건이다. 한 개인이 저지른 범죄보다는 관계자가 여럿 얽힌 조직 단위 범죄가 압도적으로 많다. 만약 모든 사실을 자백하면 본인뿐 아니라 관계자 전원에게 영향을 미친다. 용의자는 그들을 배신할 수 없다는 중압감을 안고 검사를 상대한다.

한편 검사가 보기에는 상대가 지키려는 것이 너무 많

다. 지키려는 것이 많다는 것은 그만큼 약점이 많다는 의미다. 다양한 질문을 반복하면서 용의자가 무엇을 두려워하는지 알아내면 검사 조서는 완성된 것이나 마찬가지다. 다카미네는 검사가 용의자를 상대할 때 던지는 질문과 답을 예상한 뒤 조사를 받으면서 후와의 반응을 계산하는 듯 보였다.

"세간과 언론만이 아니야. 지난번에 이어 대검의 추궁도 극심하지. 그 이유는 말할 것도 없이 검찰청의 권위를 되찾으려고 문제를 일으킨 오사카지검에게 쓴맛을 보여줘야 하기 때문이야. 즉 면죄부를 얻기 위한 산제물이란 말이지. 그래서 오리후시 검사를 비롯한 대검에서 파견 나온 검사들이 보통 지독하게 구는 게 아니야. 처음부터 나를 배신자라고 부르며 검사 얼굴에 먹칠한 놈이라고 매도하는 상황이지."

"미사키 차장검사님도 말입니까?"

"아니……. 그 사람은 조금 달랐지. 화를 낸다기보다 나를 어찌 대해야 할지 막막해서 고민하는 인상이었어."

"고민하는 게 아닙니다. 당신이 정말로 문서를 갈아 끼울 만한 사람인지 가늠한 겁니다."

"아아, 그러고 보니 자네는 예전에 미사키 차장 밑에 있었다지? 아하, 결국 수사에 자네가 끼게 된 이유가 미사키 차장의 계획이었단 말인가. 분명 도쿄지검 시절에 사이좋은 상사와 부하였을 거야."

"미사키 차장검사님과 같은 사무실에 근무한 기간은 1년뿐입니다. 대화를 나눈 적도 손에 꼽을 정도였습니다."

"호오. 틀림없이 미사키 차장의 교육을 받고 온 줄 알았더니. 그래서 자네도 가차 없이 몰아세우겠거니 싶었지. 이제 신사적인 태도는 버리고 슬슬 오사카지검의 에이스답게 거칠게 취조하려나."

다카미네는 여전히 상대의 태도를 살피는 듯했다. 의미 없는 시도라고 말해주고 싶었다. 그까짓 도발로 감정을 드러낼 사람이라면 미하루도 고생하지 않는다.

"내가 맡은 일은 죄를 따져 묻는 것이 아닙니다."

"그럼 뭐지?"

"다카미네 검사가 문서를 갈아 끼웠는지 아닌지를 밝히는 것입니다."

너무나 단순명료한 대답에 다카미네는 허를 찔린 듯했다.

"후와 검사. 자네가 보기 드물게 융통성 없고 고집 센 사람이라는 건 알아. 타산을 따져가며 움직이는 사람이 아니라는 것도 알고. 하지만 그런 교과서 같은 신념이 같은 검사에게 통하리라 생각하나? 나도 지금까지 악하고 뻔뻔한 용의자를 한두 번 상대해 본 게 아니라고."

"교과서 같은 신념이 왜 나쁘다는 건지 저는 잘 모르겠군요."

다카미네의 날뛰는 억양과 달리 후와의 말투는 한없이 담담했다.

"다카미네 검사님. 오사카지검에서 당신의 위치는 스스로 가장 잘 알고 있을 겁니다. 당신을 비롯한 특수부 멤버들은 불미스러운 사건으로 밑바닥까지 추락한 지검 특수부의 명예를 되찾기 위해 투입된 토박이들입니다. 그 중심인물인 당신이 이런 비리를 저지르다니 갑작스러워서 믿기 어렵습니다."

"그렇게 말해주니 기쁘지만 다소 과한 칭찬이기도 하군. 이번 일은 억울하지만 어차피 나는 속물이야."

"속물이니 감추는 것을 얼른 이야기하시죠. 평생 비밀을 지킬 수 있는 사람은 그에 걸맞는 각오를 한 사람뿐입니다."

"내가 그런 말에 넘어갈까 봐?"

다카미네는 오히려 도발 당했다고 느꼈는지 불쾌한 듯

입술을 일그러뜨렸다.

"내 자존심을 자극해서 마음대로 조종할 속셈이라면 꿈 깨는 게 좋아. 나도 산전수전 다 겪은 정치인들을 상대해 봤고 실적도 냈다고."

"압니다."

"문서를 갈아 끼웠다는 말을 내 입에서 끌어내는 것이 목적이겠지만 포기해. 사실이 아닌 말에는 목을 비틀어도 끄덕이지 않을 테니. 자네도 오사카지검의 에이스라는 명성을 지키고 싶으면 내 자백 따위 기대하지 말고 스스로 답을 찾는 게 어때?"

이 말 역시 다카미네의 도발이었다. 눈에는 눈, 이에는 이. 상대와 같은 수법으로 되돌려주면 무승부가 된다.

그러나 후와에게는 통하지 않았다.

"그러겠습니다."

그 말을 끝으로 벌떡 일어났다. 의표를 찔린 다카미네처럼 미하루도 놀랐다.

"이제 끝인가?"

"오늘은 더 이야기해도 진전은 없을 테니까요. 시간 낭비입니다."

후와는 털끝만큼도 미련 없는 모습으로 문으로 향했다.

미하루는 멍하니 있는 다카미네를 그대로 두고 뒤를 따랐다.

"검사님."

등 뒤에서 불러 세웠지만 후와는 뒤돌아보지 않았다.

"정말로 이렇게 끝내도 될까요?"

"누가 끝낸다고 했나."

평소처럼 어떠한 감정도 실리지 않은 목소리였다.

"내가 쥔 것은 조사팀이 먼저 사용한 정보뿐이야. 다카미네 검사는 이미 그 속셈을 간파했고. 그런 상황에서 죽자고 달려들 수는 없지."

그러면 어떤 정보를 더 모을 생각인지 물으려다가 그만됐다.

어차피 자신은 후와의 그림자다. 이 남자를 따라갈 수밖에 없다.

다음 날, 후와가 집무실로 소환한 사람은 야스다 조정관이었다.

야스다 게이스케의 첫인상은 강아지 같았다. 고개를 약간 숙이고 무서워서 쩔쩔매는 모습은 차가운 비를 맞고 상자 안에서 벌벌 떠는 유기견 같았다. 이 곱상한 남자가 우락부락한 다카미네를 상대로 한 발짝도 물러서지 않았다는 사실이 도저히 믿기지 않았다.

"여기까지 오시게 해서 죄송합니다."

"아뇨…… 어차피 직장에서는 아무것도 할 수 없는 신분이거든요."

결재문서 교체 의혹으로 체포된 사람은 아직 아무도 없다. 체포나 구류할 만한 증거물이 없어서 이렇게 임의출두를 이어갈 수밖에 없는 현실이었다. 물론 긴키재무국 쪽에서도 국유지 불하에 편의를 도모한 혐의를 받는 직원을 업무에 투입할 수도 없는 노릇이니 반쯤은 놀리고 있다고 한다.

"저를 소환하신 이유는 역시 국유지 불하 때문입니까?"

"그렇기도 합니다. 그런데 야스다 씨는 오기야마 이사장에게 뇌물을 받은 사실을 일관되게 부정하고 있죠."

"저는 그런 적 없으니까요."

말꼬리가 힘없이 사라졌다.

"그런데 비교적 풍족한 생활을 하시는군요. 좋은 맨션에 사시고 지난달에도 고급차로 바꾸셨던데."

"그 맨션은 전 주인이 자살한 집이라 집세가 시세의 절반밖에 안 됩니다. 제 월급으로도 감당할 수 있죠. 차도 사정이 있는 중고차입니다. 중고차 센터 주인의 권유로 샀어요."

"어떤 사정입니까?"

"잘은 몰라요. 센터 주인도 자세히는 안 알려줬는데 대강 사고 차량 같은 거겠죠."

"사고 물건들과 인연이 잘 닿으시는군요."

"그런 운명을 타고났거든요."

"그러면 해당 국유지까지도 사고 물건이었다는 말입니까?"

야스다의 눈썹이 꿈틀했다.

"공시가격으로 보나 인근 매매사례로 보나 시세의 반값도 안 되는 가격이더군요."

"그 주변 땅이 잘 팔리는 이유는 조건이 좋아서예요. 40평짜리 경작지는 택지에 적합하죠. 그런데 8천 7백 평방미터쯤 되는 물건이면 쉽게 건들기 힘듭니다. 어떤 개발자가 분양지로 쓴다고 하면 잘 팔리겠지만 국유지 판매 목적으로는 인가가 나지 않아요. 오히려 시세보다 떨어지는 게 당연하죠."

"하지만 학교 건설 목적이었다고 해도 상식을 벗어난 가격 책정은 반사회적이라는 비난을 피하지 못합니다. 위낙 상식 밖이니 좋지 않은 의혹을 받아도 할 말이 없죠."

"상식을 벗어난 가격이라는 건 과장된 표현입니다."

뜻밖에도 야스다는 후와를 상대로 선전했다. 나약해 보이지만 다카미네의 취조를 견뎌낸 이유가 있었다.

"아까 사고 물건 이야기가 나왔는데 사실 그 땅도 사정이 있다면 있다고 할 수 있거든요."

"설명해주시죠."

"거기는 원래 전시에 군수공장이 있던 자리예요. 전쟁이 끝난 후에는 한동안 선반旋盤 공장으로 사용됐는데 불황으로 맥없이 망해버렸죠."

"공장이 폐쇄되기까지 세금을 많이 체납했습니다. 공장주는 미납분을 물납할 수밖에 없었고 공장 터는 국유지가 됐죠. 그 경위 정도는 저도 압니다. 제가 알고 싶은 것은 그 땅에 얽힌 사정입니다."

야스다가 고개를 숙인 채 갑자기 입을 다물었다.

"왜 그러시죠?"

"문제가 있는 부동산에는 여러 요인이 있습니다. 제가 사는 맨션처럼 누가 자살을 했다거나 주변에 묘지나 화장터가 있는 등 알기 쉬운 요인부터 치안이 좋지 않거나 질이 나쁜 이웃 주민이 있는 등 소문에 가까운 요인도 있죠."

"네. 소문으로 인한 피해가 생각보다 심각하다는 사실은 동일본대지진 때 드러났죠."

"하지만 현지 주민밖에 모르는 소문도 있어요. 그걸 밝히는 것이 터부시되면 공표할 수도 없어요."

"그러니까 기시와다시 무코야마 부지가 이상하리만치 저렴한 이유는 공표할 수 없는 소문 때문이라는 말입니까?"

"네. 신중에 신중을 기해 다뤄야 할 이야기예요. 그런데 저를 취조한 다카미네라는 검사는 고압적이고 거칠어 인근 주민에 대한 배려 따위 신경 쓰지 않는 느낌이었습니다."

"그래서 말할 엄두가 나지 않았다는 말입니까?"

야스다는 떨떠름하게 고개를 끄덕였다.

"야스다 씨가 말하지 않은 탓에 이번에는 불필요한 의혹이 제기됐습니다."

후와는 부드럽게 말했지만 야스다는 사죄하듯 고개를 숙였다.

"취조 때 오가는 민감한 정보는 외부로 유출되지 않습니다. 더는 오해를 사지 않기 위해서라도 야스다 씨가 아는 모든 사실을 말해주세요."

야스다는 고개를 끄덕이더니 천천히 얼굴을 들었다.

"아까 전시에는 군수공장이었다고 말했죠? 그 공장에서 유독가스를 제조하던 흔적이 있습니다."

"화학무기를 개발하던 공장입니까?"

"현재로서는 확인할 길이 없지만 아이소사이안화메틸이 원료인 무기였던 것 같습니다. 그런데 군은 전쟁이 끝나면서 독가스를 제조했던 사실을 연합군에게 들키지 않으려고 보관하던 독가스 원료를 부지 내 땅속 깊이 묻어버렸다고 해요. 원래는 제염 처리를 해야 하는데 그냥 모른 척 방치했죠. 소문이 사실이라면 땅이 심각하게 오염됐을 겁니다."

"땅값이 싼 이유가 그뿐입니까? 설사 그렇다고 해도 토양오염이 의심되는 땅 위에 학교를 짓는 것도 문제 아닙니까."

"독가스 어쩌고 하는 이야기는 그저 소문입니다. 하지만 만약에 소문이 사실일 경우 제염 비용까지 고려한 가격이에요. 가격 책정 근거를 공개할 수 없으니 금액이 너무 싸다는 비판을 받죠. 아무래도 다루기 까다로운 부지였습니다."

후와의 뒤에서 대화를 듣던 미하루는 간이 오그라들

었다.

과거 전쟁을 하던 시대에 존재하던 유해 물질이 언제까지 영향을 미치는지, 또 아이소사이안화메틸 약품이 어떤 독성을 지녔는지는 모른다. 그러나 전시의 망령이 오늘날까지 재앙의 그림자를 드리우고 있다는 사실에 간담이 서늘했다.

"아무리 소문이라도 뒤숭숭한 이야기인 건 변함없어요. 그런데도 국유지 불하 시점까지 인근 주민들이 입을 다물고 있는 이유는 불필요한 소문으로 자신들의 자산가치가 떨어질까 봐 경계해서죠."

"당사자인 오기야마 이사장은 소문을 압니까?"

"본인에게 확인한 적은 없지만 터무니없이 싼 금액을 제시해 온 것을 보면 알고 있었다고 보는 편이 타당할 겁니다."

"오기야마 이사장은 신청 타당성과 매입 가격에 관해 야스다 씨에게 다양한 조언을 얻었다고 말했습니다."

"제가 먼저 토양오염을 언급한 기억은 없습니다."

"오기야마 이사장의 증언에 따르면 학원의 모든 자금을 투입해도 제시 금액에 한참 못 미쳤죠. 그래서 효마 의원을 움직여 금액을 조정했다고 하더군요. 사실입니까?"

혀에 기름칠이라도 한 듯 말하던 야스다가 다시 입을 굳게 다물었다.

후와는 재촉할 생각이 없는 듯 야스다가 스스로 말하기를 기다렸다.

침묵이 1분 가까이 계속되자 더는 견딜 수 없다는 듯 야스다가 입을 열었다.

"……기억 안 납니다."

뻔뻔하게 잘도 말한다고 생각했다. 효마 의원에게 조정해달라고 요청한 사실은 오기야마 이사장의 폭로로 온 국민이 아는 사실 아닌가. 이제 와서 모르쇠로 일관하는 이유는 사실대로 진술함으로써 조직을 향한 충성심을 의심받을까 봐 두렵기 때문이리라.

이것이 바로 공무원의 습성이란 말인가. 미하루는 자신도 공무원이지만 마치 더럽혀진 또 다른 자신을 보는 듯해 견딜 수 없었다.

"질문을 바꾸겠습니다. 긴키재무국 결재문서 말입니다. 특수부에서 원본을 압수한 뒤 이후 재무국이 요청해서 사본을 받은 것 맞습니까?"

"네."

"복사본의 내용은 확인했습니까?"

"네."

"결재문서에는 야스다 씨와 오기야마 이사장이 주고받은 협상 내용이 기록되어 있습니다. 특수부에 압수당하기 전이나 후에 조작된 흔적이 있었습니까?"

대답이 없었다.

"내용을 확인했다면 차이가 있었는지 없었는지 정도는 구분할 수 있지 않았겠습니까."

또다시 무거운 침묵이 내려앉았다.

야스다의 속셈이 보였다. 성실하게 진술하는 듯 보이지만 사실 자신에게 불리한 증언은 사사건건 입을 다문다. 면종복배란 바로 이 사람을 두고 하는 말일 터다.

"갈아 끼웠다고 의심하는 부분은 문서 24쪽입니다. 여기, 사본을 준비했습니다."

후와는 복사본 한 장을 책상 위에 놓았다. 야스다의 눈이 복사본 내용에 집중됐다.

미하루가 복사했으니 내용도 대부분 기억했다.

4 특례 승인 결재문서

긴키재무국에서 오기야마학원에 대하여 ① 당국의 심사를 연장할 것 ② 기시와다시의 개발 행위 등과 관련된 수속만 가능하게 하는 '승낙서'를 당국에 제출할 것 ③ 매각을 전제로 한 가격 인하 협상은 협의하겠다고 답변함.

오사카부가 오기야마학원의 설립계획서를 정식으로 수리하고 2014년 정례 사립학교심의회에서 본건에 대한 자문을 진행하기로 결정.

긴키재무국이 오사카부 사립과 초중고 진흥 그룹에 심사기준(총부채 비율 제한)을 조회.

오기야마학원이 해당 부지를 매입하기 위해 은행 등에서 차용할 때뿐 아니라 연납 매도할 때도 연납 금액이 부채로 계상되는 것을 확인(현재 입출 계획으로는 심사기준에 저촉되어 해당 부지를 즉시 매입할 수 없음을 확인).

"이 페이지만 읽으면 언뜻 결재 진행 과정을 보고한 듯 보이지만 이전 페이지는 오기야마 이사장이 심사기준을 상담했다는 보고가 도중에 끊긴 형태로 끝났습니다. 그러니 당연히 다음 페이지에서 상담 내용을 언급해야 옳은데 엉뚱하게도 심사 연장을 설명하는 내용이 나오죠. 문맥이 맞지 않는 매우 부자연스러운 문서입니다. 이런 결재문서는 보통 담당자가 기안한 후 계장, 과장보좌 순으로 검토한 뒤 차례로 담당과장, 총무과 심사 라인, 총무과장, 국장이 결재합니다. 즉 이 문서의 기안자는 조정관인 야스다 씨며, 문서가 수정됐거나 바꿔치기 됐다면 가장 먼저 알아차려야 하는 사람이 당신이라는 사실을 의미합니다."

후와가 증거물을 들이민 뒤에도 야스다는 침묵을 지켰다. 다만 후와를 똑바로 쳐다보기 꺼려지는지 내리뜬 시선은 복사본에 고정되어 있었다.

"기억나지 않는다는 말만 반복하면 달아날 수 있다고 생각합니까?"

후와의 질문이 날카로워졌다.

"침묵만 지키면 위증이 아니라고 생각합니까? 그렇게 만만해 보입니까?"

단 한 번도 언성을 높이지 않아 한층 더 박력이 느껴졌다. 야스다의 이마에 땀이 가느다랗게 흘렀고 눈빛에도 초조한 기색이 어렸다.

"국유지는 글자 그대로 나라 재산입니다. 부정을 저질러 싸게 넘기는 것은 국가에 손해를 끼치는 행위이자 공무원으로서 가장 큰 배임 행위라는 것을 압니까?"

야스다는 이번에도 대답하지 않았다. 그러나 충분히 알고 있다는 말을 낯빛으로 대변했다.

"마지막으로 묻겠습니다. 조사받기 전부터 다카미네 검사와 아는 사이였습니까?"

"모르는 사이입니다."

"세 학년 차이 나는 같은 대학 출신인데 말입니까?"

"듣기로는 그 검사님이 법학부에 럭비부 소속이었다던데. 그럼 저와는 접점이 전혀 없습니다. 간사이에서 가장 큰 대학이니까요. 같은 캠퍼스를 걸었어도 그저 모르는 행인 수준이었을 겁니다."

4

다음 날, 후와는 세 번째로 오기야마 이사장을 신문했다. 물론 국유지 불하 사건의 당사자이기 때문에 사건 관계자는 맞지만 막상 당사자를 직접 만나니 새삼 구린내가 풍겼다.

사학재단 이사장인 만큼 그에 걸맞은 지성과 위엄을 갖고 싶겠지만 오기야마에게는 그러한 자질이 전혀 느껴지지 않았다. 굵은 눈썹과 두꺼운 입술, 부라리는 눈은 야비한 소인배 그 자체였다.

언론 취재에 응할 때는 솔직하고 담백해 보였는데 실물을 보니 화면이 거름종이 역할을 했음을 깨달았다.

"저는 피해자입니다."

후와가 정면에 앉자마자 오기야마가 꺼낸 첫마디였다.

"세상 사람들이 오기야마는 매국노라느니 욕심이 사나운 철면피라느니 제멋대로 떠들지만 나는 말입니다, 인근에 사립학교가 없는 사람들을 위해 개인 재산을 아낌없이 내놓는 사람이라고요. 말하자면 이 나라의 미래를 생각하는 우국지사죠. 그런데 범죄자 취급을 하니 불쾌합니다."

스스로 피해자라며 한탄하지만 내뱉는 말마다 야비하니 아무래도 동정이 일지 않았다. 애초에 국유지를 헐값에 사들이고서 입학금과 학비를 다른 사립학교와 같은 수준으로 받겠다니, 학교 경영에 문외한인 미하루의 눈에도 그저 돈벌이로밖에 보이지 않았다. 이사장인 오기야마가 교육자보다는 개인사업자라는 인상이 강하기 때문에 더욱 그랬다.

"오늘도 죽을 만큼 바쁜데 검사님이 불러내는 바람에 또 괜한 의심을 받지 않습니까. 도대체 내가 언제 무슨 나쁜 짓을 저질렀다고 그러십니까."

오기야마는 절절하게 말했지만 미하루의 눈에는 억지를 부리는 것으로만 보였다.

"바쁘신 것은 알지만 의혹을 받는 입장이니 수사에 협조해주시기 바랍니다."

"지금까지 얼마나 많이 협조했는데, 뭘 더 어떻게 협조하라는 말입니까. 나는 아이들의 미래를 위해 땀을 뻘뻘 흘렸지만 모처럼 불하된 땅을 여전히 못 샀죠. 당당한 거래를 가지고 언론에서 이러쿵저러쿵 말도 안 되는 트집을 잡아대니까 될 일도 안 되죠. 아 울화통 터지네."

원래 혀를 잘 놀리는 인물일 것이다. 오기야마는 죽기 살기로 지껄였다. 떠들면 떠들수록 자신의 혐의를 풀 수 있다고 믿는 기세였다.

"매입한 토지는 문제가 있는 땅이었다고 들었습니다. 그래서 시세를 무시하다시피 한 가격에 매입할 수 있었죠."

"아아, 그 독가스 무기인지 뭔지 하는 소문 말이죠? 뒤숭숭한 이야기이긴 하나 어쨌든 소문은 소문. 아무런 근거도 없어요. 무엇보다 무기 공장 터에 세워진 선반 공장에서는 사람이 까닭 모르게 죽었다는 소리도 없었습니다. 여하튼 말입니다, 전쟁이 일어났던 시절에 떠돌던 비화는 웃기는 헛소문일 뿐입니다."

오기야마는 우스워 견딜 수 없다는 듯이 한 손을 팔랑팔랑 흔들었다.

"하지만 그런 헛소문에도 진지하게 대처하는 게 내 방식이라서 말입니다. 철저하게 제염 처리할 겁니다. 제염 비용을 미리 더 많이 책정하느라 매입 가격이 낮은 거라고요."

"해당 부지의 적정 가격이 얼마인지는 관심 없습니다."

"네?"

"만약 적정 가격이 있었다고 해도 한 토지에 네 가지 가격이 존재*하고 각 요건과 깊이 연관되죠. 시세만 비교해서 싸니 비싸니 논하는 것은 초점에 어긋납니다."

"맞는 말입니다! 이야, 거참 토지거래를 잘 아는 검사님이구먼."

"그러나 국유재산을 유용하는 거래이니 매매 과정을 명확히 밝혀야 국민이 납득하겠죠."

"하긴, 그건 그렇긴 하죠. 하지만 검사님은 매입 가격에는 관심 없다면서요."

---

* 일물사가(一物四價). 부동산은 한 매물에 시가, 공시지가, 상속세평가액, 고정자산세평가액 네 가지 가격이 포함된다.

들으면 들을수록 오기야마가 질이 나쁜 부동산 업자처럼 느껴졌다.

"제가 관심 있는 쪽은 이겁니다."

후와가 오기야마에게 종이를 내밀었다. 이제는 익숙해진 결재문서 24쪽이었다. 오기야마는 흘긋 본 뒤 이해했다는 듯 고개를 끄덕였다.

"이거라면 이제 진저리가 날 정도입니다. 억지로 본 게 어디 한두 번이어야 말이지."

오기야마가 손가락으로 종이를 톡톡 두드렸다.

"23쪽까지는 오기야마 씨와 긴키재무국 야스다 조정관의 협상 기록이 기록되어 있습니다. 읽어 보니 협상 과정이 23쪽에서 토막 난 것 같더군요."

"토막이고 뭐고 협상 내용을 하나부터 열까지 다 적을 필요는 없잖아요? 잘은 모르지만 이런 공식문서는 요점만 적으면 안 됩니까? 나한테 들이대던 기자들이 문서에 적히지 않은 부분에 의원님 이름이 있었냐는 등 불법 거래 증거가 있었던 거 아니냐는 등 시시콜콜 적어놨던데, 그런 일 없어요."

"그러면 적어도 협상 과정이 어떻게 시작됐는지는 적혀 있겠죠?"

"글쎄요. 이 문서에서는 처음부터 기사와다시 부지만 있던 것처럼 기록되어 있지만 실제로는 후보지가 두 군데 더 있었어요. 하나는 가도마시 야오요로즈초, 나머지 하나가 기시와다시 데라이초. 세 곳 모두 8천 평방미터가 넘는 국유지였는데 가도마시는 가격이 터무니없이 비쌌고, 기시와다시 데라이초는 무코야마와 가격은 비슷했지만 주변 환경 때문에 초등학교를 세우기에 적합하지 않다고 야스다 씨가 조언해줬죠. 그렇게 무코야마로 결정됐는데 나머지 부수적인 이야기는 생략했어요."

"인터뷰에서는 거래와 관련해서 적지 않은 돈이 움직였다고 대답한 것 같은데요?"

"아이고 검사님, 그럼 8천 7백 평방미터짜리 국유지를 매입하는데 적은 돈이 움직이겠습니까? 그런데 그걸 뇌물이라고 매도하시면 나도 곤란하죠. 특히 효마 의원님과 관계 말인데, 난 옛날부터 의원님 후원자이기도 하단 말입니다. 뇌물수수고 나발이고 이미 예전부터 의원님을 응원하는 한 사람으로서 가까운 사이였어요. 한잔 살 때도 있고 한잔 얻어 마실 때도 있고. 그런 것까지 다 싸잡아 뇌물수수로 묶어 버리면 인간관계는 다 파탄 날 겁니다."

오기야마의 진술은 TV 등 언론에서 보고 듣던 내용과

는 조금 다르게 얼버무리며 피하는 부분도 있었다. 이는 검사와 나눈 대화가 피의자 조사에서 정식 진술로 다뤄지리라는 것을 알기 때문에 나오는 대처일 것이다. 다시 말해 증언에 아무 의미 없는 말을 교묘하게 섞어서 증거가 될 만한 말을 남기지 않으려는 의도다.

몹시 능구렁이 같은 사람이라고 생각했지만 정작 그를 직접 상대하는 후와는 평소처럼 감정을 드러내지 않았다. 오기야마도 차츰 후와의 무표정을 알아차렸는지 기분 나쁘다는 듯 눈살을 찌푸렸다.

"앞서 진행된 협상 과정을 보면 긴키재무국 측이 제시한 금액을 학원이 준비할 수 없게 되자 심사가 연장됩니다. 그런데 직후 갑자기 오기야마 이사장이 부르는 값으로 가격이 결정되죠."

"나한테 말해 봤자 소용없어요. 학원에서 낼 수 있는 금액을 전달하긴 했지만 그걸 결정한 건 긴키재무국이잖습니까. 무엇 때문에 그 가격으로 정해졌는지 내가 알 리가 있나."

"무엇 때문에 그랬는지가 적혀 있지 않습니다. 그것이 문서를 갈아 끼운 사건의 핵심입니다. 왜 그 내용이 없다고 생각합니까?"

"아, 그러니까 그런 건 다 재무국 사정이니 난 전혀 모른다고요."

"질문 의도를 정확하게 파악하지 못한 듯하니 다르게 말하겠습니다. 협상 내용의 후반부를 바꿔서 이득을 보는, 또는 피해를 면할 사람은 누구라고 생각합니까?"

다시 질문을 받은 오기야마가 후와를 의아하게 쳐다봤다.

"검사님은 도대체 누구를 조준하는 겁니까?"

"질문은 제가 합니다."

"결재문서가 재무국에서 작성한 것이라면 당연히 재무국이 이득인 거 아닙니까. 관공서가 자기들한테 불리한 문서를 만들 리 없지."

나름대로 납득이 가는 논리지만 오기야마의 입에서 나온 순간 수상쩍게 들리는 이유는 말한 사람의 됨됨이 때문이리라. 어떻게 이런 사람이 학교법인의 이사장을 맡고 있는지 미하루는 이해할 수 없었다.

"그러니까 나는 피해자란 말입니다."

오기야마는 처음에 늘어놓던 우는 소리를 되풀이했다.

"더 좋은 세상을 위해 선한 마음으로 시작한 일이 관공서의 꿍꿍이 때문에 다 꼬였다니까요. 정말 믿을 수 없는 족속들이야."

열렬하게 호소하는 오기야마를 바라보는 후와의 눈빛은 한없이 냉철했다.

"현재 토지 매입 건은 진척이 있습니까?"

"언론에 보도도 되었으니 그대로 스톱이죠. 엎친 데 덮친 격으로 은행에서 이미 정해진 대출을 백지화하겠다는 이야기도 꺼내고, 울고 싶은 심정입니다."

"하나 더 묻겠습니다. 국유지 불하를 진행하기 전에 야스다 조정관과 아는 사이였습니까?"

"아니요. 전혀. 눈곱만큼도."

오기야마는 새삼 무슨 소리냐는 듯 대답했다.

"얼굴을 직접 본 것도 단 한 번뿐이었습니다. 나처럼 교육에 종사하는 사람과 재무국 직원 사이에 무슨 접점이 있겠습니까."

"다카미네 검사는 어떻습니까."

"더더욱 없죠."

목소리가 유난히 컸다.

"교육자가 검찰 관계자와 무슨 안면이 있겠어요. 저기 어디 무슨 야쿠자도 아니고."

"오늘은 이상입니다."

후와는 지극히 사무적으로 고했다. 오기야마는 조금 맥이 빠진 듯했다.

"정말 이게 끝이라고요? 흐음, 깔끔하네요. 그럼 실례하겠습니다. 저도 굉장히 바쁜 몸이라서요."

오기야마가 자리에서 일어났을 때였다.

"나중에 불평해도 소용없으니 미리 말씀드리죠. 조금 전에 제가 관심 있는 부분은 문서 교체라고 했지만 어디까지나 지금 시점에서 한 말입니다."

"무슨 뜻입니까?"

"수사 과정에서 뇌물수수 혐의가 짙어지면 당연히 그 부분 입건도 고려하겠습니다."

풀어졌던 오기야마의 얼굴이 순식간에 긴장에 휩싸였다.

"모르쇠로 일관해 빠져나갈 수 있다고 생각하면 오산입니다. 그리고 거짓된 말이 계속 통하리라는 생각도 착각이죠. 음식을 먹으면 배설하고 길을 걸으면 발자국이 남지요. 무언가를 하면 어떠한 흔적이 반드시 남습니다. 숨긴 것은 언젠가 만천하에 드러나고 거짓은 언젠가 드러나게 됩니다."

마지막에는 벌벌 떨던 오기야마가 마침내 취조실을 떠나자 미하루는 비로소 긴장의 끈을 놓았다.

"좀처럼 꼬리를 보이지 않네요, 오기야마 이사장."

후와는 대답하지 않고 결재문서 24쪽 사본에 시선을 떨어뜨렸다. 후와의 무시가 익숙한 미하루는 개의치 않고 말을 이었다.

"TV에서 보던 것보다 훨씬 뻔뻔하던데요. 분명 무언가 숨기고 있어요."

"논리적이지 않아."

후와는 고개도 들지 않았다.

"뻔뻔한 것과 숨기는 사실이 있는 것은 아무 관계가 없네. 단순하고 일방적인 결론이나 근거 없는 선입견일 뿐이야."

"거짓말은 안 했다는 말씀이세요?"

"내가 언제 그런 말을 했나."

"그럼 어떤 거짓말을 했는데요?"

"조금은 스스로 생각하도록 해."

미하루는 후와가 낸 숙제로 머릿속이 가득 찬 채 자신도 모르는 사이에 1층까지 내려왔다.

여전히 표정이 없어 단언할 수는 없지만 후와는 벌써 단서를 잡은 듯했다. 후와와 함께 움직였는데 후와는 단서를 얻고 자신은 빈손이라니 역시 이해가 가지 않았다. 미하루는 어제부터 후와가 야스다와 오기야마와 나눈 대화를 되새기며 필사적으로 머리를 굴렸지만 아무리 생각해도 두 사람의 진술에서 명백한 거짓말을 간파할 수 없었다.

후와는 스스로 생각하라고 했다. 굳이 그 말 앞에 덧붙이지 않았지만 쉽게 상상이 갔다.

단순하고 일방적인 결론이나 근거 없는 선입견으로 상대를 보는 사람에게 가설을 펼쳐 봤자 의미 없는 결론만 낳기 때문이다.

혼란스러운 머리로 합동청사를 나왔다. 바로 그 순간, 심상치 않은 분위기를 느꼈다.

거친 구두 소리와 함께 여러 사람이 일제히 덮쳤다.

"미하루 씨 맞으시죠?"

"후와 검사 밑에서 일하는 사무관님 맞습니까?"

열 명, 아니 스무 명인가. 앞뒤 좌우에서 밀려드는 인파에 피할 곳이 없었다. 어스름한 와중에도 그들이 녹음기와 카메라를 들고 있다는 사실을 알았다.

"문서 조작 문제로 오사카지검 후와 순타로 검사가 조사팀에 합류했다는 게 사실입니까?"

"조사팀의 미사키 차장검사는 도쿄지검 시절 후와 검사의 상사였다던데요?"

"수사는 어디까지 진행됐습니까?"

"자, 잠깐만요!"

미하루가 소리쳤지만 그렇다고 사정을 봐줄 사람들이 아니었다. 아랑곳하지 않고 달라붙어 미하루에게서 떨어질 줄 몰랐다.

완장을 보니 오사카뿐 아니라 도쿄 쪽 보도진도 섞여 있었다. 오기야마 학원의 국유지 불하 문제가 전국구 뉴스가 되었다는 사실을 생각하면 당연한 상황이었지만 이렇게 둘러싸이니 마치 자신이 사건의 중심인물 같다는 착각이 들었다.

"미하루 씨도 당연히 조사팀에 합류하셨죠?"

이해할 수 없는 점은 후와가 조사팀에 합류한 사실이 어떻게 알려졌냐는 것이다. 그러나 짐작이 갔다. 오사카 지검도 철옹성 같은 조직은 아닌 데다 특히 불미스러운 사건이 발생했을 때는 내부에서 물을 흐리는 미꾸라지가 나타난다. 이번에도 그런 무리가 휘젓고 있으리라.

"비켜주세요!"

미하루가 다시 소리쳤다. 머릿속에서는 진정하라는 목

소리가 경고음처럼 울렸지만 바싹 붙는 보도진을 보니 아무래도 이성적일 수 없었다.

"오사카지검의 직원으로서 이번 사건을 어떻게 생각하십니까?"

"어떻게라니……."

"특수부에서 불미스러운 사건이 계속 발생하죠. 오사카 시민에게 하고 싶은 말씀 없습니까?"

"저는 일개 사무관일 뿐입니다."

"책임 회피 아닙니까? 그런 식으로 사무관이 모른 체하니 검사들도 계속 폭주하는 거 아닙니까."

도대체 무슨 소리야.

그림자가 본체를 어떻게 막는다는 말인가.

"오사카 시민뿐 아니라 전 국민이 분노의 목소리를 쏟아내고 있습니다. 직원으로서 죄송하지 않습니까?"

왜 이들은 연대책임을 요구하는 것일까. 미하루 한 사람이 카메라 앞에서 무릎 꿇고 사죄한다고 해도 도대체 무슨 의미가 있다는 말인가. 목소리 높여 책임을 추궁하지만 결국 관계자 가운데 누군가 엎드린 모습을 보고 후련한 기분을 느끼고 싶을 뿐 아닌가.

"당신은 사무관으로서 의견도 없습니까?"

의견이라면 수도 없이 많다. 하지만 아무 소용없다. 고작 방구석에서 뒹굴며 타인의 추락을 비웃는 자들의 먹잇감만 될 뿐이다. 그런 먹이를 던져줄 수야 없지.

　밀려드는 감정으로 엉클어진 머릿속에 간신히 그 문장이 떠올랐다.

　"제게 손끝 하나라도 대면 고소하겠습니다. 언어폭력도 마찬가지입니다."

　떼거지로 몰려왔어도 상대가 형사 소추 전문가라는 사실은 잊지 않은 모양이다. 미하루의 경고에 몇몇 손과 얼굴이 멀어졌다. 그들의 얼굴에 꺼림칙함과 아쉬움이 그득했다.

　한 마디 더 지껄여 보시지.

　미하루는 그들을 밀치듯 빠져나와 청사 앞으로 뛰어갔다.

　얼굴을 찌르는 바람을 맞으니 눈물이 흘렀다.

　차가운 공기 탓이라고 스스로 타일렀다.

3

공모를 허하지 말지어다

Booth
Net Cafe & Capsule

ネットカフェ & カプセル

8F ～ 5F

Booth

手作り居酒屋 甘太郎

4F
3F

やきトリセンター

チルイン

第10S
東京ビル

川新ビル

鳥兵衛

たいむ

とどりこ

楽廣

濱

747 カラオケランド

KABUKI町

カラオケ
747

カラオケ
747

CINEMAS

CENTRAL ROAD

コジテロ
ード

鳥

九十九

FamilyM

愛地

1

다음 날 아침, 미하루가 일찍 출근했을 때 후와는 책상 위에 수북이 쌓인 문서와 씨름하고 있었다. 도쿄에서 파견 온 조사팀과 달리 일상 업무를 하면서 문서 조작 사건까지 담당하는 후와는 검사 두 사람 몫의 업무를 처리하는 셈이었다. 그 때문에 이른 아침 출근하고 매일 밤낮을 가리지 않고 장시간 노동하느라 쓰러지지는 않을까 미하루는 불안한 심정이었다. 어쨌든 지난번 사건에서 입은 부상도 아직 완치되지 않았다.

조금이라도 후와의 부담을 덜어주고 싶지만 미하루는 보좌일 뿐이었다. 업무에 집중한 후와를 조마조마한 마음

으로 지켜봤다. 미하루의 걱정에는 관심 없는 후와는 인상
한 번 찌푸리지 않고 경찰이 작성한 조서를 읽고 있었다.

"내 얼굴에 뭐 묻었나?"

갑작스러운 질문에 당황했다.

"아뇨. 그냥 괜찮으신가 해서요."

"평소와 똑같아. 사무관이 걱정할 정도로 건강에 무심
하지 않아."

건강을 챙기지 않고 과로하는 것 아닌가. 목구멍까지
올라온 말을 순식간에 집어삼켰다.

"내 건강 상태를 신경 쓸 여유가 있다면 이 자료나 조사
하게."

후와는 산더미처럼 쌓인 문서 속에서 파일 두 권을 꺼
냈다.

"검찰청과 재무부 직원 명단이야. 이 중에 다카미네 검
사와 야스다 조정관 두 사람의 동기를 찾아줘. 같은 대학
동기가 몇 명 있을 테니."

두 사람 다 간사이 유명 대학인 게이한대학 졸업생이
다. 검찰청과 재무성에도 이 대학 출신이 많다고 들었다.

"동기를 추린 다음에 어떻게 할까요?"

"두 사람이 서로 알던 사이인지. 만일 그렇다면 어떤 관

계셨는지. 그걸 확인하고 싶네."

"검사님은 두 사람이 예전부터 알던 사이라고 생각하세요?"

"확인하고 싶을 뿐이야."

담백하게 말했지만 파일 두께를 본 미하루는 땅으로 꺼지고 싶었다. 관공서 직원 명단은 데이터베이스로 정리되어 있지만 사법 관계자가 허가 없이 들여다볼 수는 없다. 물론 검찰청 직원 명단을 열람할 수는 있어도 출신 대학을 추리는 기능은 없으므로 결국 서류를 일일이 확인할 수밖에 없다. 게다가 해당자를 거른 다음에는 한 사람 한 사람 근무처에 확인해야 하므로 일상 업무는 저녁에 처리해야 할 듯하다. 이로써 오늘도 야근 확정이었다.

작은 푸념이라도 하고 싶었지만 상대가 자신보다 두 배이상 더 일하고 있다는 사실을 알기에 어리석은 소리는 꺼낼 수 없었다. 우수하고 부지런한 상사를 두는 것은 불행한 일이라고 뼈저리게 느꼈다.

직원 명단에서 해당자를 추리는 작업을 시작하면서 새삼 수고스럽지만 보람은 없는 작업이라고 생각했다. 우선 검찰청 근무자부터 살펴봤는데 같은 학교 출신에 임관 동기라고 해도 다카미네와 친분이 깊었던 사람은 좀처럼 나타나지 않았다.

　―다카미네 진세? 아아, 당연히 알죠. TV나 신문에서 시끄럽잖아요. 동기로서 부끄러울 따름입니다. 네? 대학 시절 누구와 알고 지냈냐고요? 그것도 4학년 때요? 으음, 사법시험 직전 아닙니까. 제대로 외출한 기억도 없는 데다 남의 일에 신경 쓸 겨를이 전혀 없었어요.

　―다카미네? 기억합니다. 법학부인데 럭비를 하는 놈이라니 희귀종 아니면 돌연변이니까 눈에 띄었죠. 맨날 육법전서만 들입다 파는 놈들 사이에서 혼자만 덩치가 크고 체력이 좋았으니 엄청 이질적이었어요. 그런 사람과 친해지고 싶어 한 취향 독특한 사람은 없었습니다.

　―으음. 같은 법대라도 학생 수가 엄청나니까요. 그만한 덩치라면 사람들 사이에 있어도 눈에 띄지만 특별히 가깝게 지내던 친구가 있었는지까지는 모르겠습니다. 도움이 안 돼 죄송하네요.

　―4학년이 되면 사시 공부하는 놈 아니면 깔끔하게 포기하고 취업 준비하는 놈으로 나뉘어서 다들 눈에 불을 켜고 준비하거든요. 그럴 때 1학년 새내기와 어울린다니 말도 안 되죠.

　―다카미네? 우리 기수 얼굴에 똥칠한 그 인간 말입니

까? 기분 더러워서 그런 놈 이야기는 듣고 싶지 않습니다.

조건에 맞는 사람을 간신히 찾아내 이야기를 물어도 다카미네를 향한 짙은 혐오만 표출할 뿐 제대로 된 증언은 얻을 수 없었다. 동기가 오사카지검 특수부 소속이라는 사실 자체가 거슬린다는 말뿐이었다. 타인을 그다지 질투하지 않는 사람도 이번 사건을 계기로 대부분 다카미네의 추락을 냉소했다.

오사카지검 내에서도 검사끼리 견제하는 일은 드물지 않다. 개중에는 견제 수준이 아니라 반목하는 사람들도 존재한다. 그런데 설마 그런 분위기가 검사 전체에 깔려 있을 줄은 몰랐다.

검사가 엘리트라는 사실은 부정하지 않는다. 엘리트로 불리는 자들은 선별된 사람들이자 수많은 경쟁에서 이긴 승자들이라는 사실도 부정하지 않는다. 하지만 동료의 추락을 기뻐하는 그들의 모습을 보니 엘리트 따위 되고 싶다는 생각은 절대로 들지 않았다. 이렇게 생각하는 미하루도 정작 부검사가 되는 것이 목표지만 적어도 남의 불행을 기원하는 사람은 되고 싶지 않았다.

검사라는 부류에 염증을 느끼고 나서야 국유지 불하 관련 업무가 아닌 일상 업무를 시작했다. 마음이 편해졌다.

평소에는 기계적이라고만 느끼던 증거물 확인이나 조서 작성이 사막의 오아시스 같았다.

작업에 몰두하는데 후와가 나직이 중얼거렸다.

"근무 중에 콧노래는 삼가도록 해."

지적받고 나서야 깨달았다.

"죄송합니다. 그만 저도 모르게."

"무슨 뜻이지?"

얼버무리려고 했지만 어차피 후와가 파고들면 털어놓을 수밖에 없는 처지다.

"낮에 청취 업무가 무척 힘들었거든요. 저기, 모든 사람이 다카미네 검사님을 비난하니 듣기 힘들어서."

"비리를 저지른 동료에게 엄격하게 구는 건 당연해. 동정하면 자신도 같은 부류로 보이거든."

"비리라고는 해도 아직 의혹 단계잖아요."

"비리 사건은 자세한 사정을 모르면 감싸기보다 비난하는 편이 체면 세우기에 좋으니까. 처세술이 좋은 사람은 대부분 그렇게 행동해."

"그럼 후와 검사님은 처세술이 좋지 않은 건가요?"

아차 싶었지만 늦었다.

후와는 온도가 느껴지지 않은 시선으로 미하루를 지그

시 응시했다.

"자네는 검사에게 선입견이 있어. 그것도 잘못된 선입견."

"비리를 저지른 동료에게 엄격하게 구는 건 당연하다고 검사님도 말씀하셨잖아요."

"엄격한 것과 발목을 잡는 건 다른 문제야. 낮에 조사하면서 청취 대상자에게 무슨 말을 들었을지 대충 짐작은 가지만 수화기 너머로 들은 내용을 액면 그대로 받아들이지 마."

"설마. 오늘 대화한 사람들이 모두 거짓말을 했다는 뜻인가요?"

"사건 수사를 위한 청취니 다카미네 검사에 대해서는 거짓을 말하지 않았겠지. 하지만 아까도 말했듯 의혹을 받는 동료를 비호하기는 싫을 거야. 당연히 말투도 냉소적이었겠지. 다카미네 검사를 어떻게 생각하는지 묻지는 않았으니 그것까지 본심을 말했는지는 알 수 없어. 본심인지 아닌지는 상대의 표정과 그때까지 쌓아온 협상 과정을 토대로 판단해야 해. 첫 대화에 전화로만 이야기를 주고받은 것으로 단정 짓지 말라는 말이네."

최근에는 나아졌지만 후와와 대화하다 보면 자신의 부족한 면이 드러나는 듯해 견딜 수 없었다. 그 견딜 수 없는 기분을 감추려고 덤벼들었다가 격침하는 전개 또한 늘 같았다.

"도대체 검사님은 다카미네 검사님을 감싸는 겁니까? 아니면 다른 검사들을 감싸는 겁니까?"

"누구도 감싸지 않아."

금세 끓어오른 미하루의 어조에 비하면 후와의 그것은 얼음물 그 자체였다.

"상대가 누구든 진위를 가리고 싶을 뿐이야."

자신도 모르게 말문이 막혔다. 다른 사람이 말했으면 꿍꿍이를 숨기려고 포장하는 말이라고 느꼈겠지만 후와가 말하니 반박조차 꺼려졌다.

미하루는 할 말을 찾지 못하고 잠자코 컴퓨터로 조서를 작성했다. 후와는 침묵을 당연하게 여기며 묵묵히 사건을 정리했다.

결국 이틀에 걸쳐 다카미네 동기 십여 명을 조사한 결과 야스다와의 관계를 언급한 검사는 한 명도 없었다. 이제 재무성 근무자도 조사해야 하는데 이쪽은 검사 명단 파일보다 훨씬 두꺼웠다. 당연했다. 재무성 입성이 아무리 힘들다고 해도 국가공무원 종합직 시험보다 사법시험이 몇 단계는 더 어렵고 채용인원도 훨씬 적다.

이번에는 며칠이나 걸릴까 속으로 한숨을 쉬며 전국 재무성 관련 조직에 흩어져 있는 야스다의 동기들에게 연락을 돌렸다.

—야스다 조정관이요? 그런 사람 몰라요. 아무리 동기라고 해도 게이한대학에서 재무성에 들어온 사람이 어디한둘이에요?

—야스다 게이스케? 아아, 당연히 알죠. 아니다, 요즘들어 생각났다는 게 더 맞겠네요. 뭐 매일같이 뉴스에 이름이 나오니까 기억이 날 만도 하죠. 하지만 기억이라고해봤자 눈에 띄지 않던 녀석이라서 인상이 너무 흐릿해요. 친구 사이였냐니 어림없죠.

—인상 말입니까? 뭐랄까, 교실 구석에서 숨만 쉬던 사람 같다고나 할까. 칙칙한 놈이었다는 기억밖에 없네요. 그러다 보니 친구도 적었죠.

—학교 다닐 때도 재무성에 들어오고 나서도 만난 적은한 번도 없습니다!

—야스다 조정관은 우리 기수의 수치입니다. 그 인간을입에 담는 것조차 기분 더럽네요.

야스다를 몹시 혐오하며 비난하는 자가 있는가 하면 의

외로 그를 옹호하는 자도 있었다.

　—아……, 야스다 씨요? 여전히 열심히 일하는 것 같던데요. 언론에서는 이럴 때 곧바로 공무원을 공격하지만 본래 비난받아야 할 사람은 학원 관계자나 정치인이죠. 목소리를 크게 내지는 못하지만 동기 녀석들도 다들 그래요. 야스다는 본보기 같은 거라고. 거 왜, 대중은 이럴 때 누구 한 사람한테 돌을 던져야 직성이 풀리잖아요.

　—이건 오프 더 레코드지만 누구라도 야스다 같은 처지에 놓일 수 있거든요. 그래서 모두 숨죽이고 사건의 향방을 지켜보고 있어요. 내일은 자기 일이 될 수도 있으니까.

　—그 사람은 피해자예요. 야스다는 아무런 이익도 없을 테니까요. 학교법인과 국회의원 사이에 껴서 이러지도 저러지도 못하게 되니까 그런 거예요.

　—딱하기는 하죠. 하지만 안타깝게도 그 사람과는 일면식도 없네요.

　흥미로운 사실은 다카미네와 달리 적지 않은 동기들이 야스다의 처지에 자신을 투영한다는 점이었다. 피해의식이라고 해도 좋았다. 야스다에게 동정을 표한 사람뿐 아니라 많은 직원이 자신들이 정치인에게 휘둘리고 이용당하는 쪽이라고 자기 연민하는 듯했다.

국가공무원 종합직 시험에 합격한 이들은 미하루에게 조금 눈부신 존재이기도 하다. 그런 사람들이 자신을 비하하거나 위축된 모습을 보니 마음이 착잡했다. 국가 행정을 지탱하는 공무원들인데 불필요한 피해의식은 버리고 조금 더 의연하면 좋지 않을까.

힘이 빠질 듯한 자신을 채찍질하며 연락을 돌리는데 둘째 날 뜻밖의 대답을 들었다.

―야스다와 다카미네 씨 사이 말입니까? 네, 알아요.

혹시나 해서 재차 확인했다.

"긴키재무국 야스다 게이스케 조정관과 오사카지검 다카미네 진세 검사입니다. 틀림없습니까?"

―요즘 뉴스에서 거론되는 두 사람이죠? 네, 분명 그 두 사람입니다. 대학 시절에 같이 있던 걸 봤어요.

순간 머리가 멍해졌다.

지시받았으니 거스를 수 없어 따랐지만 정말로 증언자가 나타날 줄은 몰랐다. 마치 모래밭에서 바늘을 찾은 기분이었다.

마침 그 자리에 후와가 있었다. 통화 내용을 그대로 전하자 곧바로 약속을 잡으라는 지시가 날아왔다.

―점심시간 30분 정도면 괜찮습니다. 그런데 애써 오

서도 대단한 이야기를 들려드리지는 못할 거예요.

"어떤 이야기라도 좋습니다. 협조 감사합니다."

전화를 끊고 후와를 봤지만 기쁘지도 놀라지도 않은 얼굴이었다.

"이 사실을 빨리 조사팀에도 공유해서—"

"필요 없어."

"그럼 하다못해 미사키 차장검사님께라도……."

"아직 공유할 만한 정보가 아니야. 상대를 만나 보고 진위를 확인한 다음에 믿을 만한 정보라는 확신이 들면 그때 전달하면 돼. 이런 상황에서 불확실한 정보는 불순물일 뿐이야."

다음 날, 후와와 미하루는 증언자를 만나기 위해 고베시 주오구의 가이간도오리로 향했다. 증언자가 다행히 고베 재무사무소 총무과에 근무하고 있어 오사카지검에서 멀지 않았다.

"만나서 반갑습니다. 스즈키입니다."

약속 장소인 합동청사 근처 카페. 후와를 앞에 둔 스즈키 가즈토는 고개를 가볍게 숙였다.

붙임성이 매우 좋은 남자로 초면인데도 상대를 편하게

하는 재주가 있었다. 꾸며낸 미소가 아니라는 것을 미하루도 알 수 있었다. 물론 재무국 근무자가 딱딱하고 고지식한 사람뿐이라고는 생각하지 않지만 이처럼 사교성 좋은 사람도 드물었다. 그와 마주 보고 있는 후와가 사교성이라고는 눈곱만큼도 없는 남자이기에 상반되는 두 사람이 마주 본 모습은 언뜻 기이해 보였다.

"국유지 불하 수사 때문에 오셨죠? 검사님이 직접 수사하러 다니는 건 역시 특수부 사건이기 때문입니까?"

"그렇기도 합니다."

"다른 이유는 뭔가요?"

"제 방식이기 때문입니다."

단적으로 대답하는 후와를 보고 스즈키가 크게 웃었다.

"심플하고 좋네요. 그건 그렇고 야스다와 다카미네 씨 사이를 조사하는 이유는 두 사람이 짜고서 배임 행위를 했다고 의심하기 때문입니까?"

"특수부는 두 사람이 서로 모르는 사이라고 줄곧 생각했습니다."

"그렇겠죠. 인터넷에도 두 사람 사이를 언급한 기사는 전혀 없었으니까요."

"배임이 거론되는 이유는 오기야마 이사장의 이익 공여

가 의심되기 때문입니다. 하지만 야스다와 다카미네가 예전부터 알던 사이라면 이익 공여 말고 다른 이유도 고려해야 하죠."

"그럼 어쨌든 두 사람을 의심하신다는 말씀이군요."

"네. 하지만 이익 공여 외에 다른 사정이 얽혀 있다면 단순 배임이라고 볼 수 없습니다. 두 사람의 목표가 배임이 아니었다면 당연히 이후 결과와 징계 형태가 달라지겠죠."

"저……."

스즈키가 머리를 긁적였다.

"요컨대 제 증언에 따라 두 사람의 운명이 달라진다는 뜻이군요."

"그럴 가능성을 부인하지 않겠습니다."

"큰일이군요. 스케일이 이렇게 커질 줄은 상상도 못 했습니다. 기껏해야 두 사람의 추억담을 조금 꺼내면 되겠거니 생각했거든요."

"스즈키 씨가 걱정하실 필요 없습니다."

"마음이 쓰이죠. 법정에 선 듯한 기분입니다."

"설사 법정에 선다고 해도 스즈키 씨의 증언이 바뀌는 건 아니지 않습니까. 그 증언이 피고인을 유죄로 이끌지

무죄로 이끌지는 재판이 어떻게 흘러가느냐에 따라 달라질 따름입니다. 증인의 책임이 아니죠."

옆에서 듣는 미하루에게도 너무 딱딱하고 융통성 없게 느껴졌다. 빈말이라도 좋으니 두 사람의 혐의를 풀기 위해 수사한다고 말할 수는 없을까.

거짓말도 한 가지 방법이다. 진실을 밝히기 위한 거짓말은 충분히 허용 범위라고 생각하지만 아무래도 후와는 생각이 다른 듯했다.

"그래도 제 증언으로 두 사람이 불리해지는 건 싫네요."

"이대로 내버려둬도 두 사람이 최악의 형태로 책임을 지게 되는 건 마찬가지입니다."

자신도 모르게 이 표정 없는 검사의 입을 막고 싶어졌다. 정직한 것이 좋다지만 증인의 결심에 찬물을 끼얹으면 어쩌겠다는 것인가.

"스즈키 씨는 대학 시절 두 사람과 대화를 나눈 적 있습니까?"

"뭐, 인사 정도는 했습니다."

"두 사람 모두 친구로 사귀고 싶지 않은 부류였습니까?"

"아닙니다. 저는 그저 두 사람과 인연이 없었을 뿐입니다."

"스즈키 씨가 두 사람에게 호감을 느꼈다면 그들을 믿어도 되지 않겠습니까? 적어도 스즈키 씨의 증언 하나로 두 사람의 인상이 지금보다 더 나빠지리라 판단하지 않는다면요."

"후와 검사님이라고 하셨나요? 상대의 양심과 정의감을 정중하게 찔러오는 분이네요. 혹시 피의자도 이런 식으로 상대하십니까?"

"제 방식입니다."

"이번에도 방식이라고 하시는군요."

어이없어하나 싶었는데 스즈키는 후와를 동경의 눈빛으로 바라봤다.

"부럽네요. 관이든 민간이든 자신의 방식을 그대로 밀고 나간다는 게 좀처럼 어려운 일 아닙니까. 우두머리도 아니고 아주 말단도 아닌 중간관리직은 위아래로 치이는 입장이라 운신의 폭이 좁으니까요. 후와 검사님도 그 정도 지위에서 자신의 방식을 관철하다 보면 분명 여러 가지 저항을 받겠죠."

미하루는 무심코 목이 부러져라 끄덕이고 싶었지만 간신히 참았다.

"딱히 저항은 없습니다."

거짓말쟁이.

아니, 어쩌면 정말 표정 그대로 주위의 반감이나 우려에는 무관심한 사람일 수도 있지만 그것은 그것대로 사무관에게는 재앙이라고 할 수 있었다.

"대단한 에피소드도 아닙니다."

"그건 스즈키 씨가 과소평가하는 것일지도 모르죠."

"그럼 말하겠습니다. 지금은 어떨지 모르지만 게이한대학은 규모가 큰 만큼 학생도 오냐오냐 자란 도련님부터 고학생까지 다양했어요. 도련님이나 아가씨들은 아파트나 맨션에서 지내며 돈 걱정 없이 대학 생활을 엔조이, 아니, 이건 너무 옛날 말투인가. 대학 생활을 즐겼지만 우리 같은 가난한 학생은 날마다 아르바이트를 하느라 정신없었죠. 시간도 돈도 없는 궁핍한 나날이었습니다. 매일 세 끼니를 챙길 여유도 없고 참고서를 사다 보면 일주일 치 식비가 날아가니 선배에게 헌책을 물려받았죠."

그다지 풍족하지 않은 학창 시절을 보낸 미하루도 비슷한 경험이 있다. 젊은 시절 자신을 가장 자극한 감정은 실연이나 삶에 대한 고민보다 배고픔이었다. 하루 끼니를 거르면 불고기 냄새만 맡아도 현기증이 나서 다이어트라는 단어가 거짓말처럼 느껴지고는 했다. 그래서 스즈키의 이야기를 뼈저리게 이해할 수 있었다.

"그래도 우리 가난한 학생에게는 기숙사가 제공됐어요. 본교 캠퍼스에서는 거리가 있지만 기숙사비가 워낙 저렴해서 이것저것 잴 것 없이 기숙사 생활을 했죠."

"대부분 학생이 그랬죠. 학생은 돈이 궁한 게 당연합니다."

"저와 후와 검사님은 나이 차이가 제법 나는데 학창 시절은 별반 차이가 없었나 봅니다. 지금은 저출산 세대라서 어떨까요. 아무튼 결식아동 같은 생활을 하는 우리에게 구세주 같은 존재가 있었어요. 기숙사 근처에 있는 '한상'이라는 백반집이었는데 닭튀김 정식이나 크로켓 정식 같은 메뉴를 저렴하게 판매했습니다. 가게 사장님이 학생을 배불리 먹인다며 학생 할인을 해줬거든요. 밥과 된장국을 자유롭게 리필해 먹을 수 있어서 기숙사 학생들은 물론 멀리 사는 학생들까지 몰려들었을 정도입니다."

제법 흥미를 자아내는 옛이야기였다. 전화로 다마키네와 야스다를 욕했던 게이한대학 졸업생들도 그 백반집에서 허기진 배를 채웠을까 상상하면 조금은 용서할 마음이 들었다.

"그 '한상'에서 야스다와 다카미네 씨를 자주 봤어요."

여기서 두 사람이 등장하는구나.

"야스다는 저와 같은 경제학부라서 얼굴과 이름을 알았지만, 그가 '한상'에서 밥을 먹을 때는 대부분 덩치 큰 선배가 옆에 있었어요. 다윗과 골리앗, 아니 요시모토*의 만담 콤비 같아서 언뜻 봐도 눈에 띄었습니다. 그래서 저 덩치 큰 사람은 누구일까 궁금했는데 럭비부 소속 4학년 다카미네 진세 선배라더군요. 당시에 다카미네 씨는 후배들 사이에서도 유명했죠."

"왜 유명했습니까?"

"문무를 겸비했으니까요. 럭비에서는 스탠드오프 포지션이었는데 우리 대학을 간사이 지역 탑쓰리까지 올려놓는 활약을 보여준 데다 사법시험도 쉽게 합격했다고 소문난 인재였습니다. 현실에 충실한 사람이었죠. 반면 야스다는 존재감이 흐릿한 초식남이었습니다. 누가 봐도 어울리지 않는 콤비였던 셈이죠."

"주종관계 같았습니까?"

"보통은 그렇게 되기 쉬운데 그 둘은 좀 달랐어요. 물론

---

* 요시모토 흥업. 일본의 대형 연예 기획사로 유명 코미디언이 다수 소속되어 있다.

두 사람과 가까운 사이는 아니었으니 분명하게 말할 수는 없지만 옆에서 보기에는 정말 사이좋아 보였고 선후배라기보다 마음이 잘 맞는 친구 같았어요."

"어떤 인연으로 친구가 되었을까요?"

"글쎄요, 그건……. 기묘한 조합이기는 해도 어쨌든 우리는 4학년 선배에게 경외감 같은 감정을 느꼈고 그중에서도 다카미네 선배는 완전히 다른 세계 사람이었으니까요. 무서워서 두 사람에게 다가갈 수조차 없었습니다."

"어느 한 사람이 다른 한 사람을 위협하는 기색도 없었고, 말입니까?"

"그런 낌새는 전혀 없었습니다. 으음, 형제 같은 분위기도 아니었고 동등한 친구 관계로 보였어요. 두 사람에 대해 제가 아는 것은 이게 답니다."

스즈키가 말을 마치고서 옛 추억을 떠올리는 듯 눈을 가늘게 떴다.

"'한상'이라는 가게는 지금도 운영합니까?"

"잘 모르겠네요. 졸업한 뒤로는 한 번도 안 갔거든요. 무엇보다 '데라이 기숙사'가 남아 있는지도 확실치 않으니."

"잠시만요."

후와가 드물게 상대의 말을 끊었다.

"방금 '데라이 기숙사'라고 하셨습니까?"

"네. 기숙사 이름입니다. 기시와다의 데라이라는 지역에 있어서 별생각 없이 붙은 이름이죠. 야스다도 거기 살았어요."

그제야 미하루도 떠올랐다.

기시와다시 데라이초는 국유지 불하와 관련해 기시와다시 무코야마 부지와 함께 오기야마학원 설립 후보지로 거론된 장소 아닌가.

2

다음 날 후와는 미하루와 함께 차를 타고 기시와다시 데라이초로 달려갔다. 전날 스즈키에게 '데라이 기숙사'와 백반집 '한상' 이야기를 듣고 나서 후와가 곧바로 현지 방문을 결정했기 때문이다.

스즈키의 증언으로 다카미네와 야스다가 오랜 친구 사이라는 사실을 알아냈지만 관계가 어떠했는지까지는 알수 없었다. 현지에 찾아가 자세한 정보를 얻는 것은 당연한 결정이었다.

현지 정보는 인터넷에서 미리 조사했다. '한상'은 몰라도 일단 게이한대학의 '데라이 기숙사'는 이미 철거되어 지도상에서 사라졌다. 그래도 후와가 현지를 방문하는 이유는 증인을 찾기 위해서였다.

"다카미네 검사와 야스다 조정관이 오래전부터 알고 지낸 사이라면 야스다 조정관의 비리를 덮으려고 수사자료를 조작했을까요?"

혹시나 해서 물었지만 아니나 다를까 후와는 아무런 반응도 보이지 않았다. 사전에 얼추 공부는 했어도 목적도 모른 채 먼 길을 떠나니 불안감이 뒤따랐다.

"검사님."

"지금 밝혀진 사실은 두 사람이 오랜 친구였다는 사실뿐이야. 섣부른 추측은 실태를 잘못 판단하게 할 뿐이니 삼가게."

"오랜 지인이라면 보통 감싸려고 하겠죠."

"두 사람이 대학을 졸업한 지 벌써 20년 정도 지났어. 10년이면 사람 마음이 변하기에도, 사이가 변하기에도 충분한 시간이지. 옛날에는 백반집에서 함께 밥을 먹는 사이였지만 지금은 틀어졌을지도 모르네. 확실하지 않은 요소로 가설을 세우지 말라고 하지 않았나."

옳은 지적에 미하루는 입을 다물 수밖에 없었다.

침묵을 지키면 자신이 방향을 잘못 잡은 것 아닌지 초조했고, 설명을 들으면 자신의 식견이 부족하다는 사실에 실망스러웠다. 만사가 이러니 후와와 같은 차를 탄 것만으로도 기가 꺾였다.

예전에 후와와 함께 움직이는 것이 괴롭다고 니시나에게 토로한 적이 있다. 위로받고 싶은 마음이 없었다고 하면 거짓말이다. 그런데 기대했던 말이 아니라 질타가 돌아왔다.

—그건 말이야, 미하루 씨. 자기에게는 아픈 이야기겠지만 후와 검사가 미하루 씨 기를 꺾으려고 그런 말을 하는 거 아닐까.

—일부러 제 기를 꺾으려고 그런다고요?

—매년 신입 사무관들이 부푼 꿈을 안고 검찰청에 들어오는데 다들 들어오자마자 통과의례처럼 선입견을 걷어내는 일부터 시작해. 보좌라고 해도 피의자를 조사하거나 조서를 작성하니까 업무는 검사와 같지. 그렇다 보니 사무관도 검사와 같은 판단력을 갖추어야 할 때가 있어. 그럴 때 이상하게 순수한 정의감으로 직진하거나 기이한 열정으로 불타오르면 판단력이 흐려져. 그러니까 타고 나길

마음이 여리면 일찌감치 마음을 접게 하는 편이 사무관을 위해서도 좋아.

─계속 기가 꺾여서 다시 일어설 수 없게 되면 어떡해요?

─그건 그때 이야기지. 대개는 사소한 일로 마음이 꺾이는 사람이 이상하다고. 섬세함과 치밀함의 차이를 모르나 보네.

상당히 거칠고 거만한 말이라고 생각했지만 실제로 1년도 버티지 못하고 퇴직한 사무관도 적지 않았다. 검찰청도 관이나 민간처럼 일찌감치 그만둘 신입 수를 미리 계산해 채용 인원을 결정한다고 한다. 따라서 1년이 지날 무렵이면 적당한 인원으로 자연히 줄어드는데, 그러고 보면 신입의 기를 꺾는 행위는 체로 걸러내는 과정일지도 몰랐다.

이대로 계속 마음이 나약해지면 그 끝에는 도대체 무엇이 남을까 고민하는데 목적지에 도착했다.

게이한대학 '데라이 기숙사' 터는 월정액 주차장으로 변해 있었다. 게다가 서른 대를 주차할 수 있는 공간에는 경차 한 대뿐, 이용자는 거의 없었다.

주택도 드문드문 보였다. 하나같이 지은 지 20년은 지났음 직한 건물이 간격을 두고 흩어져 있었다. 어느 땅이나 여유가 있고 저마다 주차 공간이 확보되어 있어서 눈앞에 있는 주차장을 이용할 필요는 없어 보였다. 게다가 주변을 둘러봐도 상점이 없으니 이용 가치는 더욱더 떨어졌다. 그래도 땅을 주차장으로 개조한 이유는 빈 땅으로 방치한 채 고정자산세를 내는 것이 싫어서였으리라. 거리 뷰를 보고 대략 짐작은 했지만 막상 실물을 보니 할 말을 잃었다.

이곳에 기숙사가 있었고 백 명 정도 되는 학생이 머물렀다는 사실이 갑자기 믿기 어려웠다. 후와는 사람의 마음이 변하는 데 10년이면 충분하다고 했지만 땅이나 건물이 변하는 데는 10년도 걸리지 않았다.

이곳에 있던 기숙사에서 지내던 야스다라는 학생을 기억하십니까?

뜬구름 잡는 질문 같지만 이곳까지 왔으니 탐문해야 의미가 있었다. 후와와 미하루는 각각 구역을 나눠 집집마다 돌기로 했다.

결과는 일찌감치 나왔다.

"학생 기숙사? 아아, 옛날에 있던 그 건물 말하나 보네. 거기 살던 학생? 야스다야? 몰라요. 거기 드나들던 학생이 도대체 몇 명이었다고 생각하는 거요. 학생들 얼굴을 기억하는 게 더 이상하지."

"미안해요, 우리는 원래 이 동네 주민이 아니었거든. 우리가 이사 왔을 때는 이미 빈 땅이었어요."

"몰라, 몰라. 지금 바쁘다고. 소금 뿌리기 전에 냉큼 돌아가. 재수 없게."

"뭐라고? 무슨 경찰이라고? 우리 집에는 무슨 볼일인데? 용건 없으면 당장 나가."

가구 수가 적은 데다 대부분 비협조적이라 전부 도는 데 30분밖에 걸리지 않았다.

"야스다 조정관은 애초에 눈에 띄지 않는 사람이었다니까요."

수확이 없어 미하루가 변명조로 입을 열었지만 후와는 개의치 않고 기숙사 터를 떠났다.

"가지."

말하지 않아도 알았다. 다음 목적지는 '데라이 기숙사'에서 5백 미터 떨어진 백반집 '한상'이었다.

기숙사 터와 달리 '한상'은 거리뷰로도 확인할 수 없다. 스즈키도 '한상'의 위치를 정확하게 설명하지 못했던 탓이다.

만약 폐업했다면 헛수고할 처지였다. 그것만은 피하고

싶었다.

스즈키의 증언에 따르면 '한상'의 손님은 대부분 학생이었다고 한다. 기숙사 근처에 있으니 당연하다. 그렇다면 '데라이 기숙사'가 없어진 뒤 한상에도 손님이 끊겼을 것이다.

실제로 미하루는 '한상'이 폐업했으리라 각오했다. 확실한 근거는 없지만 기숙사 터를 목격하고 나서는 식당이 유지됐을 가능성은 없는 것이나 다름없어 보였다. 기대하면 실망만 커진다.

터를 벗어나니 한동안 논밭과 점점이 흩어진 주택이 이어졌다. 논밭도 관리되지 않아 앙상한 나무가 눈에 띄었다. 오가는 사람도 자동차도 없이 황량한 풍경에 미하루의 마음이 스산해졌다.

쓸쓸하다는 것은 바로 이런 뜻이겠지. 땅은 인간의 생기를 받고 유지되는지, 젊은이들이 사라지자마자 메말랐다. 메마른 땅에서 사람이 빠져나가자 더욱 활기를 잃었다. 땅은 황폐해지고 건물은 점점 낡았다. 그곳에는 고요한 사멸만이 기다리고 있을 뿐이었다.

이런 곳에 단서가 남아 있으리라 기대한 것은 실수였다. 그런 생각이 들기 시작했을 때 길 저편에 가게 하나가 보였다.

뚫어지게 쳐다보니 가게 앞 플라스틱 간판에 완전히 빛이 바랜 '한상'이라는 글자가 적혀 있었다.

"검사님, 있어요!"

자신도 모르게 걸음이 빨라졌다.

그런데 가게와 가까워질수록 불안감이 피어올랐다. 붐비는 기색은 전혀 없었고 플라스틱 간판은 비를 맞도록 방치해 크게 금이 가 있었다.

가게 앞에 서자 절망은 현실로 다가왔다. 메뉴 모형이 있어야 할 쇼케이스가 텅 비어 있고 현관문 유리는 가게 안을 들여다볼 수도 없을 정도로 희부옜다. 영업 여부를 알리는 팻말도 없었고 귀를 쫑긋 세워 봐도 가게 안에서는 아무런 소리도 들리지 않았다.

헛수고구나. 실망했다.

하지만 후와는 체념이라는 단어를 모르는 듯했다.

"실례합니다."

후와가 말하며 문손잡이에 손을 댔다.

문이 심하게 삐거덕거리기는 했지만 뜻밖에도 열렸다. 후와는 거침없이 가게 안으로 들어갔다. 미하루는 뒤따를 수밖에 없었다.

낮인데도 가게 안은 어둑어둑했다. 조명도 켜져 있지 않고 먼지와 곰팡내가 진동했다.

눈이 어둠에 익숙해지자 상황을 파악할 수 있었다. 백반집은 모습은 남아 있지만 테이블에는 먼지가 쌓여 하얗게 변했다. 벽에 달린 물건도 전부 망가져 멀쩡한 모습을 간직한 것은 하나도 없었다. 카운터 안은 흡사 늪처럼 그곳만 캄캄해서 아무것도 보이지 않았다.

이내 폐허라는 두 글자가 머릿속에 떠올랐다.

"가게 주인도 없나."

혼잣말처럼 중얼거린 순간 대답이 돌아왔다.

"불청객은 있지."

갑자기 날아온 말에 펄쩍 뛸 뻔했다. 목소리가 난 방향을 돌아보니 카운터 구석에 꾸깃하게 앉아 있는 사람 형태가 보였다.

미사키였다.

"불친절한 가게로군. 손님이 셋이나 왔는데 냉수 한 잔안 내오다니."

"차장검사님."

"뭐야, 조금도 놀란 얼굴이 아니네."

"그럴 수도 있겠다 생각은 했습니다. 야스다는 '데라이 기숙사' 시절 주민등록표상 거주지를 이곳으로 옮겼으니까요. 조사팀 사람 중 일부러 현장까지 찾아갈 사람이 있다면 미사키 차장검사님 정도겠죠."

"흥. 행동을 읽히는 건 유쾌하지 않아. 자네도 자네군. 출장 오는데 왜 보고 안 했지?"

"수사에 도움이 되지 않는 정보까지 보고할 생각은 없습니다."

"그렇게 말할 줄 알았어."

미사키는 체념조로 말한 뒤 두 사람에게 의자를 권했다. 미하루는 의자에 쌓인 먼지를 터느라 시간이 조금 걸렸다. 카운터 구석은 벽이었는데 완전히 색이 바랜 사진들이 여기저기 붙어 있었다. 슬쩍 보니 아무래도 손님들의 스냅사진 같았다.

"야스다의 옛 거주지가 오기야마학원 건설 후보지였던 사실이 마음에 걸렸어. 나도 어떤 확신이 온 건 아니야. 자네는 여기 왜 왔지?"

후와가 스즈키의 증언을 말하자 미사키가 당연하다는 듯 고개를 끄덕였다.

"대학 동기를 닥치는 대로 뒤졌나 보군. 손이 많이 가지만 가장 확실한 방법이긴 하지. 그래서 두 사람의 대학 시절 접점을 찾으러 왔나?"

"차장검사님은 어떻게 이 가게에 오게 되셨습니까?"

"학생 기숙사 터 주변을 어슬렁거리다가 우연히. 보다시피 폐업했지만 훔쳐 갈 것도 없어서인지 문도 잠그지 않았더군."

"가게 주인에게 이야기를 들으셨군요."

"가게 뒤에 주인이 사는 집이 있어. 기숙사를 부수고 나서 손님이 부쩍 줄어들어 장사를 접을 수밖에 없었다고 하더군. 헐값에 내놓았는데 최근 10년 동안 산다는 사람이 아예 안 나타났다고 해."

이런 외진 곳에 가게를 열어도 여우나 너구리 정도나 찾아오리라. 절대로 팔리지 않을 건물이라는 사실은 부동산에 문외한인 미하루도 알았다.

"야스다와 다카미네 검사의 대학 시절을 아는 사람이 있었나?"

"아뇨. 하지만 이 가게를 찾았으니 일부러 찾아온 보람은 있네요."

"눈치챘어?"

미사키와 후와의 시선이 벽에 붙어 있는 사진 한 장에 꽂혔다. 시선을 따라간 미하루는 악 소리를 낼 뻔했다.

누렇게 변한 사진 속에 어깨동무를 한 두 청년이 있었다. 두 사람 모두 카메라를 바라보며 환하게 웃고 있었다.

틀림없이 젊은 시절 야스다와 다카미네였다.

"두 사람이 오랜 친구 사이였다는 사실을 증언해줄 사람이 필요했는데 이 사진 한 장이 수만 마디 증언을 대신하겠군요."

"그래. 그런데 후와 검사. 이 사진 한 장으로 세울 수 있는 가설은 뭐지?"

"분명한 것은 다카미네 검사가 야스다를 조사할 때 조서에 기재하지 않은 부분이 있을 가능성입니다. 친구 사이니 태연하게 허위 내용을 기록했을지도 모릅니다."

"이 사진으로 당사자들을 신문해 볼까?"

"취조가 일상인 다카미네 검사라면 묵비권을 행사할 겁니다. 야스다도 마찬가지로 침묵하겠죠."

"하지만 아마도 두 사람은 이 사진이 존재하는지 모를 거야. 그러니 생판 모르는 사이인 척 할 수 있지. 즉 이 사진은 두 사람에게 폭탄 같은 존재일 텐데. 이걸 이용할 수밖에 없어."

"이용한다고 해도 지금은 아닙니다."

후와의 눈을 지그시 응시하던 미사키는 이해한 듯 고개

를 끄덕였다.

"폭발력이 가장 강력해질 때까지 내놓지 않겠다는 말인가. 노련하군. 단서를 찾자마자 당사자 앞에 들이미는 성질 급한 놈들이 좀 본받았으면 좋겠어."

성질 급한 놈들이 누구를 가리키는지는 굳이 말할 필요도 없었다.

"차장검사님. 여기는 혼자 오셨습니까?"

"조사팀에 있으니 비교적 마음대로 움직일 수 있더군. 이 나이가 되면 현장을 방문할 기회가 거의 없으니까. 모처럼 찾아온 기회를 놓칠 수 없지."

능청스러워 보이는 미사키에 비해 후와는 여느 때처럼 아무런 감정도 드러내지 않았다.

"굳이 혼자서 찾아오신 이유가 궁금합니다. 다카미네 검사를 어떻게 하실 생각이십니까?"

"자네와 마찬가지로 사건의 진상을 확인하고 싶네……, 라는 이유만으로는 납득하지 않겠지?"

"네."

"왜 그렇게 생각하나?"

"차장검사님은 저와 다르니까요."

"후후후. 위에서 지시한 것 말고 다른 이유가 더 있다고 추측하나?"

"위에서 지시했다는 이유만으로 먼 기시와다까지 단독 수사를 하러 오실 분은 아니라고 생각합니다."

"괜찮은 추측이지만 퀴즈는 그만두지. 재미없으니."

미사키는 사진을 벽에서 떼어내 손수건으로 조심스럽게 감쌌다.

"이 사진은 내가 맡아두지. 괜찮나?"

"원하는 대로 하십시오."

"이제 실마리를 하나 잡았을 뿐이야. 기껏해야 가장 효과적인 순간을 노릴 무기 정도지. 자네들은 이제 어떻게 할 생각이야?"

"아직 더 돌아볼 곳이 있습니다."

"그렇군. 그러면 볼일 봐. 나 먼저 가지."

미사키는 자리에서 일어나 한 손을 흔들며 가게를 나갔다. 미하루는 몇 번 미사키와 일대일로 대화를 나눈 적이 있지만 여전히 어떤 사람인지 종잡을 수 없어서 보이는 그대로 받아들일 수 없었다. 초연한 듯 보이지만 마음속으로 무슨 생각을 하는지 알 수 없는 사람이었다.

"검사님. 아직 더 둘러볼 곳이 있다고 하셨죠?"

"오기야마 이사장과 야스다 조정관의 진술을 확인해

야지."

후와도 천천히 자리에서 일어났다.

"건설 예정지였던 기시와다시 무코야마와 후보지였던 데라이초. 오기야마 이사장의 진술에 따르면 데라이초 부지는 주변 환경 때문에 학교를 설립하기에 적합하지 않다고 야스다가 조언했다고 한다. 하지만 무엇이 어떻게 부적합한지는 전혀 언급되지 않았어."

3

오기야마학원 설립 후보지 중 하나였던 데라이초 부지는 '데라이 기숙사' 터에서 차로 몇 분 거리에 있었다. 야스다가 학원 건설지로 적합하지 않다고 조언했다면 그 이유를 확인할 필요가 있다.

데라이초의 국유지는 총면적 8천 4백 평방미터니 오기야마 이사장이 말한 대로 무코야마 부지와 면적이 거의 비슷하다. 그러나 미하루가 확인할 수 있는 것은 해당 부지의 백지도* 뿐이라 정확히 어떤 곳인지는 알 수 없었다.

---

* 각종 정보가 적혀 있지 않은 작업용 기본지도.

데라이초를 방문하겠다고 결정한 시점에서 후와는 나머지 후보지까지 둘러볼 생각이었으리라. 토지 건물의 등기부를 요청하라고 미하루에게 지시했다. 8천 4백 평방미터는 무코야마의 후보지처럼 공장 터 등이 아니면 있을 수 없는 크기다. 데라이초 부지도 예외 없이 국유지가 되기 전 개인 병원이 있던 자리였다. 가부라기의원. 국유지가 으레 그렇듯 세금 체납 끝에 부동산을 압류당해 소유권이 이전된 곳이었다.

"개인 병원을 운영하는 의사는 의사 중에서도 성공한 사람들이라고 생각했는데 세금을 못 내기도 하네요."

"자네가 세상 물정에 어두울 뿐이야. 현실은 문 닫는 병원이 전국에 넘쳐나지."

차를 타고 한참 달리다 보니 목적지에 도착했다.

후와의 뒤를 따라 현장에 섰다. 주위를 둘러보니 역시 백지도나 거리뷰로 봤을 때와는 느낌이 상당히 달랐다.

도로 하나를 사이에 두고 저층주택이 여기저기 흩어져 있는 가운데 그 폐건물이 철골을 흉측하게 드러내고 있었다.

부지의 3분의 1 정도는 주차장이었을 그 공간의 콘크리트 부분을 무성한 잡초가 전부 덮었다. 길다운 길이 전혀 보이지 않는 것으로 보아 한동안 건물에 드나든 사람이 없는 듯했다.

사방이 잡초로 가려진 건물은 3층짜리 콘크리트 건물로 가운데가 첨탑 구조로 지어졌다. 미하루의 눈에는 병원보다는 가톨릭교회처럼 보였다.

몇몇 창문은 깨져 있고 거듭된 바람과 눈으로 벽은 완전히 더러워져 있었다. 풍화로 더럽히고 얼룩져 원래 무슨 색이었는지 전혀 알아볼 수 없었다.

근처 편의점 앞에 모여 있던 금발의 10대 청소년 두 명이 미하루에게 다가왔다.

"누나. 여기서 뭐 해요? 폐가 체험?"

"저딴 폐가를 보느니 훨씬 재미난 거 안 할래요? 우리가 좋은 데 아는데."

생판 모르는 남자가 말을 건 적이 처음은 아니지만 이렇게까지 노골적인 헌팅도 드물었다.

문득 후와를 바라보자 부지에서 거리를 두고 멀찍이서 병원 터를 바라보고 있었다.

"뭐 하세요, 검사님?"

후와는 대답하지 않은 채 병원 터를 바라보다가 잡초 속으로 발을 내디뎠다.

"검사?"

미하루는 후와를 말리려고 했지만 후와는 미하루의 목소리는 들리지 않는 듯 잡초를 헤치며 걸어갔다.

"검사라고요?"

두 소년은 얼굴을 마주 봤다.

"그래. 우리는 검찰청 사람인데 우리와 어울리려면 제대로 된 절차가 필요해. 어때?"

"네? 됐어요. 다른 볼일이 생각나서 이만."

두 소년이 온 길을 쏜살같이 되돌아가자 미하루는 후와의 뒤를 쫓았다. 막상 안으로 들어가니 잡초가 미하루의 허리 높이까지 자라 있어 움직이기 힘들었다. 남아 있던 아침 이슬이 몸에 엉겨 붙어 불쾌했지만 후와는 전혀 신경 쓰지 않고 건물로 다가갔다. 딱 봐도 안에는 어차피 의료기기 등 쓸모없는 물건들만 있을 텐데. 돈으로 바꿀 수 있는 물건이라면 압류 통보를 받기 전에 팔았을 터다.

후와가 미하루보다 몇 분 먼저 창문에 도달했다. 뒤늦게 도착한 미하루도 내부를 들여다봤다.

건물 안은 더욱 황폐했다.

미하루가 들여다본 곳은 대기실이었는데 어디선가 뚫고 들어간 덩굴 때문에 복도가 보이지 않았다. 벽은 군데 군데 금이 갔고 설치된 소파는 한쪽 다리가 부러져 크게 기울어져 있었다.

침몰선 내부 같다고 생각했다. 20년 넘도록 사람의 손길이 닿지 않고 자연에 그대로 방치되면 오히려 건물이 사람의 개입을 거부한다는 말의 전형적인 본보기였다.

"하다못해 건물이라도 철거하고 빈 땅으로 만들었다면 매입하겠다는 사람이 조금이라도 있었을 텐데요."

"공매하겠다고 법원이 부동산 개발업자 흉내를 낼 리 없지."

공매란 국세국* 혹은 세무서가 회수 목적으로 압류한 동산과 부동산을 환가하기 위한 경매 시스템이다. 보통 시세의 70퍼센트 정도 가격으로 경매에 부치며 유찰되면 다음에는 20퍼센트가 감소하고 그래도 팔리지 않는 경우에는 가격을 더욱 낮춘다. 그래도 매입자가 나오지 않으면 그대로 방치되는 식이다. 가부라기의원은 세 번째 공매에서도 입찰자가 없어서 이렇게 황폐해진 채로 방치된 것이다.

"세 번째 공매에서는 시세의 70퍼센트까지 저렴한 가

---

* 국세청의 지방 지부국. 지방거점으로 세무 행정을 수행한다.

격으로 나왔을 거예요."

"건물이 이 모양이니 철거 비용을 생각하면 70퍼센트라도 비싸지. 공매 물건 특유의 하자도 무시할 수 없고."

공매 물건이 저렴한 이유는 또 하나 있다. 채권자 일부가 점유하거나 단기 임대차 계약을 체결해 매각을 방해하는 경우가 허다했다. 물건이 낙찰됐을 때 이익을 보려는 목적인데, 이 때문에 일반시민이 저렴한 가격에 눈이 멀어 섣불리 손을 댔다가 낭패를 보기도 한다. 공매뿐 아니라 경매 물건은 대부분 그러한 문제를 포함한 가격이므로 비교적 저렴한 것도 당연했다.

"아까 부지 전체를 바라보셨죠? 왜 그러셨어요?"

"미하루 사무관은 오사카 출신이지? 그런데도 눈치채지 못했나?"

후와의 나쁜 버릇이 또 시작됐다. 본인은 미하루가 이해했는지 확인하려는 의도겠지만 표정이 싸늘해서 미하루는 후와가 자신의 무지를 꾸짖는다고 느꼈다.

"제대로 성토* 했는지 판별하고 있었네."

후와는 미하루의 갈등 따위는 모르는 얼굴로 설명했다.

---

* 경사진 땅에 흙을 다져 평평하게 만드는 토목 공법.

"성토한 조성지는 큰 지진이 덮치면 경사진 지반에 다져놓은 토사가 순식간에 무너지지. 한신·아와지 대지진, 니가타현 주에쓰 지진 등의 영향으로 2006년 4월 택지조성 등 규제법이 개정되면서 해당하는 택지는 붕괴 방지 공사가 의무화됐어. 국가 보조금이 나오지만 토지 소유자도 부담을 해야 하니 당연히 그만큼 가격이 비싸지. 그런데 이곳은 성토를 하지 않은 땅이야."

즉 지반에 한해서는 마이너스 요인을 찾기 어렵다는 의미였다.

"야스다 조정관은 주변 환경 때문에 학교 건설지로 적합하지 않았다고 진술했어요."

"그 말이 거짓이 아니라는 것을 확인하고 싶네."

말이 끝나자마자 후와는 발길을 돌려 부지 밖으로 향했다. 건물 안까지 들어갈 필요는 없다는 뜻인가.

잡초더미에서 빠져나온 후와는 무슨 생각인지 부지 주위를 천천히 걷기 시작했다. 그리고 주변 분위기를 살피듯 좌우를 둘러봤다.

"저기, 검사님."

"잠시 입을 다물게."

너무하다면 너무한 말투지만 후와가 명령하고 요구하

는 데는 대개 이유가 있다. 울컥 치미는 화를 억누르며 입을 다물었다.

뒤를 따라 부지 주위를 돌다 보니 겨우 생각이 났다.

후와는 부지 주변 환경을 느끼며 곱씹는 것이다. 소음, 악취, 기피 시설은 없는가. 야스다가 진술한 주변 환경 실태를 확인했다.

이윽고 주택가로 걸음을 옮겼다. 전부 상당히 오래된 가옥으로 외관이 대부분 비슷한 것으로 보아 같은 시기에 매물로 나온 분양 주택으로 짐작됐다.

그중 한 집 앞에서 걸음을 멈추고 초인종을 눌렀다.

—네, 누구세……

"검찰청에서 나왔습니다."

순간 조용해졌다가 뒤늦게 대답이 돌아왔다. 당연한 반응이었다.

—저기…… 무슨 일 때문에 그러시죠?

"가부라기의원에 대해 여쭙고 싶어서 이 근방을 돌고 있습니다."

—……잠시만요.

인터폰 너머에서 대화가 새어 나왔다. 거절할 줄 알았는데 이내 현관문이 열렸다. 얼굴을 내민 사람은 50대로 보이는 주부였다.

"이야기야 할 수 있는데, 진짜로 검사님 맞으시죠?"

미하루가 곧장 검찰사무관 신분증을 꺼내 보였다.

신분증을 보고도 의심스러운 표정은 사라지지 않았다. 미하루가 검사는 특별히 신분증이 없다고 설명해도 충분히 납득하지 못하는 눈치였다.

"부인, 이곳에 사신 지 오래되셨습니까?"

"내가 시집왔을 때 병원은 아직 폐업하지 않았으니까요. 그런데 20년도 더 전에 망한 병원에 무슨 볼일인지."

"부지가 팔리지 않은 이유를 조사하고 있습니다."

"뭐, 안 팔리고도 남죠. 방치한 지 오래되기도 했고."

"주변 환경에 문제가 있는 것 같지는 않은데요. 조용해서 학교를 세워도 이상하지 않은 듯합니다."

"내 말이요!"

주부가 갑자기 경계를 풀었다.

"역에서 좀 멀지만 그 대신 전철 소리도 안 나고 근처에 공장이나 유치원도 없어서 엄청 조용해요. 살기 좋은 동네라니까요."

"그런데도 병원 터를 매입하려는 사람이 한 명도 없었습니다. 왜일까요?"

"넓어서 그런가? 이 동네 땅값이 비싸지는 않지만 저렇게 넓으면 일반인은 못 사잖아요."

"분필, 그러니까 토지를 나눠서 분양하면 팔릴 것 같습니까?"

"팔릴 것 같아요. 하기야 그 땅을 고르는 데 엄청난 수고가 들겠지만."

"그러면 왜 매입자가 나오지 않을까요?"

"나도 부동산 중개업자가 아니라 잘은 모르지만 가부라기의원에 안 좋은 일이 한 번 있었거든요."

"무슨 문제가 있었습니까?"

"형사 문제로 번졌는지는 모르겠는데 의료 사고인가 뭔가 소문이 돌았어요. 그래서 환자가 순식간에 줄었지. 엎친 데 덮친 격으로 주거래 은행 사정도 안 좋았거든요."

"어느 은행이었습니까?"

"그 기즈신킨은행이요. 환자가 줄어든 시기에 도산해서 운 나쁘게도 병원이 추가 대출을 받을 수 없었대요."

"다른 금융기관에는 도움을 받을 수 없었습니까?"

"원래 병원장과 기즈신킨은행 사람이 친한 사이였다나 봐요. 심사를 설렁설렁했다던데, 이것도 소문이지만요. 아무리 아는 사이라고 해도 그렇게 대충 대출해주면 은행도

망할 만하지."

"심각한 의료 사고가 있었던 게 사실이라면 신문에 보도됐을 텐데요."

"신문이나 TV 뉴스에 나오지는 않았어요. 딱 그 시기에 같은 의료 사건인 약해 에이즈*가 터져서 난리였잖아요. 그 사건과 기시와다의 개인 병원에서 발생한 사건은 비교할 거리도 못 되죠."

"소문만으로 환자가 그렇게 뚝 끊겼군요."

"그야 이 근방에 딱 한 군데 있는 병원이면 모를까, 1킬로미터쯤 가면 시립병원이 있으니까요. 이상한 소문이 난 개인 병원보다 그쪽으로 다녔죠."

"병원은 완전히 문을 닫았겠군요. 그 후 병원장은 어디로 갔을까요?"

"글쎄요, 거기까지는 나도 모르죠. 거의 야반도주나 다름없이 사라져서 가부라기 씨 소식은 몰라요."

이 주부에게 들을 수 있는 이야기는 여기까지라고 판단했는지 후와는 예를 갖추며 주부를 놓아주었다.

---

* 약해 에이즈 사건. 1980년대에 일본에서 혈우병 환자들에게 HIV 바이러스에 오염된 비가열성 혈우병 치료제를 투여해 수많은 에이즈 감염 환자가 발생한 사건.

미하루는 위화감을 조금 느꼈다. 후와가 확인하려는 것은 데라이초 부지가 학교 건설지로 적격한지 아닌지다. 그것은 미하루도 이해했다. 그런데 주변 환경 확인은 차치하고 병원이 폐쇄된 이유에 병원장의 소식까지 조사할 필요가 있나?

"검사님, 무엇이 신경 쓰이세요?"

미하루의 질문에도 후와는 돌아보지 않았다. 그 무반응에는 완전히 익숙해졌지만 역시 등만 보고 생각을 읽는 재주는 아직 없었다.

"부지의 현황을 조사하는 게 목적이시죠?"

"맞네."

"전 소유자의 소식까지 조사할 필요가 있나요?"

역시 대답은 돌아오지 않았다. 이런 반응에 익숙한 자신이 한심하기도 하고 자랑스럽기도 해서 기분이 묘했다.

"주변을 둘러보며 이상하다고 느끼지 않았나?"

"특별히 이상한 점은 없던데요. 낮부터 불량소년들이 어슬렁거리는 점을 빼면 기피 시설도 안 보이고 분위기가 나쁜 것도 아니고. 방금 그 아주머니가 말씀하신 대로 역에서 멀어서 어떤 시설을 짓기에는 불편할 수 있지만 살기에는 조용하고 문제없는 것 같아요."

미하루는 자신의 말이 논리적인지 되새기며 말했다. 상대는 후와다. 사소한 모순도 놓치지 않고 파고든다.

"표면적인 관찰에 상황 분석도 안 되어 있군."

또 시작이다.

"해당 부지는 대규모 시설을 건설하기에 크게 문제가 없어 보이지. 도서관 등 공공시설이든 의료시설이든 역에서 가까운 점이 절대적 조건이 아니야. 전철 소리를 고려하면 오히려 장점이 될 수도 있고 애초에 주차 공간이 넓어서 교통수단은 무시해도 돼. 이 일대 주택을 보고 눈치 못 챘나? 어느 집이나 주차 공간이 확보되어 있어. 즉 이 일대 주민들은 자동차 사용에 익숙하다는 뜻이지. 오사카 시내라면 몰라도 교외로 나가면 자동차는 중요한 이동 수단이 돼."

그저 주택가를 살핀 것이 아니라 그런 부분을 확인하고 있었다니.

"역에서 떨어진 탓에 번화가에서도 멀지만 반대로 교육시설을 짓기에는 안성맞춤이야. 붕괴 방지 공사도 필요 없으니 추가 비용을 고려하지 않아도 되고. 또 자네 말처럼 살기에도 좋으니 분양하면 약간은 신흥 주택지가 될 수도 있어."

"그런데 왜 매입자가 안 나타날까요?"

"그 이유를 찾고 있어. 다만 야스다 조정관이 진술할 때 주변 환경 운운한 점이 수상해졌어."

"그럼 다른 이유가 있을까요?"

"찾는 중이라지 않나."

더 이상 설명은 불필요하다는 듯 후와는 질문을 끊고 차로 향했다.

다음 방문지는 학원 건설지로 정해졌던 무코야마 부지였다. 데라이초 부지와 같은 기시와다시 안에 있으므로 찾아가 조사하는 것이 당연했다.

"아까 야스다의 진술이 의심스럽다고 하셨잖아요."

대답이 없어 미하루가 계속 말했다. 후와를 상대로 일일이 반응을 살피다가는 이야기가 진행되지 않는다.

"그렇다면 무코야마 부지에 얽힌 군수공장 이야기도 미심쩍다는 말씀이시죠?"

"자꾸 같은 말을 반복하게 하는군. 찾는 중이야. 조사 단계에서 선입견을 버리게. 잘못된 판단으로 이어지니."

"그 사람의 진술을 믿을 수 없는 건 선입견이 아니라 분명한 사실 아니에요?"

"상황에 따라 쉽게 말을 바꾸는 놈의 무엇이 분명하다

는 말인가?"

"그럼 검사님은 어떠세요? 아까 여쭸듯 처음으로 야스다 조정관의 진술을 믿을 수 없게 된 거 아니세요?"

후와는 다시 침묵했다. 부정이 아니라 대답하기도 귀찮다는 의미였다.

그제야 비로소 미하루는 깨달았다.

후와는 처음부터 누구의 진술도 믿지 않았다.

차는 한동안 난카이 전철의 선로를 따라 달리다가 주택가를 빠져나왔다. 저 멀리 보이는 공단은 임해 지역 남쪽에 밀집한 섬유공장이다. 한신공업지대에 있으며 주택은 손에 꼽을 정도로 적었다. 차창 밖으로 흘러가는 풍경은 점점 밝은색보다 어두운색이 많아졌다. 창문을 닫아도 차 안으로 쇠와 기름 냄새가 들어왔다.

무코야마 부지는 크고 작은 아파트 단지로 둘러싸여 있었다. 단지 거주자는 공장 근무자일 것이다. 이른바 산업단지라고 불리는 곳이다. 주변에는 아직 새 건물뿐이라 텅 비어 있는 공장 터는 어쩔 수 없이 시선을 끌었다. 데라이초 부지는 잡초가 무성해서 실감하지 못했지만 무코야마 부지와 비슷한 8천 4백 평방미터는 역시 매우 넓은 면적이었다.

무코야마 부지는 오기야마학원이 매입한 후 폐건물을 철거해서 현재는 빈터였다. 그러나 막상 착공에 임박했을 때 뇌물수수 의혹이 제기된 터라 공사가 중단될 우려가 있었다. 본래 임무를 맡은 건설 장비 몇 대가 쓸쓸하게 남겨진 풍경이 인상에 남았다.

미하루는 빈터에 세워진 학교를 상상했다. 사방이 산업단지로 둘러싸인 학교. 위법은 아니지만 조화롭지 못하다는 인상은 부정할 수 없다.

오기야마학원은 초등학교부터 중학교까지 에스컬레이터식이라고 일찍이 소문이 났는데 초등학교를 건설하려면 문부과학성이 정한 초등학교 시설 정비 지침을 따라야 한다. 그 개요는 다음과 같다.

Ⅰ. 학교 부지 환경

  1. 안전한 환경

    (1) 지진, 홍수, 해일, 쓰나미, 눈사태, 산사태, 지반 함몰, 이류 등 자연재해에 안전해야 한다.

    (2) 건물, 옥외 운동 시설 등을 안전하게 설치할 수 있는 지질 및 지반이어야 하며 위험한 매장물이 없고 오염되지 않은 토양이어야 한다.

(3) 위험한 높낮이 차나 깊은 연못 등이 없는 안전한 지형이어야 한다. 또한 부지를 조성할 때 가급적 자연 지형을 살려 과대한 조성을 피해야 바람직하다.

(4) 학교 부지에 접하는 도로의 폭, 접하는 부분의 길이 등을 고려해 긴급 시 대피, 긴급차량 진입 등에 지장이 없는 부지여야 한다.

(5) 사각지대 등이 없는 훤히 트인 지형이어야 바람직하다.

2. 건강하고 문화적인 환경

(1) 공기가 좋고 일조가 양호해야 한다.

(2) 배수가 잘 되어야 한다.

(3) 양호한 전망, 경관 등도 중요하다.

3. 적정 면적 및 형태

(1) 현재 필요한 학교시설을 정비할 수 있는 면적은 물론 미래 시설 수요에 충분히 대응할 수 있도록 면적에 여유가 있어야 한다.

(2) 구조가 조잡하지 않고 정돈된 형태여야 바람직하다.

Ⅱ. 주변 환경

1. 안전한 환경

(1) 차량이 빈번하게 드나드는 시설이 없어야 한다.

(2) 소음, 악취 등을 발생하는 공장 및 기타 시설이 없어야 한다.

2. 교육에 적합한 환경

(1) 사회교육시설이나 사회체육시설 등 공동 이용을 도모할 수 있는 시설과 가까운 거리가 효과적이다.

(2) 학교 간 연계나 지역 시설과의 네트워크를 고려해 계획해야 한다.

(3) 풍속영업 등의 규제 및 업무의 적정화 등에 관한 법률(1948년 법률 제122호) 제2조에서 규정하는 풍속영업 및 성풍속 관련 특수영업에 해당하는 영업소가 없어야 한다.

(4) 흥행장법(1948년 법률 제137호) 제1조에 규정된 흥행장 중 업으로서 경영되는 교육상 적합하지 않은 시설이 없어야 한다.

(5) 사행심을 자극하는 오락을 목적으로 불특정 다수가 출입하는 시설이 없어야 한다.

(6) 기타 교육상 적합하지 않은 시설이 없어야 한다.

오기야마학원 건설 예정지를 훑어본 바로는 시설 정비

지침을 간신히 맞춘 것을 알 수 있었다. Ⅱ의 1의 (2)에서 언급한 소음, 악취는 공장과 거리가 있어 조건에 걸리지 않으며 Ⅰ의 2의 (3) 양호한 전망과 경관은 개개인이 느끼는 감정과 관련된 부분이므로 빼져나갈 수 있다.

그러나 간신히 조건만 맞췄을 뿐 주변 풍경은 조화롭지 못했다. 도시 경관이 무엇인지 잘 모르는 미하루가 보기에도 이곳에 학교를 짓기에는 다소 무리라는 것쯤은 알았다. 현재 입지는 어디까지나 문부과학성의 지침을 기준으로 판단한 적정성이었다.

사학재단 이사장으로서는 이렇게나 큰 산업단지가 있다면 그만큼 많은 취학아동을 기대할 만했다. 물고기 떼 한가운데에 낚싯줄을 드리우는 격이었다. 오기야마 이사장이 건설 예정지로 동의할 만했다고 생각했다.

야스다의 진술로는 땅속 깊은 곳에 독가스 원료가 묻혀 있다고 한다. 그 말이 사실이라면 지침에 명시된 안전한 환경이라는 조항을 충족하지 못하게 된다.

"건설 예정지로 결정하기 전에 지질조사도 제대로 했겠죠?"

"땅을 어디까지 팠느냐 하는 문제도 있지. 전쟁범죄의 증거가 될 만한 물건이라면 되도록 깊게 파묻었을 테니."

"검찰청에서는 굴착 비용을 못 댈 거예요."

"직접 확인할 수 없다면 증언을 긁어모으는 수밖에."

데라이초 부지와 마찬가지로 이곳도 탐문하겠다는 뜻이다.

미하루는 재차 주위를 둘러봤다. 죽 늘어선 산업단지 주민 중에 전쟁 시절부터 살아온 증인이 있을 것 같지 않았다. 아파트 단지 전체를 돌아봐도 찾기 어려우리라.

그런데 후와는 망설이지도 않고 차로 돌아갔다.

"검사님, 어디 가세요?"

"못 들었나? 증언을 수집하러 간다."

목적지를 미리 추렸을 터다. 후와와 미하루를 태운 차는 몇 분도 지나지 않아 목적지에 도착했다.

단층 건물에 있는 부동산 중개업소였다. '쓰쿠다 부동산'이라고 적힌 돌출 간판은 상당히 오래된 물건으로 쇼와 시대*에 세워진 것으로 보이는 건물과 함께 예스러움이 느껴졌다. 부동산에 도착하고서 이해했다. 특수한 부동산 정보를 아는 사람은 인근 주민뿐만은 아니었다. 부동산을 생업으로 삼은 사람이라면 당연히 누구보다 자세

---

* 쇼와 천황의 재위 기간으로 1926년~1989년에 해당한다.

하고 정확한 정보를 알고 있을 터다.

　문을 열고 가게로 들어가자 백발노인이 홀로 무료하게 앉아 있었다. 후와가 방문 목적을 말하자 갑자기 흥미를 느낀 듯했다.

　"오기야마학원이 매입한 국유지 말이로군. 오사카지검에서 수사하는 사건이라 검사님이 탐문을 다니나 보오."

　노인은 부동산 주인인 쓰쿠다 본인이었다.

　"선반공장은 불경기에 망해버렸지. 마지막 몇 년은 소득세는커녕 고정자산세도 제대로 못 내는 처지였다우. 결국 세금 체납으로 압류당하고 나서 쭉 저 모양이지."

　"선반공장의 전신은 군수공장이라고 들었습니다."

　쓰쿠다가 감탄한 눈으로 후와를 쳐다봤다.

　"옛날 옛적 이야기를 잘도 알았구만. 그래그래, 맞아요. 선반공장은 전쟁이 끝난 해에 생겼고 그전에는 '후지미화학'이라는 군 직속 공장이었지."

　"군수공장이 선반공장으로 바뀐 경위를 아십니까?"

　"제조 라인은 유용할 수 있는 곳이 많았던 것 같아요. 대부분 설비까지 다 포함해서 거래됐다고 들었지."

　"군 직속이라는 특성만 없앨 수는 없었습니까? 전시에 운영된 군수공장이 전쟁 후에는 일반 기업으로 바뀐 사례가 많은데요."

"군수사업을 민수사업으로 전환하는 거 말하는가 보오. 확실히 비행기 엔진을 만들던 곳이 자동차 부품 공장이 되고, 통조림 공장이 그대로 민간 공장이 되던 일은 있었지만 전환하려고 해도 안 된 공장도 있었지."

"화학무기를 만들었다는 소문을 들었습니다."

본론을 꺼내자 쓰쿠다의 눈빛이 흐려졌다.

"역시 검사님은 알고 계시는가 보네. 그래요. '후지미화학'은 전시에 독가스를 만들었고, 그 탓에 무슨 수를 써도 민수 전환을 하지 못했다. 그래서 독가스 원료를 땅속 깊숙이 묻었다…… 그런 소문 맞죠?"

"맞습니다. 그래서 부지가 공매에 나와도 좀처럼 매각되지 않았다고 하더군요."

"검사님, 그건 헛소문이라우."

쓰쿠다는 한 손을 흔들며 고개를 저었다.

"우리는 부모님 대부터 이 사업을 해서 사정을 알죠. '후지미화학'이 독가스 같은 걸 만든 건 맞는 것 같은데 실전에서는 별로 쓸모없었다는 것 같아요. 무엇보다 그 이야기가 사실이라면 당시 연합군이 그냥 내버려뒀을까? 평화니 뭐니 하면서 군사기술은 죄다 없앨 기세였는데 말이우. 무엇보다 아마추어가 아무리 땅속 깊이 묻어도 연합군이 가진 기계라면 쉽게 파낼 수 있다우."

설득력 있는 말이었다. 애초에 과거 일본군이 그런 거창한 무기를 소지했을 리 없다.

"왜 그런 헛소문이 퍼졌을까요?"

"선반공장을 노린 인간이 부지를 싸게 사들이려고 헛소문을 퍼뜨렸지. 공장주가 곤란해질 대로 곤란해진 순간을 노려 거저 주워갈 속셈이었지. 그런데 공장주가 팔려고 내놓기 전에 압류당해서 계획이 빗나간 거야. 헛소문은 한번 퍼지면 주워 담을 수 없잖우. 하지만 소문을 퍼뜨린 사람이 피해 볼 일은 없으니 그냥 내버려둔 거지. 그렇게 된 거라우."

독가스 소문은 야스다도 그저 소문일 뿐이라고 부연했지만 이렇게 다른 사람의 입으로 들으니 김이 새는 것도 사실이었다.

"그래서 소문이 무서운 법이지. 아무 근거 없는 이야기지만 무시할 수 없으니까 말이우. 실제로 소문 때문에 평가액이 시세보다 낮은 부동산도 있어요. 인기 있는 물건이라고 꼭 비싼 법 없는 것처럼 부동산도 마찬가지라우."

아마추어는 잠자코 있으라는 말투였다.

"공매 물건은 크든 작든 다 하자가 있지. 시세보다 훨씬 낮은 가격에 형성되는 이유가 다 그 때문이고. 그러니 공매 전문 매입자가 따로 있을 정도지. 문외한이 섣불리 손을 댔다가 화상을 입기 십상이야."

"오기야마 이사장도 그런 부류라는 말씀입니까?"

"거긴 화상이 아니라 불덩이가 떨어진 수준이지. 제아무리 대단한 이사장님이라도 부동산에 대해서는 문외한이라는 말이라우."

4

다음 날, 후와가 미하루와 함께 회의실에 가니 오리후시가 기다리고 있었다.

"어제 기시와다 부지에 현장조사 나갔다 왔다며."

오리후시가 입을 열자마자 강압적으로 물었다. 후와의 뒤에 선 미하루는 아연했다. 수사 내용 보고는 의무지만 조금 더 부드럽게 말해도 될 텐데. 아무리 팀 내부의 명령 체계가 그렇다고 해도 후와를 함부로 부리는 사람처럼 대하는 오리후시의 태도에 불쾌감만 들었다.

오리후시 옆에 있던 미사키가 민망한 표정을 지었다.

아마도 후와의 현장조사를 알린 사람이 미사키인 듯했다.

"문서를 갈아 끼운 사람은 다카미네 검사다. 조사할 곳을 잘못 짚은 거 아닌가?"

"문서 교체도 결국 처음으로 거슬러 올라가면 국유지 불하 때문에 일어난 일입니다. 야스다 조정관과 오기야마 이사장 사이에 오고 간 대화의 진위를 확인하는 일이 가장 중요하다고 생각합니다."

"그래서 조사 결과는?"

후와가 무코야마와 데라이초 부지를 각각 탐문한 내용을 보고했다. 평소처럼 입수한 정보만 밝히고 자신의 생각이나 추리는 일절 입에 담지 않았다.

원래 보고라는 것이 그렇다. 그런데 미하루는 보고에 은연중에 선입견이나 의견을 넣는다. 이렇게 다른 사람의 보고를 옆에서 들을 때마다 자신의 나쁜 버릇을 깨닫는다.

"내용은 대략 알겠어. 그러니까 건설 예정지인 무코야마 부지는 야스다의 진술이 맞았다는 말이군. 헛수고까지는 아니지만 꼬박 하루를 버려가며 얻은 성과가 그것밖에 안 된다니 허탈하기 짝이 없어."

오리후시가 불만을 드러냈다.

"그렇게 생각하지 않습니다."

후와가 한 발짝도 물러서지 않았다.

"현장을 직접 봤느냐 안 봤느냐에 따라 야스다 조정관과 다카미네 검사를 어떻게 신문해야 할지 그 대처가 달라집니다."

"어쨌든 본론은 아니잖아. 지금 가장 중요한 건 다카미네 검사가 문서를 갈아 끼운 동기야. 후와 검사는 취조의 고수라고 들었는데 왜 다카미네 검사를 계속 취조하지 않지?"

"같은 질문을 반복하셔도 의미 없습니다."

"검사가 할 말은 아니군."

오리후시는 책상 위를 손가락으로 두드렸다. 말끝마다 화를 돋웠지만 미하루는 참을 수밖에 없었다.

"같은 질문을 반복하다 보면 진술에 모순이 생기는 법이야. 그 틈을 파고드는 게 신문의 진리 아니겠어?"

"그게 직업이었던 다카미네 검사에게는 그 방법이 통하지 않습니다."

"그럼 도대체 뭐가 통한다는 말이지? 오사카지검 특수부의 희망인지 나발인지 결국 그냥 사람일 뿐이야. 피의자가 되면 약점도 드러나게 되어 있다고. 그걸 파고들지 않고서 무슨 조사를 한다는 거야?"

후와는 초임 검사 취급에도 눈썹 하나 까딱하지 않았다.

"오히려 반대입니다. 피의자가 된 지금, 다카미네 검사의 방어벽이 한층 더 단단해졌습니다. 평소 방식은 효과가 없습니다."

"대안은 있겠지?"

"찾고 있습니다."

"입만 살아서는. 언제까지 찾기만 할 거야?"

"스스로 납득할 때까지요."

후와를 아는 사람이라면 그러려니 이해할 테지만 모르는 사람은 우롱당했다는 생각이 들 것이다. 명백히 후자인 오리후시는 그 순간 안색이 변했다.

일촉즉발. 회의실 공기가 곧 폭발할 듯 팽팽해졌을 때 침묵을 지키던 미사키가 끼어들었다.

"오리후시 검사, 초조한 마음은 이해하나 배려가 부족한 것 아닌가."

아군이 날린 화살에 오리후시가 당황한 기색이었다.

"무슨 말씀입니까, 차장검사님."

"후와 검사도 맨손으로는 싸울 도리가 없지. 우리 조사팀의 움직임을 전부 파악해야 해."

"대체 무슨 말씀이신지."

"도야마와 모모세는 어디 갔지? 사흘 전부터 잘 안 보이던데."

"······수사 중입니다."

"말하기 어려우면 내가 말하지. 둘 다 효마 사부로 의원의 주변을 뒤지고 다니겠지."

어이가 없던 미하루는 금세 이해했다.

그렇게 된 일이구나.

애초에 다카미네의 문서 교체 의혹은 국유지 불하에서 비롯된 사건이다. 수사의 중심 역할을 하던 다카미네가 반 구속상태니 오기야마학원 문제는 암초에 걸려 움직이지 못하는 모양새지만 도야마와 모모세는 다카미네에게 인계받은 것처럼 효마 의원을 추궁하는 듯했다.

이유는 미하루도 짐작이 갔다. 오사카지검 특수부의 비리를 파헤치는 것보다 현직 의원의 비리를 들추는 것이 출세에 유리하기 때문이다.

오리후시는 불편한 얼굴로 미사키를 쳐다봤다.

"맞습니다. 그 두 사람한테 수상한 돈이 효마 의원에게 흘러 들어갔는지 조사하라고 지시했습니다."

"돈을 비밀 계좌로 받았느냐, 현금으로 직접 받았느냐.

어느 쪽이 됐든 오기야마 이사장에게 뇌물을 받았다는 사실을 입증하려는 것인가."

"국유지 불하 금액이 현실과 너무 동떨어졌습니다. 나머지 돈이 관계자의 주머니로 들어갔다고 보는 게 맞습니다."

"그건 오사카지검 특수부의 사건 아닌가."

"다카미네 검사가 문서를 바꾼 동기와 관련 있을 수 있습니다. 조사해야죠."

"그런데 효마 의원의 뇌물수수를 순조롭게 입증했을 때 과연 그 공을 순순히 오사카지검 특수부에 넘길까?"

오리후시는 대답하지 않았다. 침묵이 그의 계획을 대변했다.

분노를 넘어 어이가 없었다. 문서 교체 사건을 수사하러 파견 온 조사팀이 혼란한 틈을 타 오사카지검 특수부가 낚은 고기를 약삭빠르게 가로채려는 꼴이 마치 재난 현장에서 도둑질하는 철면피 같았다.

"다카미네 검사에게 걸린 의혹을 쫓는 과정에서 효마 의원의 뇌물수수를 입증한다. 있을 법한 전개고 누구도 비난하지는 않겠지. 하지만 비난받지는 않아도 원한은 생길 거야. 자네는 그래도 상관없나? 하기야 원한이 생겨도 자네는 이미 도쿄로 돌아갔을 때니 오사카지검 특수부의 분노와 원망은 대검 형사부로 향할지도 모르겠지만."

미사키의 날카로운 비판을 가만히 듣던 오리후시가 역습했다.

"수사의 핵심 인력이었던 다카미네 검사의 의혹이 불거진 시점에서 오사카지검 특수부는 제 기능을 잃었습니다. 대검 형사부인 우리가 돕는 데 반대하는 사람은 없을 겁니다. 누구 공이냐는 사건이 해결된 뒤에 협의하면 될 일입니다."

거짓말하시네.

문서 갈아 끼우기라는 불미스러운 사건을 일으킨 오사카지검 특수부는 원래부터 목소리를 크게 낼 수 없는 입장이었다. 당연히 대검 형사부 조사팀 앞에서 고개를 들 수 없었다. 오사카지검의 체면을 고려할 마음 따위 전혀 없었으리라.

미사키가 그 권력관계를 모를 리 없으니 그 또한 어처구니없다는 듯 짧게 탄식했다.

"아무튼 의혹이 해소되고 벌을 받아야 할 자를 벌하고 나면 나머지는 집안싸움이야. 내가 왈가왈부할 일도 아니지만 적어도 수사로 드러난 사실은 팀 내에 공유해야 해.

그래야 후와 검사도 기대만큼 활약할 수 있으니."

"……맞는 말씀입니다. 아, 오해하지 않으셨으면 합니다. 효마 의원 건은 확증이 나오는 대로 미사키 차장검사님과 후와 검사에게 공유하라고 지시할 생각이었습니다. 오해하셨다면 사과드리겠습니다."

오해 같은 소리 하네.

오해가 아니니 미사키도 지적했을 텐데.

"중간 상황이라도 상관없어. 효마 의원이 오기야마 이사장에게 금전이나 기타 이익을 받은 흔적을 찾았나?"

"효마 의원 개인이 뇌물을 받은 흔적은 아직 못 찾았습니다. 하지만 오기야마 이사장은 효마 의원 후원회에 이름을 올렸죠. 자금관리단체를 통해 돈이 흘러 들어갔을 가능성이 농후해 그쪽을 뒤지고 있습니다."

"오사카지검 특수부도 같은 생각을 했을 거야. 그 정도는 서로 협조하는 게 효율적일 듯한데. 자칫 인력을 낭비할 수 있으니."

"협의하죠."

"자, 후와 검사. 방금 들은 대로 우리 팀은 효마 의원의 뇌물수수 의혹도 조사하고 있네. 괜찮다면 이쪽 수사에도 합류하겠나?"

"아니요."

후와는 즉시 대답했다.

"현재는 제가 필요하지 않을 겁니다."

이 대답도 듣는 사람에 따라 겸양의 말로도 불쾌한 말로도 들릴 수 있었다. 미사키에게는 전자, 오리후시에게는 후자였다. 이렇게 상반된 반응을 이끌어내는 사람도 드물 것이다.

"실례하겠습니다."

오리후시는 더는 참을 수 없는지 도망치듯 회의실을 나갔다. 그 뒷모습을 눈으로 좇으며 미사키는 가볍게 콧방귀를 뀌었다.

"실력이 좋은 사람이기는 한데 생각이 얕은 점이 옥에 티로군. 나쁘게 생각하지 말아주게."

"괜찮습니다."

"그런데 아까 보고한 무코야마와 데라이초 부지 말인데, '한상'의 벽에 붙어 있던 두 사람 사진은 왜 언급하지 않았지?"

"사진에서 얻을 수 있는 것은 두 사람이 오래전부터 알고 지냈다는 사실과 친해 보인다는 느낌뿐입니다. 느낌을 보고한다니 적절하지 않죠."

"그렇게 말할 줄 알았어."

미사키는 의미심장하게 웃어 보였다.

4 망각을 허하지 말지어다

Booth
Net Cafe Capsule

ネットカフェ
&
カプセル
8F〜5F

Booth

手作り居酒屋
甘太郎
4F
3F

チルイン

第103
東京ビル

747 カラオケランド

KABUKI

カラオケ 747

CINEMAS

川新ビル
たいむ
鳥兵衛
とりこ
姜屋
鉄板焼 濱
新・肉・酒場 クイック

やきとりセンター

CENTRAL ROAD

九十九

鳥

Family

1

다음 날 후와는 야스다 조정관을 검찰청으로 소환했다.

조사를 두 번 받다 보니 익숙해졌는지 처음보다는 다소 침착해 보였다. 궁지에 몰려 불안에 떨던 작은 동물이 사람을 따르기 시작했다고나 할까.

"혹시 또 같은 질문인가요?"

야스다가 조금 부루퉁하게 말했다.

"같은 질문을 여러 번 반복해서 조금이라도 이전 대답과 다르면 그 부분을 파고들죠. 경찰이나 검찰이나 그런 식으로 피의자를 취조한다던데 수고스러운 방법이네요."

노골적인 비아냥도 취조에 익숙해졌다는 증거다. 하기

야 오리후시를 비롯해 조사팀 팀원들이 번갈아가며 같은 질문을 반복하는 모양이니 야스다의 항의도 당연했다.

"외람되지만 시간 낭비 같아요."

"저도 그렇게 생각합니다."

야스다는 몹시 의외였는지 깜짝 놀랐다.

"그런 방법을 쓰는 수사관이 많다는 건 압니다. 하지만 반복 질문은 기억력이 좋지 않은 사람이나 자제력이 떨어지는 사람에게나 먹히죠. 모든 사람에게 통하는 방법도 아닌데 하물며 당신에게는 오죽하겠습니까."

"저를 과대평가하시네요."

"사람 보는 눈은 있습니다."

야스다는 노골적으로 의심스러워했지만 유감스럽게도 후와의 얼굴에서 감정을 읽을 수 있는 사람은 없었다. 잠시 관찰하다가 이내 포기한 듯 탄식했다.

"같은 질문이 아니라면 도대체 무슨 질문이죠?"

"얼마 전에 오기야마학원 건설 예정지를 시찰했습니다."

태연한 말투에도 야스다는 후와의 입가를 주시했다. 표정을 읽을 수 없다면 하다못해 어조로 감정을 파악하겠다는 의지 같았다.

"기시와다시 무코야마. 산업단지로 둘러싸인 곳이지만 공단과는 거리가 있어 소음도 매연도 없습니다. 초등학교 시설 정비 지침도 위반하지 않고요. 산업단지의 가구 수를 고려하면 일정 취학아동 수를 예상할 수 있으니 설립에 타당성이 있죠."

"검사님은 독특하신 분이네요."

야스다는 희귀한 생물을 보듯 후와를 바라봤다.

"독특하다는 표현이 실례라면 보기 드문 분이라고 하겠습니다. 지금까지 저를 취조한 검사님들은 다 조서나 자료를 바탕으로 이야기하더군요. 검사님처럼 현장을 조사한 듯한 검사님은 없었어요."

"실물을 직접 봐야 직성이 풀립니다. 제 방식이죠. '후지미화학'에 얽힌 소문도 확인했습니다. 확실히 '후지미화학'은 독가스를 만들던 군수공장이지만 완성한 무기는 독성이 강하지도 않아서 결국 선반공장이 문을 닫은 뒤 싸게 매입하려던 자가 퍼뜨린 헛소문이라고 말하는 사람도 있었습니다. 실제로 그렇게 강력한 독가스 무기를 개발했다면 미군이 놓칠 리 없다더군요."

"네. 지난번 취조 때 제가 한 말을 믿어주셨군요. 독가스 제조 공장 이야기는 그저 소문입니다. 하지만 소문 탓에 가격이 떨어진 것도 사실이고 소문을 잠재우기 위한 지질조사도 필요하죠. 당연히 그만큼을 토지 매입 대금에 반영했고 결국 금액이 파격적으로 저렴해졌습니다."

어딘가 미덥지 않은 말투에 순간 의심이 들었지만 현장 조사에 나갔던 미하루는 그 말이 사실이라는 것을 알았다. 세상에는 거짓을 진실처럼 말해 믿게 만드는 사람이 있는가 하면 진실을 말해도 미덥지 못해 신뢰를 얻지 못하는 사람도 있다. 어느 쪽이든 마음대로 되는 일은 아니라고 미하루는 생각했다.

"무코야마 부지는 여러 사정 탓에 매우 저렴하다. 그건 알겠습니다. 그런데 오기야마 이사장과 협의를 진행하면서 거론된 다른 후보지, 시세는 같았던 그곳이 부적격하다는 확증이 없습니다."

야스다의 안색이 변했다. 후와의 표정을 지켜보면서 정작 본인은 시시각각 얼굴빛이 변하다니 우스운 노릇이다.

"기시와다의 데라이초. 대지면적이 8천 4백 평방미터니 8천 7백 평방미터인 무코야마와 거의 비슷합니다. 오기야마 이사장의 증언으로는 두 후보지를 비교해 데라이초는 학교를 세우기 적합하지 않다고 당신이 조언했다던데요."

"네, 맞습니다."

"데라이초도 현장 조사를 했습니다. 예전에는 가부라기 의원이라는 개인병원이 있었다고 하더군요. 문을 닫은 뒤에는 매입자가 나타나지 않아 그대로 방치됐습니다."

"세금 체납 때문에 소유권이 이전되면 토지 건물을 관리할 사람이 없으니까요."

"이해가 안 가는 부분이 있습니다. 병원 터는 확실히 황폐했지만 주거 환경으로 혐오스럽다고 할 정도는 아니라고 느꼈습니다. 역과 먼 것은 단점이지만 시끄럽지 않고 인근에 기피 시설도 없어서 교육환경으로 바람직하죠. 그런데 왜 건설 예정지로 적합하지 않다고 판단했습니까?"

여전히 담담한 어조지만 야스다를 흔들기에는 충분한 파괴력이었다. 지금까지 후와를 똑바로 응시하던 시선을 책상 위로 떨구고 입을 한일자로 다물었다.

"주변 지역의 치안도 나쁘지도 않고, 그 정도 분위기면 학교가 들어선 뒤 긍정적으로 바뀔 가능성도 적지 않습니다. 실제로 오사카부 내 초등학교 중에 교외에 학교 건물이 있는 경우도 드물지 않습니다. 멀리 내다보면 학교가 들어서면서 새로운 철도망 부설이나 상업 시설 유치도 기대할 수 있죠. 무코야마에 이미 산업단지가 형성되었다는

점을 감안하면 데라이초 부지가 지역 활성화에 더욱 도움
이 된다고 할 수도 있습니다."

"그저 가정이지 않습니까. 게다가 오기야마 이사장에게
지역 활성화 같은 숭고한 이념은 눈곱만큼도 없어요. 오
로지 오기야마학원이 얼마나 많은 학생을 모을 수 있을지
에만 혈안이 되어 있죠."

야스다는 짓씹듯 말했다. 오기야마 이사장을 험담해서
유착 관계를 부정하려는 의도면 제법 효과적이라고 미하
루는 생각했다.

"오기야마 이사장의 이념을 야스다 씨가 어떻게 압니까?"

"국유지 불하 때문에 한동안 협의했으니까요. 그 정도
대화해 보면 인성을 충분히 알 수 있죠."

"학원의 이익만 생각한다고 평가하셨는데, 그렇다면
데라이초 부지에도 똑같이 관심을 보였을 겁니다. 오기
야마 이사장이 무코야마 부지를 선택하도록 유도한 것
아닙니까?"

"제가 왜 그런 짓을 합니까? 데라이초 부지와는 아무런
이해관계도 없는데."

"그곳에 게이한대학 기숙사가 있었다고 하더군요."

"네, '데라이 기숙사'요. 이미 다 조사하셨겠지만 저도

그 기숙사에 살았죠. 설마 제가 청춘 시절을 보낸 자리에 오기야마학원을 못 짓게 하고 싶었다는 둥 그런 감상적인 이야기를 하려는 건 아니죠?"

"아니요. 야스다 씨가 감상적인지 아닌지는 모르지만 적어도 그건 학원 건설을 막는 동기로 수지가 맞지 않죠. 현재 '데라이 기숙사'가 어떻게 됐는지 아십니까?"

"글쎄요."

야스다는 대답을 흐렸지만 분명히 현재 상황을 아는 표정이었다. 그러나 후와는 개의치 않았다.

"그럼 '데라이 기숙사' 근처에 있는 '한상'이라는 백반집은 어떻습니까?"

"그리운 이름이네요."

야스다는 입꼬리를 올려 웃어 보였다. 억지로 만든 미소는 애처로울 정도였다.

"맛이야 어떻든 가난한 학생에게는 고마운 가게였습니다. 저도 여러 번 갔죠. 아직 영업합니까?"

후와는 책상 위에 놓인 파일에서 종이 한 장을 꺼냈다. '한상'의 벽에 붙어 있던 사진의 사본이 보였다.

자신과 다카미네가 어깨동무를 한 사진이 등장하자 야스다는 조용히 숨을 삼켰다.

"야스다 씨는 다카미네 검사와 모르는 사이라고 증언했습니다. 같은 대학 출신이지만 세 학년 차이가 나고 재학생이 워낙 많아서 캠퍼스에서 스쳐 지나가도 행인 정도로 인식했을 것이라고요. 그런데 행인끼리 단골 백반집에서 어깨동무를 한다는 건 흔치 않은 이야기죠."

잠시 침묵 끝에 야스다가 간신히 대답을 짜냈다.

"혹시 합성 사진 같은 거 아닙니까?"

일그러진 입꼬리가 부자연스러웠다.

"오사카지검은 증거 조작을 밥 먹듯 하니."

"어떻게 생각하든 자유지만 취조하는 검사에게 할 말은 아니군요."

"죄송합니다……. 처음 보는 사진이라 그만 의심했습니다. 분명 술에 취했던 것 아닐까요. 저는 술을 못 하는 사람이라 맥주 한 잔만 마셔도 필름이 끊기거든요."

"한 잔에 필름이 끊길 사람이 행인 수준으로 안면이 없는 사람과 술을 마시겠습니까?"

"학생 때니 분위기에 휩쓸려 그럴 수 있죠."

"이 사진은 다른 사진들과 마찬가지로 '한상'의 벽에 붙어 있었습니다. 가게를 몇 번이나 방문했다면 보셨을 겁니다."

"그러니까 단골이라고 할 만큼 자주 가지 않았어요."

"단골도 아닌 가게에서 행인 수준인 사람과 술을 마신다는 것은 논리적이지 않습니다."

후와는 논리의 모순을 집요하게 파고들었다. 야스다는 방어에 급급했으나 그래도 다카미네와 아는 사이였다는 사실을 결코 인정하지 않았다.

"국유지 불하 건으로 조사받을 때도 다카미네 검사와 아는 사이라고 한마디도 증언하지 않았고요."

"절대 위증한 것이 아닙니다. 그 사진을 보면 예전부터 알던 사이처럼 보일지 몰라도 사실 초면인 줄 알았거든요. 위증이 아니라 착오죠."

야스다는 모르쇠로 일관할 수 없다고 판단했는지 착오라고 우기며 빠져나갈 구멍을 만들었다. 말장난이 아니라 사실 일부를 마지못해 인정한 꼴이니 미미하지만 진전이 있다고 해도 좋았다.

"다시 한번 묻겠습니다. 야스다 씨가 데라이초 부지를 후보에서 제외한 진짜 이유는 무엇입니까? 국유지 불하를 수없이 맡아 온 조정관으로서 의견을 말씀해주세요."

검사 중에는 피의자에게 고압적으로 행동하는 사람이 적지 않다. 심리적으로 압박해 진술을 끌어내는 방법은 대개 실패하지 않지만 후와는 어떤 피의자를 상대하든 정중한 말투를 고집했다. 그런데 감정을 내보이지 않는 어투가 무표정과 만나니 고압적인 태도보다 피의자를 더욱 압박했다.

같은 말을 반복하거나 대답을 재촉하지 않았다. 다만 피의자에게서 시선을 떼지 않고 눈빛으로 쏘아 죽일 기세로 물끄러미 응시했다.

말 없는 대치가 계속되는 가운데 아무래도 야스다는 입을 다물기로 결심한 듯 끝내 입을 열지 않았다.

"이거 참, 뜻밖의 물건을 발굴해 왔군."

다카미네는 손가락으로 사진을 튕겼다.

다카미네의 두 번째 취조가 시작되자 후와는 처음부터 비장의 카드를 꺼내 들었다. 기선 제압하려는 목적이었을 테지만 의외로 다카미네의 표정은 흔들리지 않았다.

"두 분은 취조 때 직접 만나기 전까지는 모르는 사이였을 텐데요."

"아아, 분명 그렇게 진술했지. 하지만 이런 물건을 내민다면 착오였다고 인정할 수밖에 없군."

야스다와 같은 변명을 들었을 때 미하루는 두 사람이

미리 말을 맞춘 것 아닌가 의심했다. 정보를 공유하지 못하도록 두 사람을 연달아 신문했으니 불과 몇 분 만에 대화를 주고받았을 가능성은 없다시피 했다.

"도대체 이런 사진은 어디서 찾아낸 거지? 정작 거기 찍힌 나조차도 기억에 없는데."

"차림새로 짐작건대 대학 시절일 겁니다."

후와의 말이 야스다 때와 달라진 이유는 상대에게 단서가 될 만한 말을 하지 않기 위해서이리라 추측했다. 오로지 다카미네의 입에서 정보가 쏟아지기를 기다리고 있었다.

"하긴 같은 대학을 나왔으니. 재학생이 그렇게 많은데 한 번쯤은 모르는 후배와 같은 테이블에 앉는 일도 있었겠지. 내가 대학 시절 럭비를 꽤 열심히 했다고 말했나?"

"진술 내용에는 없지만 자료로 남아 있습니다."

"지금은 어떨지 모르지만 당시 게이한대학 럭비부는 대장부 집합소였지. 아니, 대장부가 아니면 살아남을 수 없었다고 할까. 술을 마시지 못하면 남자가 아니다, 남자가 아니면 필드에 서지 말라고 호통쳤지. 지금 생각하면 어처구니없는 갑질이지만 그때는 숙취를 참으면서 마우스 피스를 무는 게 당연했어."

기분 탓인지 다카미네의 얼굴이 밝아졌다. 하지만 꾸며 낸 표정이 아니라고 단언할 수 없었다. 미하루는 판단하기 어려운데 후와는 어떨까.

"그래봤자 고작 스무 살 남짓한 애송이지. 부원끼리 경쟁적으로 술을 마시다 보면 인사불성이 되기도 했어. 옆에 있는 사람이 동급생인지 후배인지, 아는 사람인지 모르는 사람인지도 모르고 어깨동무하는 일이 흔했지. 나도 검사이니 음주 상태에서 벌인 일을 눈감아 달라고 하지는 않겠지만 어깨동무 정도는 문제없을 거야. 뭐, 상대가 미성년자니 술을 마신 것이 문제라고 해도 이미 시효도 지났고."

"아는 사이가 아닐뿐더러, 20년 만에 다시 만났어도 전혀 기억나지 않는다고 주장하시는 겁니까?"

"그래. 규모가 큰 대학에서는 있을 법한 이야기야. 법조계에도 게이한대학 출신자가 많으니까. 까딱하면 판사도 검사도 변호사도 다 게이한대학 출신이라는 농담이 틀린 말이 아닐 수도 있다고."

"어디서 찍은 사진인지는 기억하십니까?"

"술이 들어간 상태니 술집이겠지. 럭비부 단골 술집은 없었으니 조금만 생각하면 기억날 거야."

역시 자신의 입에서 정보가 나오지 않도록 경계하는 기색이었다. 조금이라도 꼬투리 잡히지 않도록 미꾸라지처럼 빠져나갔다.

"쓸데없이 시간 버리고 싶지 않으니 말씀드리지만, 사진 말고도 당신과 야스다 조정관이 자주 같이 다녔다는 사실을 증언한 목격자가 있습니다."

순간 다카미네가 가늠하듯 후와의 눈을 응시했다. 지켜보던 미하루는 무심코 쓴웃음을 지었다. 후와의 표정을 읽으려는 수작이 야스다와 비슷했기 때문이다.

"허세, 부리는군?"

"검사님도 말했듯 게이한대학 졸업생은 법조계 말고도 많습니다. 사람이 많으니 증언을 수집하는 데도 도움이 되더군요."

"신빙성이 있는 증언인가? 언론에 보도된 후로 나도 야스다도 어지간히 유명인이 됐지. 졸업생 중에는 이상한 소문을 내서 분란을 일으키려는 무리도 있을 거야."

"그 증언을 뒷받침하는 것이 바로 이 사진입니다. 증언의 신빙성을 보증하는 증거가 나온 이상 다카미네 검사와 야스다 조정관이 대학 시절부터 아는 사이였다고 생각할 수밖에 없죠."

다카미네는 잠시 말문을 닫았다.

"백 보 양보해서 야스다가 내 지기였다고 치지. 그러면 그 사실을 숨기려고 한 이유가 뭐지? 혈연관계라면 몰라도 그냥 아는 사이라는 것만으로 사건 담당에서 제외될 일은 없을 텐데."

"질문은 제가 합니다."

"애초에 왜 후와 검사가 데라이초까지 나간 거지? 자네의 임무는 문서 교체 조사지 국유지 불하가 아닐 텐데."

"저는 한 번도 데라이초라는 지명을 말하지 않았습니다."

다카미네의 철가면이 무너지는 순간이었다.

"장소를 데라이초라고 특정했으니 사진을 찍은 가게도 어디인지 알겠군요."

"그건."

"실은 과거에 다카미네 검사님이 작성한 조서를 몇 건 봤습니다."

갑자기 화제가 바뀌자 다카미네는 당황했다.

당황스럽기는 미하루도 마찬가지였다. 도대체 후와는 언제 그런 조사까지 했다는 말인가. 늘 같이 움직이면서도 후와가 무슨 일을 하는지 제대로 파악하지 못했다.

"검사님이 피의자에게 진술을 받아 내는 기술은 조서를

읽으면 짐작할 수 있습니다. 몰아붙일 줄 아는 사람은 도망칠 줄도 알죠. 당신은 사진을 찍은 장소를 알리고 싶지 않은 척하지만 그건 보여주기에 불과합니다. 정말로 숨기고 싶은 건 따로 있죠."

"편협한 시각이군."

"일하는 방식은 평소 생활에도 영향을 많이 미칩니다. 결코 편협한 시각이 아닙니다."

"난 숨기는 거 없어."

"이 사진은 우연히 입수한 겁니다. 원래 목적은 오기야마학원 건설 예정지의 다른 후보지를 둘러보는 것이었습니다."

다카미네는 다시 입을 다물었다. 역시 다카미네도 데라이초 부지는 언급하고 싶지 않은 듯했다.

"국유지 불하 의혹을 담당한 검사라면 데라이초 부지가 어떤 건물이 있던 땅인지 아셨겠죠."

"……분명 폐업한 병원이 있던 곳으로 기억하는데."

"병원 이름이 무엇이었습니까?"

"그것까지는 모르네."

이번에도 포기하지 못해 나오는 거짓말 같았다. 처음부터 가부라기의원이라고 말하면 되는데 조금씩 풀어놓으니 한층 더 의심스러웠다. 다카미네가 드물게 함정에 빠졌다.

"후와 검사. 다시 묻는데, 자네는 문서 교체 사건을 조사하고 있지 않나. 그런데 오히려 학원 건설 예정지에서 탈락한 후보지에 집착하는군. 도대체 무슨 냄새를 맡고 다니는 거지?"

"질문은 제가 합니다."

"아직 체포도 되지 않은 사건일 텐데. 용의자 취급받을 이유는 없지. 내게도 질문할 권리가 있어."

다카미네가 상체를 쑥 내밀었다. 후와를 압박하는 자세였지만 후와는 눈썹 하나 까딱하지 않았다.

"자네 속셈이 정당한 것이라고 판단되면 나도 협조할 생각이 있네."

미하루는 어이가 없었다. 피의자 조사를 받는 사람이 그 처지마저 이용해 후와를 흔들려고 한다. 물론 같은 오사카지검 동료이므로 후와가 그 제안에 쉽게 응하리라 생각지 않을 것이다. 그러나 굳이 말을 돌리면서 후와의 반응을 살피고 자신에게 유리하게 흘러가도록 만들 생각이다.

"조사팀의 목적은 실제로 문서를 바꿔치기했느냐를 밝

히는 것이고, 나를 소추하는 건 그다음일 테지."

"맞습니다."

"물론 조사팀을 파견한 대검의 목적은 나도 알아. 예전에 일어났던 증거물 조작 사건 때처럼 오사카지검 특수부를 휘젓고서 도쿄 놈들을 내려보내 심으려는 속셈이지. 이대로 놈들의 의도대로 당하기만 하다니 같은 오사카지검 검사로서 자존심이 상하지 않나?"

다카미네는 동의를 구하듯 시선을 보냈지만 후와는 여전히 반응이 없었다.

"……표정 없는 검사라는 말이 그저 소문인 줄 알았는데. 이 정도 도발했는데도 전혀 반응하지 않는군."

"도발해 봐야 검사님이 얻을 수 있는 것이 있을까, 이해가 가지 않네요."

"취조 대상의 성격과 버릇을 아는 것이 중요하지."

"그것은 부정하지 않지만 핵심은 아닙니다."

"그럼 뭔가."

"피의자가 진실을 말하는가와 송치된 내용에 부합하는가를 판단하는 것. 검사가 갖춰야 할 자질은 결국 그 한 가지뿐이라고 생각합니다."

"내 말에 거짓은 없다."

"판단은 제가 합니다. 그리고 거짓만 아니면 되는 건 아니지 않습니까. 아무리 그래도 피의자를 기소할지 말지 결정하는 사법기관입니다. 스스로든 타인이든 관계없이 특정한 이익을 위해 사실 은폐를 시도하는 행위는 배임입니다."

"그게 타인을 위해서라도 말인가."

"예외는 없습니다."

이번에는 다카미네가 어이없다는 듯 상체를 뒤로 뺐다.

"듣던 것보다 훨씬 더 뻣뻣한 친구로군. 설마 사법 거래까지 거부할 셈인가."

"이번 건으로 사법 거래를 제안할 생각입니까?"

"그렇다고 하면 어떡할 생각이지?"

사법 거래라는 단어에 미하루의 귀가 순식간에 반응했다. 설마 이 자리에서 사법 거래를 제안할 생각인가.

사법 거래는 수사에 협조하는 조건으로 협조한 피의자의 감형이나 취하, 혹은 불기소를 검토하는 제도다. 예부터 반사회적 세력이나 기업이 얽힌 범죄는 대가 없이 수사 협조를 얻기 어려웠다. 설사 협조를 얻는다고 해도 피의자가 감형을 바라고 하는 자백은 임의성*이 의심스럽고 증거능력이 떨어진다는 해석이 있었다.

그래서 형사소송법 중 일부를 개정하여 사법 거래를 제도화한 것이다. 제도화하면 임의성과 증거능력을 장담할 수 있다는 논리다. 물론 모든 범죄에 적용되지는 않으며 다음 조건을 충족해야 한다.

1. 협조 행위자에게 혜택을 주어서라도 적정하게 처벌할 필요가 높은 경우.
2. 사법 거래 제도 이용에 적합할 것.
3. 피의자나 국민의 이해를 얻기 쉬운 범죄로 한정할 것.

이번 사건의 시초는 국유지 불하와 관련된 뇌물수수 의혹이므로 위 조건을 충족한다. 만약 다카미네가 효마 의원과 오기야마 이사장, 야스다 조정관 사이에 이익 공여가 있었다는 증거를 제공할 수 있다면 문서 조작 의혹으로 입건하는 것보다 더 이득이다. 애초에 특수부에서 벌어

---

* 자백의 임의성. 자백할 때 고문, 폭행, 협박 등의 강제력에 영향을 받지 않고 동의하에 자백하는 행위.

진 불상사였으니 시비를 가리지 않으면 여론의 반발을 피할 수 없지만 오사카지검으로서는 훌륭한 퇴각로가 된다.

미하루는 긴장한 채 후와의 대답을 기다렸다. 원리원칙이 신조인 후와라도 더 거대한 범죄를 검거하기 위해서 제도를 이용할지도 모른다고 생각했기 때문이다.

하지만 후와는 후와였다.

"검사님의 공교로운 제안은 받아들일 생각 없습니다. 죄를 지은 자는 똑같이 벌을 받아야 합니다."

"흥."

단호히 거절하자 다카미네도 입을 다물었다.

다카미네가 집무실에서 나간 뒤 후와는 나직이 중얼거렸다.

"간과했어."

"네? 무엇을요?"

"애써 현장 조사까지 다녀왔는데 가장 찾아야 할 것을 못 찾았어."

2

다음 날 후와는 미하루와 함께 다시 기시와다시 데라

이초를 방문했다. 후와답지 않게 간과한 것이 무엇인지는 여느 때처럼 설명해주지 않았다. 미하루는 영문도 모른 채 동행했다.

차가 가부라기의원에 도착하자 비로소 후와의 생각이 보였다.

"이 부지에 대한 조사가 부족했다는 말씀이었군요."

"야스다 조정관과 다카미네 검사의 반응을 봤나?"

단순한 물음이 아니라 미하루의 관찰력을 시험하는 질문이었다. 미하루는 두 사람의 증언을 최대한 떠올리며 사건 개요를 떠올렸다.

"야스다 조정관과 다카미네 검사는 데라이초라는 지명이 나오자마자 안색이 변했어. 야스다 조정관에게는 오기야마 이사장과의 협상 과정이, 다카미네 검사에게는 문서교체 건이 가장 중요할 텐데 두 사람 모두 데라이초는 건들지 말았으면 하는 기색이 역력했지. 특히 다카미네 검사는 사법 거래까지 제안했지만 사실 그것도 본심은 아니야. 어떻게든 데라이초에서 관심을 돌리고 싶어서 내놓은 미봉책이지."

"어떻게 그렇게 확신에 차서 말씀하세요?"

"두 사람의 증언은 기억하면서 몸짓은 못 봤나? 사법

거래를 제안했을 때 다카미네 검사는 그전까지는 펼치고 있던 두 손을 꽉 움켜쥐었어. 애써 아무렇지 않은 척했지만 마음이 편한 상태는 아니었던 셈이지."

미하루는 대화를 듣는 것만으로도 벅찼는데 후와는 상대의 손까지 관찰하고 있었다. 이번에도 그와 자신의 차이를 느끼고는 조금 낙심했다. 같이 시간을 보내고 같이 이야기를 들었는데 왜 이런 차이가 생길까.

가부라기의원은 지난번 방문했을 때와 조금도 달라지지 않았다. 잡초는 사람의 침입을 거부하듯 무성했고 건물 안에는 어둠이 깔려 있었다.

또 잡초더미를 헤치고 가야 한다고 생각하니 소름이 끼쳤는데 후와가 차 트렁크를 열었다.

그래. 후와는 학습 능력이 있는 사람이었다. 트렁크에서 꺼낸 물건은 목장갑과 건전지를 넣은 예불기였다.

"언제 그런 걸 다 준비하셨어요."

"자네가 조수석에 타기 전에."

"어쨌든 일단 국유지잖아요."

"토지 건물을 관리하는 사람은 없다고 야스다 조정관이 말했네. 항의하는 사람은 없을 거야."

전원을 켠 순간 예불기가 요란한 금속음을 내며 잡초를

베어냈다. 아무리 사람의 손길을 거부해도 문명의 이기를 거스를 수는 없던 잡초는 후와에게 길을 양보하듯 베어져 나갔다. 건물까지 눈 깜짝할 사이에 도착했다.

현관은 유리문이었다. 개업 당시 현대적으로 보였을 문도 이제는 부옇게 탁해져 안을 들여다볼 수 없었다.

"검사님. 열쇠는 없으시죠?"

그 말에 후와는 대답하지 않고 주저 없이 문을 밀었다.

그러자 놀랍게도 문은 요란하게 삐거덕거리며 안쪽으로 열렸다.

"여, 열려 있었네요. 그런데 그걸 어떻게 아셨어요?"

"지난번에 왔을 때 건물 안에 빈 맥주캔이 굴러다니는 걸 봤지. 병원과 어울리지 않는 물건이니 문을 닫은 다음에 누군가 들고 들어갔을 거야. 즉 폐가에서 술잔치를 벌이는 이들이 몰래 들어간다는 것을 시사하지. 그런 이가 정식 절차를 거쳐 열쇠를 빌렸을 리가."

자세히 보니 자물쇠 부분이 강제로 열려 있었다. 역시 정식 절차를 거치지 않고 들어간 듯했다.

후와의 뒤를 따라 폐건물에 발을 들여놓은 순간 이상한 광경이 시야를 가렸다.

마치 정글 같았다.

틈새로 침입한 잡초가 겹겹이 가려 바닥이 보이지 않다 시피 했다. 벽이든 창이든 가리지 않고 담쟁이덩굴이 마구잡이로 뻗어 이곳이 바깥세상으로부터 격리된 공간임을 주장했다. 접수대에서 이어지는 대기실에는 긴 의자들이 대부분 기우뚱 기울어져 있었다. 튀어나온 스프링에 담쟁이덩굴이 얽혀 흡사 무기물과 유기물의 결합을 보여주는 장면 같았다.

시각 다음으로 후각도 이상한 냄새를 포착했다. 잡초 일부가 썩었는지 부엽토 비슷한 냄새가 코를 찔렀다. 풀비린내와 달큰한 썩은 내가 한데 섞여 풍겨오자 미하루가 참지 못하고 구역질했다.

바깥 공기는 건조한데 건물 안은 약간 습했다. 분명 잡초 때문일 것이다. 정글과 비슷했다.

한 걸음 들어왔을 때까지는 괜찮았는데 더는 발 디딜 틈이 없었다. 굽 높은 구두를 신고 온 미하루는 일찌감치 후회했다. 이곳은 하이힐보다 장화가 필요한 곳이었다.

창문이란 창문은 모두 담쟁이덩굴로 가려져 한낮에도 어둑어둑했다. 이런 어둠 속에서 무엇을 할 수 있을까 불안해졌지만 치밀한 후와는 손전등도 잊지 않았다.

"손전등까지 챙기셨다는 건 목표가 확실하다는 뜻이겠

네요."

후와는 대답하지 않고 병원 깊숙이 들어갔다.

폐쇄 이후에도 방문객은 끊이지 않은 듯 빈 맥주캔, 과자봉지, 플라스틱 용기가 잡초에 섞여 여기저기 널브러져 있었다. 개중에는 모닥불을 피운 흔적도 있어서 잘도 불이 나지 않았구나 감탄했다. 완전히 빛이 바랜 담요는 방문객이 묵고 간 잔해였다.

후와는 그런 잔해를 하나하나 집어 들며 대기실을 수색했다. 그 모습만으로는 분명한 목적이 있는지 없는지 가늠하기 어려웠다. 결과가 나올 때까지 미하루에게 가르쳐 주지 않을 터다.

후와는 목장갑 낀 손으로 잡초를 들춰 바닥을 드러냈다. 아무 이야기도 듣지 못했다고 그저 옆에서 가만히 보고 있을 수만은 없었다.

"저도 도울게요."

맨손으로 잡초를 잡은 순간 후와가 목장갑을 건넸다.

"이거 써."

"준비하셨으면 처음부터 주시지 그랬어요."

"자네가 직접 가져왔을 수도 있으니까."

"설마요. 폐건물을 뒤진다는 말씀은 없으셨잖아요."

"잡초로 제대로 걷기조차 힘든 폐건물에 들어가는 거야. 그 정도는 당연히 미리 준비해야지."

이렇게 불친절하고 말수 적은 상사 옆에서 일하면 분명 실력이 늘 것이라고 자포자기하는 심정으로 생각했다. 니시나가 말한 적 있다. 최악의 상사는 갑질도 무능도 아닌 책임지지 않는 관리자라고. 그렇게 생각하면 반드시 필요한 지시만 하고 나머지는 미하루의 재량에 맡기는 후와는 가장 좋은 상사였다.

"도대체 뭘 찾으시는 거예요? 그것만이라도 알려주시면 저도 최선을 다해 도울 수 있을 텐데요."

"부자연스러운 것을 찾고 있네."

"네?"

"20년 전에 폐쇄된 뒤 여러 침입자가 들어왔던 폐건물이야. 야스다 조정관과 다카미네 검사가 숨기려는 것은 그런 장소에 어울리지 않은 물건일 거야."

후와의 설명은 너무 추상적이어서 이해가 가지 않았다. 마치 형체 없는 것을 찾으라는 명령 같았다.

"진지하게 생각할 필요 없네."

돌아보지 않은 채 지시했다.

"관찰력만 있으면 조화롭지 못한 것이 저절로 눈에 들

어올 거야. 그리고 왜 부자연스러운지 곰곰이 생각하면 이유도 자연스럽게 알게 될 테고."

머리로는 이해해도 마음은 이해하지 못했다. 또다시 능력 부족을 절감했다. 후와는 미하루도 이해할 수 있도록 설명한 눈치라서 더 물어봤자 자신의 한심함만 더욱 강조될 뿐이었다. 가장 좋은 상사이자 이렇게 심술궂은 상사도 없으리라.

후와는 말없이 수색에 집중했다. 바닥을 대충 훑어본 뒤에는 벽을 살폈다. 사방을 감싼 담쟁이덩굴을 들춰내고 벽 한 면을 눈으로 훑었다. 이상이 없다고 판단했는지 다른 벽면에서 다시 담쟁이덩굴을 들춰냈다.

"다음."

대기실을 모두 살핀 후와는 접수대 앞을 지나 진료실 같아 보이는 건물로 이동했다. 바닥부터 천장까지 온통 덩굴로 가려진 탓에 방의 모습이나 안내표시가 잘 보이지 않아 '진료실 같아 보인다'고 짐작했다.

앞으로 나아갈수록 창문 수가 줄어들어 주위는 한층 더 어두워졌다. 후와가 든 손전등 불빛만으로는 부족해서 뒤에서 걷는 미하루의 걸음이 점점 불안해졌다.

복도를 걷는 와중에도 후와는 확인을 게을리하지 않았

다. 일일이 잡초를 걷어내고 리놀륨 바닥까지 샅샅이 살폈다.

부자연스러운 것……. 말뜻은 이해하지만 애초에 폐허 속의 자연스러움이란 무엇인가. 아마 후와에게는 상식의 범주가 정리되어 있겠지만 안타깝게도 미하루의 상식은 그의 절반도 따라가지 못했다. 후와가 무엇을 보고 납득하는지 도무지 종잡을 수 없었다.

이윽고 후와가 방으로 들어갔다. 중심에 진료대가 있는 것으로 보아 진료실 같았다. 그러나 의료기기류는 철거했는지 남아 있는 비품은 부서져 원형이 남아 있지 않은 캐비닛 정도였다.

걷기 힘들어서 뒤처지다 보니 점점 후와와 거리가 벌어졌다.

"검사님, 잠시만요."

기다려달라는 말에 기다려줄 사람이 아니라는 것은 미하루가 가장 잘 안다. 황급히 걸음을 재촉하다가 구두 끝이 걸려 기우뚱했다.

짧게 소리치며 앞으로 고꾸라졌다. 다행히 잡초가 쿠션 역할을 해 충격은 적었다.

"왜 이렇게 소란스러워."

"죄송해요. 뭐에 발이 걸린 것 같아요."

그러자 후와는 뒤돌아 미하루 옆까지 되돌아왔다. 뜻밖의 배려에 놀랐지만 후와는 미하루가 아니라 그녀의 발밑에 관심이 생긴 모양이었다.

"물러나게."

티끌만큼도 배려 없는 말로 미하루를 물리치고 그 자리에 있던 잡초를 뽑았다. 너무하다고 생각했지만 후와가 부하를 위로하리라 기대한 사람이 제정신이 아니다. 후와도 지적했듯 애초에 정글이나 다름없는 곳에 굽 높은 구두를 신고 온 자신이 어리석었다.

둘이서 계속 잡초를 치웠더니 바닥이 드러났다. 직사각형 모양 마루판을 이어놓은 바닥인데 한가운데가 부풀어 올라 마루판 가장자리가 들려 있었다. 발이 걸릴 만했다.

후와의 손은 잠시도 쉬지 않았다. 이번에는 마루판 끝을 잡고 힘껏 떼어내기 시작했다. 완전히 부식된 탓인지 바닥은 둔탁한 소리를 내며 쉽게 떨어져 나갔다.

이윽고 마루 밑 장선과 멍에가 모습을 드러냈다. 기묘한 사실은 한가운데 장선과 멍에가 들려 어긋나고 땅이 솟아 있는 점이었다. 후와가 아니더라도 알 수 있었다. 틀림없이 누군가 마루 밑에 무언가를 파묻고 그 위에 장선과 멍에와 마루판을 얹었다.

드디어 찾았다.

이것이 바로 후와가 찾던 부자연스러운 것이었다.

"어서 파요."

미하루가 목장갑을 낀 손으로 흙을 파내기 직전 후와가 저지했다.

"건들지 말게."

"이게 바로 검사님이 찾던 것이죠?"

"그러니 경솔하게 대처하지 말라는 뜻이야."

미하루가 손을 거두자 후와가 휴대폰을 꺼내 어디론가 전화를 걸었다.

"오사카지검 후와입니다. 서장님 부탁합니다."

조금 후에 상대가 전화를 받자 후와는 가부라기의원 터에 이상이 발견됐다는 사실을 보고했다.

"국유지이기도 하니 입회해주시면 좋겠습니다……, 네. 기다리겠습니다."

후와가 전화를 끊기 기다렸다가 물었다.

"어디에 거셨어요?"

"기시와다 경찰서. 경찰서 인력을 동원해 파낼 거야."

"왜 굳이……. 저희가 파면 되잖아요."

"제삼자가 입회해야 해. 자네 손으로 직접 증거능력을 무력화시킬 셈인가?"

마루 밑에 무엇이 묻혀 있는지 아직 확실하지 않다. 제삼자가 입회해야 한다는 말은 이해 가지만 의도도 알리지 않고 관할서를 움직일 수 있는 까닭은 역시 일급 검사라는 지위 때문일까.

몇 분 후, 경찰 두 명이 허겁지겁 달려왔다. 명령이 제대로 전달된 듯 두 사람 모두 삽을 들고 있었다.

"예비용 삽을 하나 더 준비하라고 하셨다던데요."

"그 삽, 제가 쓸 겁니다."

후와는 지극히 당연하다는 듯 경찰에게 삽을 건네받았다.

"저기, 검사님. 저는 뭘 할까요?"

"휴대폰도 괜찮으니 발굴하는 모습을 찍어주게."

어쨌든 후와는 제삼자의 시점을 원하는 듯했다. 미하루는 지시에 따를 뿐이었다.

세 사람이 땅을 파기 시작했다. 묻혀 있던 것이 무엇인지 모르기에 자연히 손놀림이 조심스러워졌다. 경찰들은 영문도 모른 채 두렵고 놀란 마음으로 발굴을 도왔다.

천천히 그리고 성실하게 땅을 팠다. 그리고 10분쯤 지

낮을 때였다.

"뭔가 있습니다."

경찰 한 명이 삽 끝으로 무언가를 감지했다.

"훼손되지 않도록 지금부터는 손으로 팝시다."

후와의 지시로 작업은 더욱 신중해졌다.

이윽고 이물질의 정체가 밝혀졌다.

사람 뼈였다.

경찰들은 순식간에 긴장했다.

"감식을 불러주세요."

곧 기시와다 경찰서에서 출동한 승합차 몇 대가 도착했다. 여느 사건 때와 마찬가지로 폐건물 입구는 블루시트로 덮였고 보행로가 착착 깔렸다. 지원 나온 경찰들이 추가 발굴을 진행했고 감식과 요원들이 주변 잔류물을 뒤지기 시작했다. 다른 점은 검시관이 없다는 사실 정도였다.

모습을 드러낸 것은 완전한 백골 시신이었다. 시신 말고는 옷도 소지품도 없었다.

"골반 크기로 봐서는 여자 같네요."

나이 많은 수사관이 중얼거렸다. 물론 육안으로는 성별 구분 정도만 할 수 있고 나이와 외모 등은 알 수 없었다.

"깔끔하게 백골화됐어요. 표면에 외상 같은 것도 보이

지 않으니 사인을 특정하기 어려울 테죠."

체념 비슷하게 중얼거렸지만 지금은 과학수사연구소로 옮겨 무슨 성과라도 나오기를 기다릴 수밖에 없었다.

상황이 이렇게 되니 제삼자의 입회를 요구한 후와의 판단이 정확했다. 후와와 미하루 둘이서만 시신을 발견했다면 분명 증거능력에 의문을 제기하는 사람이 나올 것이다. 처음부터 경찰이 관여했다면 묘한 의심도 불식할 수 있다.

"그건 그렇고 여기 시신이 있다는 건 어떻게 아셨습니까?"

감식과와 함께 온 형사는 의심스럽다는 듯 후와에게 물었다.

"무엇이 묻혀 있는지는 분명치 않지만 적어도 들키면 곤란한 것이 숨겨져 있으리라 생각했습니다."

"하아, 그렇습니까."

형사가 반신반의한 기색으로 고개를 끄덕일 때였다.

"여기요! 여기도 뭐가 묻혀 있는 것 같습니다."

다른 진료실에 있던 경찰이 소리쳤다. 건물의 잡초를 전부 제거하는 작업 중에 일어난 일이었다.

설마. 모두 같은 것을 예감했다. 곧바로 발굴 작업이 시작됐고 몇 분 뒤 또 다른 백골 시신이 모습을 드러냈다.

"도대체 어떻게 된 거야. 병원이 아니라 무덤 아니야?"

형사가 흘린 말이 모두의 마음을 대변했다.

두 번째 시신은 남성으로 추정됐다. 앞서 발견된 시신과 마찬가지로 옷과 소지품은 발견되지 않았다.

현장이 순식간에 소란스러워졌다. 두 번째가 있으면 세 번째도 있다. 폐건물 밑에 또 다른 시신이 더 묻혀 있을 수 있다. 급히 건설기계가 동원됐고 일제히 수색이 시작됐다.

벽이 철거되면서 폐건물 안에 햇빛이 쏟아졌다. 바닥과 벽을 뒤덮었던 잡초는 모두 제거하고 모든 마루판을 뜯어냈다.

이렇게 폐건물은 흔적도 없이 사라졌고 바닥은 물 샐 틈 없이 파헤쳐졌다.

결국 발견된 것은 시신 두 구뿐이었다.

3

—방금 들어온 속보입니다. 스마 경찰서에서 고베 초등학생 살인사건 용의자를 체포했습니다. 용의자는 열네 살

소년입니다. 다시 알려드립니다. 스마 경찰서에서 고베 초등학생 살인사건의 용의자를 체포했습니다. 용의자는 열네 살 소년입니다.

"헉."

"중학교 3학년?"

TV 뉴스에서 열네 살 용의자 소식을 들은 손님들 사이에서 충격과 비난의 목소리가 새어 나왔다. 고등어 조림 정식을 쿡쿡 찌르던 야스다도 젓가락질을 멈추고 잠시 TV 화면을 응시했다.

"아이의 목뿐 아니라 귀까지 잘랐다며. 인간이 아니야."

"부모는 도대체 뭐 하는 인간이야. 얼굴이 궁금하다."

TV를 향해 욕을 뱉어내는 사람은 대부분 게이한대학 학생들이었다. 이곳 '한상'은 기숙사와 가깝고 어느 메뉴든 푸짐하면서도 저렴해 게이한대학 학생들이 즐겨 찾는 식당이었다.

욕하는 사람들의 마음도 이해할 수 있었다. 세상 물정을 모르는 야스다조차 최근 들어 드물게 발생한 엽기적인 사건이라는 것을 안다. 범인이 고작 열네 살이라면 부모에게도 문제가 있으리라 생각했다.

그런데 그런 분위기에 찬물을 끼얹는 소리가 터져 나

왔다.

"부모 얼굴은 봐서 어쩔 건데. 어차피 걔랑은 다른 사람이잖아."

모두가 흠칫 뒤돌아보니 가게의 마스코트인 가나모리 고하루의 모습이 보였다.

"이제 천박한 대중들이 그 부모에게 우르르 몰려갈 게 뻔해. 불쌍하게도. 적어도 오빠들은 그렇게 천박하게 행동하지 말아줘."

본인 또래 여자가 나무라도 손님들은 멋쩍은 듯 머리를 긁적일 뿐 되받아치지는 않았다. 거침없이 말해도 손님들은 그녀를 싫어하지 않았다. 고하루는 그런 여자 점원이었다. 분위기에 휩쓸려 아무 말이나 내뱉지 않아 다행이라며 야스다는 가슴을 쓸어내렸다.

1997년, 야스다 게이스케는 게이한대학 1학년생으로 '데라이 기숙사'에 살았다. 가난한 학생으로 식비를 아껴야 하지만 '한상'을 자주 찾는 이유는 고하루 때문이었다.

하지만 고하루와는 아직도 점원과 단골손님 사이였다. 숫기 없는 야스다가 단골손님이 된 지 두 달이 되어 가는데 그사이에 주고받은 말이라고는 '평소 먹는 메뉴로'와 '잘 먹었습니다' 정도뿐이었다.

여성공포증까지는 아니지만 아무래도 이성을 상대할 때는 긴장됐다. 그런데 고하루는 건장하고 얼굴이 무섭게 생긴 4학년에게조차 거침없이 부딪쳤다. 고하루에게 끌리는 이유는 자신에게 없는 것을 고하루가 가지고 있기 때문이리라 다시 확인했다.

"걱정하지 마, 고하루."

가게 안쪽 테이블에서 야비한 목소리가 날아왔다.

"그런 인간들은 내가 모아서 정신교육 시킬 테니까."

아니, 야비한 것이 아니라 취기가 돈 목소리였다.

"다카미네 씨의 정신교육은 그냥 윽박지르는 거 아냐? 난 그런 것도 싫어."

"천박한 놈들에게는 그게 가장 잘 먹혀."

다카미네 진세, 법학부 4학년. 럭비부에서 스탠드오프로 활약하는 만큼 건장해서 불과 세 학년 차이 나는 야스다와 나란히 있으면 어른과 아이처럼 보였다. 테이블에는 혼자 앉아 있었는데 덩치가 커서 다른 사람이 앉을 자리는 없었다.

"때려서 말을 듣게 해봤자 절대로 개과천선 안 될걸. 그러니까 천박하다는 거지."

고하루가 겁먹지 않는 험상궂게 생긴 4학년은 바로 다

카미네였다. 평소에는 심한 안하무인에 입보다 손이 먼저 나간다는 소문이 자자한 다카미네도 고하루 앞에서는 순한 양이나 다름없었다.

무용담이 대부분 그렇지만 다카미네의 그것은 단연 독보적이었다. 아마추어 레슬링 선수와 일대일로 싸워 이겼다는 둥 미나미* 번화가에서 야쿠자 다섯 명을 상대로 싸움을 벌였다는 둥 이야기만으로도 박력이 느껴졌다. 그 다카미네가 고하루에게 호감이 있다는 사실은 누가 봐도 분명했다.

고하루에게 꼭 필요한 말만 건네는 이유도 다카미네 때문이었다. 다카미네 앞에서 고하루에게 친근하게 구는 것은 자살행위나 마찬가지다.

"오빠."

우물쭈물 생각하는데 머리 위에서 고하루의 목소리가 들렸다.

"조림을 그렇게까지 음미해주니 고맙지만 그렇게 천천히 먹다가는 다 식을걸?"

갑자기 말을 걸어서 놀랐다.

---

* 오사카 남서부에 위치한 번화가의 총칭.

"미, 미안합니다."

"아, 오히려 내가 미안하지. 천천히 먹으면 맛이 없나 싶거든."

"전혀 그렇지 않아요."

야스다는 미움받고 싶지 않다는 일념으로 필사적으로 설명했다.

"'한상'에서 주는 메뉴라면 고양이 사료도 천상의 맛일 걸요."

"……저기, 그거 칭찬이지? 전혀 칭찬 같지 않지만."

고하루가 키득키득 웃으며 주방으로 사라졌다. 손님을 친근하게 대하는 것도 고하루가 '한상'의 마스코트인 이유 중 하나였다.

남은 조림을 서둘러 먹는데 등 뒤쪽에서 강한 시선이 느껴졌다.

돌아보니 다카미네가 도깨비 같은 얼굴로 야스다를 노려보고 있었다.

야스다가 게이한대학 경제학부에 입학한 이유는 첫째도 둘째도 이 대학 졸업생들이 긴키재무국을 주름잡고 있기 때문이다. 제1지망이었던 국공립대학에 모두 떨어져서 부모님에게 부담을 줄 수 없었기에 합격 안전권으로 지원한 게이한대학에 입학했다. 인생 계획이 조금 틀어졌지만 앞으로 공무원 시험에 합격해 공무원이 되면 된다. 이 불경기에 안정된 직업을 찾는 것은 당연했다.

하지만 하향 지원을 해 들어온 대학에 애정이 생기지 않아 후회와 자기혐오로 얼룩진 나날을 보냈다. 캠퍼스를 걷든 강의를 듣든 하나도 즐겁지 않았다. 입학한 지 채 석 달도 되지 않았는데 벌써 마음이 황폐해졌다.

부모님의 태도는 야스다를 더욱 우울하게 만들었다. 당초 국공립대학 합격이 확실하다는 판정을 받았던 아들이 막상 뚜껑을 열어보니 합격 안전권으로 지원한 학교밖에 합격하지 못했다는 사실에 몹시 실망했다. 4년을 즐기라는 말도, 미래를 준비하라는 말도 하지 않은 채 오로지 국공립대학과 게이한대학의 등록금 차이만 푸념했다.

"더는 학비를 대줄 수 없다."

"선생님이 틀림없이 국공립대에 붙을 거라고 호언장담해서 안심했더니."

이리하여 야스다는 장학금 제도에 의지할 수밖에 없었다. 장학금이라고 하면 좋아 보이지만 결국 학생 전문 대출에 불과했다. 야스다는 졸업 후에 4년 치 학비 350만

엔에 추가로 이자까지 갚아야 했다. 빚을 짊어지고 사회 생활을 시작해야 하는 현실에 기분이 착잡하지 않다면 그것이 더 이상할 터다.

그런 삶에 유일한 사치가 '한상'의 정식을 먹으며 고하루를 눈으로 좇는 것이었다. 본인은 기분 나쁠 수도 있지만 그녀를 보는 것만으로도 시름을 잊을 수 있었다.

오늘은 보는 것뿐 아니라 운 좋게 대화도 나눴다. 이것만으로도 큰 성과였다.

"이봐."

갑자기 자신을 부르는 목소리에 뒤를 돌아보니 다카미네가 서 있었다.

"너 법학부 아니지?"

"경제학부입니다. 왜 그러세요?"

"고하루와 꽤 친해 보이던데. 너, 뭐야?"

조금 전에 두세 마디 주고받은 것을 친하다고 할 수 있나.

"별로 안 친합니다. 그냥 잡담이었고, 무엇보다 지금까지 그렇게 이야기를 나눈 적도 없어요."

다카미네는 야스다의 앞에 섰다. 야스다는 저절로 상대를 올려다보게 됐다.

"그래? 그러면 앞으로도 친한 척 말 걸지 마."

그 말에는 역시 울컥했다.

"고하루 씨와 사귑니까?"

"……그럴 예정이야."

바보 같다고 생각했다. 평소 같으면 뇌까지 근육으로 빚어진 놈들 말에 거역해도 소용없다며 흘려들었겠지만 오늘따라 기분이 나빴다.

"그러면 딱히 선배 여자친구도 아니잖아요."

"뭐라고?"

말이 끝나자마자 다카미네가 한 손으로 야스다의 멱살을 잡고 들어 올렸다. 덩치에 걸맞은 힘이지만 그래도 놀라기에는 충분했다.

같은 사람인데 무엇을 먹고 어떤 운동을 해야 이렇게 골리앗처럼 힘이 셀까. 야스다는 허공에 뜬 두 발을 버둥거리며 신기해했다.

"내가 누군지 알아?"

"럭비부 다카미네 진세."

"알면서 그런 소리를 해?"

고압적인 말투는 들으면 들을수록 반항하고 싶어졌다. 이렇게까지 체격 차이가 나는 상대에게 대드는 것은 자살

행위에 가까웠지만 이제 자제력도 공포도 저편으로 사라져버렸다.

"때리고 싶으면 때려."

자신의 목소리 같지 않았다.

"그 핑계로 강의를 땡땡이 치려고?"

다카미네가 야스다를 뚫어지게 쳐다보다가 물었다.

"이름이 뭐야?"

"그걸 꼭 말해야 하나?"

"넌 내 이름 알잖아."

"야스다 게이스케."

이름을 듣자마자 야스다를 들어 올렸던 손을 거칠게 내렸다. 야스다는 자세를 잡을 사이도 없이 땅바닥에 나동그라졌다.

"널 때린다고 내가 무슨 이득을 보겠냐."

적어도 뇌까지 근육으로 만들어진 사람은 아닌가 보다. 그리고 보니 저래 봬도 법대생이라는 사실이 뒤늦게 떠올랐다.

"대신 고하루한테 친한 척하지 마."

"뭐야, 그 초등학생 같은 협박은."

머릿속에서 또 다른 자신이 더 이상 도발하지 말라고

경고했지만 어쩐 일인지 오늘은 자제할 수 없었다.

"차라리 덮쳐서라도 얼른 자기 것으로 만들면 되지 않나."

"그런 짓을 어떻게 해."

다카미네가 황당하다는 표정으로 말을 이었다.

"야쿠자도 아니고, 도대체 날 뭘로 보는 거야."

의외로 깔끔한 성격이구나 하고 조금 감탄했다.

"아무튼 경고 잊지 마."

이번에도 어린아이 같은 으름장을 놓았지만 이제는 대꾸하기도 귀찮았다.

하고 싶은 말을 다 했는지 다카미네는 원래 왔던 길을 되돌아갔다.

떠나는 뒷모습 역시 골리앗이었다. 그리고 그런 거인의 위협에 한 걸음도 물러서지 않았다는 사실이 거짓말처럼 느껴졌다.

협박받았다고 '한상'을 찾지 않기에는 울화가 치밀었고, 무엇보다 고하루가 보고 싶었다.

다음 날 저녁 '한상'에 들렀더니 역시 안쪽 테이블에 다카미네가 진을 치고 있었다. 이렇게 된 것을 보면 자신과 잘 통하는지도 모르겠다.

"어서 오세요."

주문받으러 온 고하루를 바라봤다.

"늘 먹던 걸로 주세요."

"네. 고등어 정식이지?"

"기분 좋네요. 내가 평소에 자주 먹는 걸 기억해주다니."

"그야 매일 오니 기억할 수밖에."

'그야 점원이니까'라고 답하지 않아 기뻤다.

"이름이 뭐야?"

고하루가 문득 떠올랐다는 듯 뒤돌아봤다.

"단골이니까 이름도 기억해두게."

"야스다. 야스다 게이스케예요."

"오케이."

고하루가 주방으로 사라졌다. 따가운 시선이 느껴졌다. 아마도 안쪽 테이블에서 자신을 노려보는 다카미네의 시선이리라.

그래도 고하루가 관심을 보여줘서 기쁜 마음에 아직 미성년자지만 맥주 작은 병을 추가했다. 고하루는 모르겠지만 홀로 작은 축배를 들 생각이었다.

식사를 마치고 가게를 나온 지 몇 분.

"어이."

들은 적 있는 목소리에 뒤돌아보니 아니나 다를까 다카미네가 저승사자처럼 서 있었다.

"너 기억력 안 좋아?"

어조는 부드러워도 얼굴은 흉포했다.

"선배와 같은 대학에 입학했으니 기억력은 선배와 비슷하겠지."

이상하게도 한 번 상대해 보니 공포감이 옅어졌다. 술이 들어간 것도 한몫해서 골리앗을 상대했다가 조금 다치더라도 상관없다는 기분이 들었다.

"입을 다물 줄을 모르는 녀석이군."

다카미네는 반쯤 어이없다는 듯 다가왔다. 성큼성큼 다가오는 발걸음 소리가 들리는 것만 같았다.

"요즘 1학년 애들은 다들 이렇게 건방져?"

"요즘 4학년들은 다들 이렇게 거만해?"

마치 인사하듯 멱살을 잡았다. 멱살을 잡힌 야스다도 익숙해졌는지 이번에는 그다지 공포를 느끼지 않았다.

"오늘은 이름까지 팔아먹고."

"고하루가 먼저 물어보던데."

"뺀질뺀질 이리저리 잘도 빠져나가는군."

"미안하네요. 법대생의 주특기를 빼앗아서."

"젠장."

다카미네가 욕을 하며 야스다를 내던졌다. 이번에는 그럭저럭 자세를 잡을 수 있었다.

다카미네는 무슨 생각이 들었는지 야스다의 바로 앞에 앉았다.

"겨우 맥주 작은 병 마시고 취한 거야? 술 되게 못 마시네."

"쓸데없는 참견이네."

"하긴 정식만 먹어서는 한계가 있지. 엉덩이 오래 붙이고 앉아 있으려면 술을 더 시켜야지."

"미성년자인데 어떻게 그렇게 마셔."

"여러 가지로 무리하는군."

동정도 비웃음도 담기지 않은 목소리였다. '한상'에 계속 가려고 경제적으로 무리하는 것도 사실이지만 굳이 자신의 주머니 사정까지 알려줄 이유는 없다.

"나는 돈도 있고 술도 마시는 대로 들어가는 사람이니 '한상'이 문을 닫을 때까지 있을 수 있어."

"그럼 문 닫을 때까지 있든가."

"누구 좋으라고. 너같이 못된 녀석들을 감시해야지."

"정신 못 차릴 때까지 때리면 되는 거 아닌가."

게이한대학 럭비부는 전국 대학 럭비 풋볼 선수권 대회에서 늘 상위권에 들 정도로 실력이 우수하다. 그 럭비부에서 스탠드오프를 맡고 있을 정도니 대학에서 아끼는 학생일 것이다. 게다가 4학년과 1학년은 교내 계급도 하늘과 땅 차이다. 그 차이를 생각하니 극단적인 생각이 마음을 휘저었다.

"선배라면 한 방에 끝내겠지."

"이상한 놈이네. 그동안 때리지 말라는 사람은 많았어도 때려달라는 사람은 네가 처음이야."

"아마추어 레슬링 선수와 일대일로 싸워 이겼고 야쿠자들과도 오 대 일로 싸웠다면서."

"넌 그런 황당무계한 소문을 믿어?"

다카미네는 눈앞의 벌레를 쫓듯 한 손을 흔들었다.

"아마추어 레슬링 선수와는 게임센터에서 알게 돼서 팔씨름했을 뿐이고, 미나미의 야쿠자 이야기는 말도 안 되는 헛소문이고."

"왜요? 그 덩치와 체력이라면 야쿠자 한두 명은 병원에 보내도 이상하지 않은데."

"참나, 말도 안 되는 소리 좀 그만해. 내가 법대생인 걸

몰라?"

"알아. 유명인이니까."

"나중에 럭비 선수가 될 생각은 없어. 난 검사가 될 거야."

자신도 모르게 다카미네를 응시했다.

확실히 법학부 학생이니 법조계를 목표로 하는 것은 이상한 일이 아니다. 그러나 다카미네의 체격을 보면 금세 검사가 떠오르지는 않았다.

"이봐, 지금 날 엄청난 허풍쟁이 보듯 봤지?"

"아닌데."

"남들이 어떻게 생각하든 나는 진심이야. 미래에 검사가 될 몸이 경솔하게 폭력 사건을 일으키면 안 되지. 경찰도 검찰도 채용할 때 전과가 있는지 확인하거든. 그런 어리석은 짓을 할 수는 없어."

다카미네를 뚫어지게 쳐다봤지만 농담 같지는 않았다.

"또 이상한 눈으로 보네."

"미안."

마음에 들지 않는 남자지만 편견이 있던 점은 사과해야 했다.

"체격이 워낙 대단해서 선입견이 있었어."

"알면 됐어."

"하지만 나를 위협했잖아."

"멱살만 잡았잖아. 어디 다친 데도 없구만."

다치게 하지만 않으면 위협이 아니라고 생각하는 듯했다. 이런 사람이 사법시험을 치르는 것이 옳은지 잘 모르겠다.

"그럼 고하루에게 접근하는 남자에게는 말로만 협박해?"

"말조심해. 협박이라니. 경고지."

"힘쓰는 게 싫으면 얼른 고백해요. 여자친구로 만들면 아무런 문제도 없을 거 아냐."

그러자 다카미네는 불편한 듯 시선을 피했다.

"시끄러워, 임마. 참견하지 마."

"설마 고백도 안 했어?"

"입 다물라고!"

다카미네는 내뱉듯 말하며 벌떡 일어서더니 그대로 발길을 돌렸다.

남겨진 야스다는 잠시 자신과 다카미네가 몹시 바보 같아서 견딜 수 없었다.

뭐야, 방금 대화는.

중학생도 아니고.

야스다는 바지에 묻은 먼지를 털며 중얼중얼 푸념했다. 설마 대학에 들어오고 나서 삼각관계에 휘말릴 줄은 몰랐다. 아니, 이것은 삼각관계같이 거창한 것이 아니다. 단체 미팅의 범주 안에 있는 다른 무언가다.

다만 다카미네의 성격을 조금 알게 되었다. 무서운 얼굴로 으름장을 놓지만 마음은 유리보다 여려서 지켜보는 재미가 있는 사람이었다.

다카미네와의 거리감도 파악했겠다, 야스다는 하루도 빠지지 않고 '한상'을 찾았다. 고하루와는 여전히 점원과 손님 관계를 벗어나지 못했지만 그것으로 만족했다.

한편 다카미네와는 다른 호기심을 불러일으키는 인물을 발견했다. 야스다처럼 '한상'의 단골손님이지만 지금까지는 다카미네에 정신이 팔려 존재를 깨닫지 못했다. 눈치채지 못한 이유는 또 있었다. 좀처럼 목소리를 내지 않고 눈에 띄지 않으려고 했기 때문이다.

역시 게이한대학 학생인 듯했지만 호랑이 자수를 새겨 넣은 흰색 맨투맨을 입어서 같은 세대로 보이지는 않았다. 이 근방에서 그런 옷을 입은 사람은 대부분 야쿠자라는 인식이 있지만 그 남자는 입은 옷이 화려할 뿐 생트집을 잡지도 않고 언성을 높이지도 않아서 더욱 정체를 알 수 없었다.

다만 고하루를 바라보는 눈빛은 분명 이상했다. 무슨 생각을 하는지 종잡을 수 없는 소름 돋는 파충류의 눈이었다. 그 눈이 가게 안에서 일하는 고하루의 모습을 끈질기게 쫓았다.

옆에서 보는 야스다가 눈치챌 정도니 고하루 본인이 모를 리 없다. 그 남자가 가게를 나가자 야스다는 큰마음 먹고 물었다.

"저기. 가게에 있는 내내 고하루를 지켜보는 사람이 있는데 말이야."

"아, 알아. 흰색 맨투맨 입은, 별로 눈에 안 띄는 남자 말이지?"

고하루는 평소처럼 웃어넘기려고 했지만 눈가가 약간 굳었다.

"그 사람 응원단의 다쿠보라는 사람이야. 야스다 씨처럼 단골이니 친하게 지내."

"이름을 아는구나."

"당연하지. 이름을 물어보던데."

응원단 사람이라는 사실만으로 야스다는 불쾌한 인상
이 떠올랐다.

같은 대학 사람을 욕하고 싶지 않지만 게이한대학 응원
단은 평판이 나빴다. 대학 인근에서 행패를 부리는 것은
물론 다른 대학과 실랑이도 잦아 졸업 후 취직할 곳은 동
네 야쿠자 조직이라는 이야기가 떠돌았다. 사실 모 광역
지정 폭력조직 간사이 지부를 게이한대학 출신이 차지하
고 있다는 소문도 있었다. 게이한대학 응원단은 폭력조직
의 예비 조직원인 셈이었다.

"위험하지 않아? 그 다쿠보라는 사람."

"뭐, 손님이니까."

고하루의 성격도 점점 알게 됐다. 고하루가 말끝을 흐
릴 때는 본인이 화제에 오르는 것이 싫을 때였다.

불안감이 약간 일었지만 가게에서 얌전히 먹고 마시는
한 다쿠보도 같은 손님이다. 가게에서 고하루와 엮이지
않는 한 먼저 나서서 막을 수는 없다고 판단했다.

크나큰 착각이었다.

금요일 저녁, 고등어 조림 정식을 다 먹고 계산하려던
때였다.

"야스다 씨. 혹시 맛집 알아?"

고하루가 목소리를 조금 낮추고 물었다.

"여기 음식이 맛있어."

"아니. '한상' 같은 백반집 말고 예쁘고, 내가 혼자 가도 어색하지 않은 곳 말이야."

두 손을 꼭 모으고 묻는 고하루 앞에서 야스다는 자신답지 않게 정보통인 척했다.

"잠깐 시간을 좀 주면 찾을 수 있을 거야."

"진짜? 그럼 일요일 비워둘게."

일요일을 비워둔다고 했다.

이거 데이트 신청이구나.

야스다는 만사 제쳐두고 기숙사가 있는 기시와다 주변의 '여자 혼자서도 갈 만한 예쁜 가게'를 닥치는 대로 찾아다녔다. 그러나 기숙사 생활을 하는 가난한 학생이 고하루가 좋아할 만한 가게를 알 리 없으니 빈약한 인맥을 통해 겨우 두 군데 정도로 후보를 추렸다.

"야스다가 예쁜 가게를 찾는다니, 벌써 세계 종말이 온 건가."

"안 어울리게 그런 건 왜."

기숙사 친구들의 야유마저 기분 좋았던 까닭은 역시 기

분이 좋아서였다.

일요일 정오 즈음, 단벌옷을 입은 야스다는 고하루를 데리고 니시노우치초에 막 문을 연 구루메 카페라는 가게에 갔다. 통유리 문을 여니 쇼케이스에는 알록달록한 디저트가 즐비했고 은은한 간접조명과 과하지 않은 벽 장식이 눈을 편하게 했다. 과연 '예쁘고' 고하루 혼자서 와도 어색하지 않은 가게지만 야스다는 왕궁에서 길을 잃은 가난뱅이 같은 기분이었다.

"마음껏 시켜."

메뉴를 건네고 한껏 폼을 잡았지만 고하루가 가볍게 흘겼다.

"무슨 소리야. 더치페이야, 더치페이."

"아니, 이럴 때는 보통 남자가 사잖아."

"그런 사고방식 싫어. 대신에 평소에는 절대 못 먹을 만한 걸 시켜야지. 아, 나는 이 스튜 핫 파이 플레이트 런치 디럭스."

주문하고서 고하루와 마주 봤다. 막상 얼굴을 마주하니 화제를 찾는 데 애를 먹었다. 어쨌든 두 사람에게 공통 화제가 너무 적었다. 그래서 당장 가장 궁금한 것을 물었다.

"그건 그렇고, 왜 예쁜 가게에 오고 싶다고 했어?"

"오늘쯤은 특별한 날로 보내고 싶어서."

"웬 특별한 날?"

"요즘 계속 평범한 날이었잖아. 기운 빠져도 어쩔 수 없이 힘내야 하고……. 이럴 때에는 억지로라도 기분 전환해서 맛있는 걸 먹는 게 최고지."

평소 쾌활한 고하루만 보아 온 탓에 본인 입에서 기분이 좋지 않다는 말을 들었을 때는 뜻밖이었다.

"안 그래 보이는데."

"서비스직이잖아. 손님에게 기분 나쁜 티를 낼 수 없지."

"무슨 일 있어?"

"그걸 잊으려고 이 가게에 온 거야. 다시 생각나게 하지 말아줘."

고하루는 다른 쪽으로 고개를 돌렸다. 더 이상 파고들면 본전도 못 건진다는 것쯤은 야스다도 안다. 거북한 마음을 감추면서도 고하루에게 맞춰주는 수밖에 없었다.

스튜 핫 파이 플레이트 런치 디럭스는 이름처럼 다양한 음식이 한 접시에 담긴 푸짐한 메뉴였다. 아무리 봐도 여자가 다 먹을 수 있을 것 같지 않았지만 고하루는 부담스러워하기는커녕 눈빛을 바꾸고 달려들었다.

"이거야, 이거. 이런 게 먹고 싶었어."

고하루는 야스다를 앞에 두고 왕성한 식욕을 발휘했다. 생각보다 더 복스럽게 먹어서 야스다는 음식을 먹는 것도 잊고 잠시 멍하니 쳐다보고 말았다.

하지만 많이 먹으면 먹을수록 고하루가 안고 있는 조바심이 보이는 듯했다. 정말 사귀는 사이라면 이럴 때 거리낌 없이 물을 수 있으리라는 생각에 위축됐지만 그래도 같은 시간과 장소를 공유한다는 사실에 기뻤다.

고하루가 안고 있던 조바심의 정체를 알게 된 것은 데이트를 한 날로부터 얼마 지났을 무렵이었다.

'한상'은 반경 1킬로미터 범위 안에서 배달 주문도 받았다. 그날은 고하루가 보이지 않았는데, 가게에 없을 때는 대부분 배달을 나갔을 때라서 특별히 신경 쓰지 않았다.

하지만 그녀 대신 주문을 받으러 온 가게 주인의 말을 듣고는 상황이 바뀌었다.

"고하루가 배달 나간 지 한참 됐는데 아직도 안 돌아오네. 어디 샛길로 샐 아이가 아닌데."

어쩐지 불길한 예감이 들었다. 금세 머릿속에 경보가 울렸다.

"제가 찾아볼게요."

그 말만 남기고 가게를 뛰쳐나갔다.

밖은 이미 밤의 장막이 내린 뒤였다. '한상' 주변은 가로등도 적고 역 앞보다 훨씬 어두웠다.

야스다는 더욱 불안해졌다. 기우에 그치면 다행이지만 그렇지 않으면 평생 후회할 일이 생기는 것 아닌가.

불안한 마음에 고하루를 찾아 헤매는 걸음도 더욱 빨라졌다.

가게에서 배달할 때 사용하는 오토바이의 색과 모양을 기억했다. 길가나 건물 뒤에 세워두지 않았나 눈으로 훑었지만 비슷한 것은 보이지 않았다.

이윽고 야스다는 병원 터에 다다랐다. 몇 년 전 문을 닫은 병원으로 건물은 완전히 폐허가 됐다.

지나치려는데 무성한 잡초 속에 옆으로 쓰러져 있는 낯익은 오토바이가 눈에 들어왔다. 다가가서 확인하니 '한상'의 오토바이였다.

그 순간 희미한 목소리가 귀에 닿았다.

"하지 마!"

잘못 들을 리 없는 고하루의 목소리였다.

"고하루!"

"도와주세요!"

목소리는 건물 뒤에서 들려왔다. 무릎까지 자란 잡초를 헤치며 달려갔다. 드러난 살갗이 억새잎에 베여도 개의치 않았다.

건물 뒤로 가자 어둠 사이로 두 사람이 옥신각신하는 모습이 보였다. 한 명은 고하루, 다른 한 명은 흰색 맨투맨을 입고 있는 사람이었다. 고하루는 그 사람 밑에 깔려 있었다.

"고하루!"

소리치자 맨투맨이 야스다 쪽을 돌아봤다.

다쿠보였다.

"무슨 짓이야!"

"너랑은 상관없어. 꺼져."

야쿠자이다시피 한 상대는 한눈에 봐도 싸움에 익숙해 보였다.

그래도 주춤한 것은 한순간뿐이었다. 어둠 사이로 고하루의 겁먹은 얼굴이 보이자마자 순식간에 잠들어 있던 짐승이 깨어났다.

"우와아아아아아아!"

괴상한 소리를 지르면 다쿠보에게 달려들었다. 다쿠보

는 움찔했지만 곧바로 재빨리 옆으로 몸을 피했다. 목표를 잃은 야스다는 앞으로 푹 고꾸라졌다.

자세가 무너진 야스다를 기다리는 것은 다쿠보의 발길질이었다. 역시 싸움에 익숙해서인지 다쿠보의 무릎이 정확히 야스다의 명치를 걷어찼다.

둔탁한 충격과 함께 숨이 턱 막히면서 그 자리에 주저앉았다.

"폼 잡기는."

다쿠보의 폭행은 가차 없었다. 움직이지 않는 야스다의 배, 얼굴, 허리를 집요하게 걷어찼다. 처음에는 극심한 고통을 느끼던 야스다도 의식이 점점 흐릿해지면서 통각이 마비됐다.

"하지 마, 그 사람은 상관없잖아!"

"너도 닥쳐!"

희미해지는 의식 속에서 다시 한번 고하루가 외치는 소리가 들렸다. 이상하게도 그녀의 목소리를 들으니 완전히 바스러졌던 힘이 되살아났다.

"고하루한테, 손대지, 마."

대답 대신 주먹이 돌아왔다.

제발 이 사이에 도망가.

기도가 통했는지 고하루가 그 자리에서 뛰쳐나갔다. 그대로 도망치는 줄 알았던 것도 잠시, 그녀는 허공을 향해 힘껏 소리쳤다.

"불이야! 불이야!"

효과는 금세 나타났다. 지금까지 꺼져 있던 주택 창문들에 하나둘 불이 켜지기 시작했다.

새삼 고하루의 기지에 감탄했다. 단지 도와달라고 소리치는 것만으로는 사람들이 주목하지 않는다. 자신이 관여하면서 발생할 골칫거리를 경계하기 때문이다.

그러나 화재는 다르다. 불길이 자신 쪽으로 번질 가능성이 있으니 우선 현장으로 달려 나오게 된다.

"불? 어디야!"

"병원 뒤인가?"

사람들의 목소리가 들려오자 분위기가 역전됐다. 다쿠보는 불리한 상황이라고 판단했는지 쏜살같이 달아났다.

가까스로 궁지에서 벗어났다고 안도하는 동시에 그동안 마비됐던 감각이 되살아났다. 걷어차인 부위가 몹시 아파 야스다는 일어설 수조차 없었다.

"미안해."

머리 뒤에서 부드러우면서 포근한 감각이 느껴졌다. 고

하루가 야스다를 안아 일으키려는 듯했다.

"나 때문에."

신경 쓰지 말라고 말하고 싶었지만 목소리가 나오지 않았다.

"지금 당장 구급차를 부를게."

구급차까지 부를 필요 없다고 생각했지만 말리는 말도 나오지 않았다. 끙끙대며 애쓰다 보니 비로소 입술을 움직일 수 있었다.

"아무도, 부르지 마."

"왜?"

"네가, 몹쓸 일 당할 뻔한 게, 알려지잖아."

고하루의 입술이 한일자로 굳게 닫혔다. 결국 경찰이나 구급대의 신세를 질 것도 없이 야스다는 '한상'에서 고하루의 간호를 받게 됐다. 야스다는 오히려 고마웠다.

"일단 응급처치만 해둘게. 당장 병원에 가야 해."

고하루는 화난 듯 말했다. 물론 야스다가 아니라 다쿠보, 어쩌면 그녀 자신을 향한 분노이리라.

아드레날린이 분비되는 동안은 느끼지 못한 통증이 한꺼번에 덮쳐왔다. 비명을 지르고 싶었지만 고하루의 앞이니 이를 악물고 견딜 수밖에 없었다.

약 한 시간 후에야 마침내 살 것 같았다. 극심한 통증은 둔한 통증으로 변했지만 움직일 수 없을 정도는 아니었다. 야스다는 스스로 채찍질하듯 상체를 일으켰다.

"얼마 전에, 조금, 초조해한 거. 오늘, 일과, 관련 있어?"

고하루는 잠시 말이 없다가 이내 고개를 숙인 채 입을 열었다.

"……계속 따라다니면서…… 자기 여자가 되라는 둥."

"처음에, 딱 거절하면, 좋았을 텐데."

"협박하기에, 강하게 말하지 못했어."

"협박?"

침묵이 다시 이어진 뒤 고하루가 결심한 듯 고개를 들었다.

"나, 재일교포야. 재일교포 3세."

처음 듣는 이야기지만 사정은 이해했다.

"야스다 씨, 그런 거 신경 써?"

"아니."

"개중에는 신경 쓰는 사람이 있더라고. 나는 재일교포라는 게 알려져도 상관없지만 그걸로 '한상'의 손님이 줄어드는 건 싫어. 여기 사장님에게 신세를 지고 있으니 말이야. 하지만 그 남자가 자기 말을 안 들으면 폭로하겠다고 윽박지르더라고."

고하루가 초조해하던 이유를 이해했다.

"엄청 화가 났어. 그런 이유로 놈이 시키는 대로 해야 한다니 죽어도 싫어. 있잖아 야스다 씨. 기분 나빠하지 말고 들어줄래?"

"네가 불쾌해 할 이야기라면 내 기분도 나빠질지 몰라."

"우리는 그런 집안이라서 부모님은 차별을 많이 받았거든. 그래서 태어난 나라나 부모님의 국적으로 급을 나눠서 우러러보거나 무시하는 사람 너무 싫어. 그런 놈들에게 억지로 고개 숙여야 하는 것도 싫고. 다쿠보 같은 인간에게 억지로 당할 바에야 놈을 죽이고 나도 죽을 거야. 몸에도 상처가 남겠지만 마음에 난 상처는 평생 안 지워지거든."

야스다는 비로소 고하루의 고민을 이해했다.

"아까 나간 배달, 놈이 판 함정이었어. 오토바이를 운전하는데 옆에서 들이받더라고. 그리고 병원 뒤로 끌고 가서……. 만약 그대로 몹쓸 짓을 당했다면 혀 깨물고 죽을 작정이었어. 마침 야스다 씨가 와줘서 어찌나 기뻤는지. 지옥에서 부처님을 만난 기분이었어."

고하루는 붕대를 감은 부위를 보자 미안한 듯 다시 고

개를 숙였다.

"미안. 정말 미안해. 나 때문에 이렇게 다치게 해서."

"고하루가 사과할 일이 아니야."

입 안이 찢어져서 쇠 맛이 느껴졌지만 야스다는 애써 평정을 가장했다.

"사과는 다쿠보가 해야지. 그런 놈이 나와 같은 나라 사람이라고 생각하니 구역질이 나."

"야스다 씨는 다쿠보와 달라."

고하루가 뜨거운 눈빛으로 야스다를 응시했다.

"이렇게 상처투성이가 되면서까지 남을 돕다니 그놈과 같은 부류일 리 없어."

고하루가 야스다의 손에 자신의 손을 포갰다.

겁이 날 정도로 가냘픈 손이었다.

"명예로운 부상이라던데."

다음 날 '한상'에서 만난 다카미네는 입을 열자마자 소리치며 놀랐다.

"그런데 그런 꼴을 하고도 밥집까지 오다니. 누가 봐도 정식보다 병원식이 더 어울리잖아. 지금 목발만 짚으면 넌 일본에서 제일가는 환자라고."

다카미네의 말에도 일리가 있었다. 어쨌든 야스다는 눈에 보이는 부위는 대부분 붕대를 감고 있었고 얼굴의 절반도 반창고로 가려져 있었다.

"의사가 너무 오버한 거야."

"나를 부르지 그랬어. 다쿠보라면 내가 병원으로 보내 줄 수 있었는데."

"선배는 하필 그럴 때 없었잖아."

다카미네의 말로는 럭비부 연습이 이어져 '한상'에 늦게 들렀다고 한다. 도착해보니 고하루도 야스다도 보이지 않아 서둘러 밖으로 뛰쳐나갔다고 한다.

"네가 조금만 더 버텨줬으면 내가 도착했을 거야. 용서 못 해. 다 네 탓이야."

"검사 지망생이니 폭력 금지 아니었어?"

"남을 구하기 위한 폭력은 괜찮아. 애초에 다쿠보 같은 빌어먹을 녀석에게 법은 의미 없지. 흥, 모처럼 응원단 동아리방에 가봤는데 그놈 얼굴은 안 보이더라고."

"행패 부리려고 찾아갔어?"

"바보냐. 말 가려서 해. 그냥 인사차 간 거지. 무엇보다도 거기 부단장도 표정이 썩었더라고."

"표정이 썩었다고? 비슷한 일이 여러 번 있었나 보네."

"그래, 다쿠보는 그쪽으로 소문이 자자해. 예전에 학교에서도 강간당한 아이가 있었다나 봐. 친고죄라서 드러나지는 않았지만 자칫하면 형사사건이 되니까 응원단 내부에서도 전전긍긍하는 것 같아. 그러니까 설령 다쿠보가 남의 원한을 사 습격을 당했다고 해도 응원단은 일절 관여하지 않을 방침이래. 즉 소속 동아리에서도 허락했으니 이제 놈을 멍석말이하든 능지처참을 하든 상관없다는 말이야."

"어이없는 논리네."

"네가 더 어이없어. 스스로 어떤지도 모르고 놈에게 덤벼들다니."

"힘이 없으면 그냥 두 손 놓고 쳐다보기만 해야 해?"

"뭐, 어쩔 수 없지. 넌 입보다 손이 먼저 나가는 타입이니."

"선배한테만은 그런 말 듣고 싶지 않아."

"넌 어떻게 되든 알 바 아니지만."

다카미네가 가게 안을 조심스럽게 둘러보며 말을 이었다.

"고하루는 괜찮아? 충격받아서 이상해지지는 않았지?"

"오늘은 출근 안 했어. 그래도 내일이면 나올 것 같아."

"강하네. 더 반하겠어."

"다쿠보 같은 남자에게 굴복할 바에야 차라리 죽겠다던데."

그 말을 들은 순간 다카미네의 표정이 굳었다.

"다쿠보는 남자로서도 그렇지만 사람으로서도 최악이야. 사정은 고하루에게 들었지?"

"어젯밤에."

"고생이 많아, 고하루네 가족."

"고하루네 가족에 대해 알아?"

"우연히 알게 됐어. 어머니와 여동생 셋이 살고 있지. 어머니와 고하루가 생계를 꾸려가고."

"잘 아네."

"어쩌다 보니 그렇게 됐지."

다카미네는 떠올리기도 싫다는 표정으로 말했다.

"올해 4월이었어. 역 앞에서 작은 실랑이를 봤거든. 여중생 몇 명이 한복 차림 여자애를 둥글게 둘러싸고 시비를 걸더라고."

"……끔찍하네."

"그래, 짜증 나는 광경이었어. 너무 지독한 광경이라 아껴둔 미소를 만면에 띄우고 그 무리 사이로 기어들었더니 거미 새끼가 흩어지듯 도망가더라고."

눈만 감아도 금방 떠오를 것 같은 장면이었다.

"하굣길이었대. 내친김에 집까지 바래다주니 고하루가 나오더라고. 고하루의 여동생이었어."

"매일 같이 괴롭힘을 당했나?"

"그 여중생 말투로는 그래 보였어. 그런데 그 자매도 이미 익숙해져서 걱정하지 않아도 된다더라고. 그런데 그 아이들을 지켜줄 사람이 어머니뿐이야."

야스다가 다카미네를 똑바로 응시했다.

"고하루에게 반했다고 했지?"

"그래."

"나중에 검사가 될 거지?"

"응."

"검사로 임관될 때 본인의 상벌은 당연하고 가족이나 가까운 사람의 내력까지 조사한다던데. 그래도 고하루와 사귈 생각이야?"

"검사 합격 기준이 무엇인지는 모르겠지만."

다카미네가 한 번 헛기침을 한 뒤 자세를 바로잡았다.

"피부색이나 집안을 따져가며 교제 상대를 고르는 질 나쁜 놈은 되기 싫어."

이제야 겨우 생각이 같네.

"그렇다면 부탁이 있어요. 다카미네 선배님."

"갑자기 존댓말?"

"고하루를 경호해주세요. 다쿠보가 지난번 일로 포기하면 좋겠지만 아무래도 불안해서. 내가 지켜주고 싶지만 꼴이 이러니 전력이 불리해요."

"불리고 나발이고 넌 그냥 전력이 아니야."

다카미네가 붕대를 감은 팔을 잡았다.

"악! 아파!"

"살짝 건드렸는데도 이 모양이니 원. 당분간 얌전히 있어. 내 사랑이 결실을 맺을 때까지 얌전히 있으라고. 여러모로 너는 방해꾼이야."

험악하게 생긴 남자의 입에서 사랑이라는 말이 나오는 바람에 자신도 모르게 웃을 뻔했지만 복부가 아파서 마음대로 웃을 수도 없었다.

"방금 웃으려고 했지? 만약 웃었으면 나머지 멀쩡한 곳에도 붕대를 감게 됐을 거야."

다카미네는 무시무시한 태도로 협박했지만 지금은 전혀 위협적이지 않았다.

"하지만 몸을 던져 고하루를 지켜준 건 고마워. 정말 고맙다."

4

8월, 대학은 긴 여름방학 기간이었지만 '한상'은 기숙사생을 위해 평소와 같이 영업했다.

야스다는 여전히 저녁 식사를 '한상'에서 해결했는데 변화도 조금 있었다. 다카미네와 같은 테이블에 앉게 됐고 안쪽 테이블은 야스다의 지정석이 됐다. 서로 티격태격 말을 주고받는 것은 여전했지만 그것은 술안주와도 같았다.

"그러니까 왜 선배 같은 법학부 사람들은 뭐든지 흑백을 가리려고 해? 세상에는 확실하게 선을 긋지 않는 게 좋다는 실례가 산더미 같은데."

"시끄러워, 경제학부. 우리나라가 그렇게 어중간하게 행동하니 다른 나라가 욕하는 거야."

풋풋한 논쟁으로 분위기가 달아올랐을 때 고하루가 카메라를 들고 끼어들었다.

"어느새 친해졌네, 두 사람."

"안 친해!"

"아무리 고하루라도 방금 말은 취소해."

"네네. 나중에 얼마든지 취소할 테니 일단 치즈."

그로부터 얼마 지나지 않아 두 사람의 사진이 장식됐다. 야스다가 생각해도 구김살 없는 얼굴로 찍힌 사진이어서 떼어내고 싶지 않았다.

그런데 다쿠보의 행보가 여전히 신경 쓰였다. 같은 단골손님인 야스다를 다치게 해서 '한상'에는 더 이상 나타나지 않았지만 파충류를 연상시키던 그 눈이 신경 쓰여 견딜 수 없었다.

한두 번 방해받은 정도로는 쉽게 포기하지 않겠다는 집요함이 느껴지는 눈이었다.

오봉*이 다가오자 고향으로 돌아가는 학생이 많아지면서 '데라이 기숙사'의 '한상' 단골손님도 눈에 띄게 줄었다. 저녁 전 시간, 가게에 있는 손님은 야스다와 다카미네 두 사람뿐이었다.

"야스다. 나는 이 나이가 되어서야 처음으로 뻐꾸기 울음소리**를 들었어."

"어떤 울음소리인데요?"

---

* 양력 8월 15일. 새해 첫날인 오쇼가츠와 더불어 일본의 대표적인 명절.
* 가게에 손님이 오지 않아 몹시 조용하고 쓸쓸하다는 뜻의 일본어 관용어.

"드르르르르르."

"그건 방울뱀 소리 아니에요?"

두 사람이 조용히 웃는데 가게 주인인 후루타가 기분 나쁜 얼굴을 내밀었다.

"너희들이 아무리 단골이라도 그런 농담은 하지 마. 부정 타니까."

"하지만 대장, 부정 타도 손님은 우리뿐이라고요."

"저녁 오픈은 오후 5시부터잖아. 그전부터 테이블을 차지해 놓고 뻐꾸기 같은 소리 한다. 곧 다른 손님들도 올 거야."

야스다가 다카미네와 함께 일찌감치 가게를 찾은 이유가 있었다. 당연히 고하루를 지키기 위해서다. 다쿠보가 노린다는 이유로 일을 쉽게 할 수는 없다. 그러니 고하루가 배달을 나갈 때 둘 중 한 명이 경호 겸 동행하기로 한 것이다.

"어린아이 심부름 보내는 것도 아니고."

고하루는 불평했지만 남자가 손을 보태니 한 번에 배달할 수 있는 양이 배로 늘어서 가게 주인은 좋아했다.

그래서 여름방학 기간에는 두 사람 모두 고하루보다 먼저 가게에 도착해 대기하게 된 것이다.

"그날 이후 다쿠보는 어떻게 지내?"

"몰라."

다카미네가 안주로 나온 풋콩을 까며 고개를 저었다.

"내가 동아리방에 찾아간 이야기가 전해졌는지 낮에는 동아리방 근처에 얼씬도 안 하는 것 같아."

"선배가 무서워서 피한다면 잘된 거 아냐?"

"아니. 나는 놈이 시야에 없으면 불안해서 견딜 수 없는 성격이거든."

"선배의 이름이 효과 있다는 증거잖아."

"적의 기척이 느껴지지 않으면 오히려 섬뜩해. 상대편 진영을 향해 돌진하다 보면 가끔 그런 불안에 휩싸일 때가 있거든. 이렇게 주변을 경계하지 않은 채 달리다가 사각지대에서 갑자기 태클 당할 것 같은 예감……, 넌 럭비를 안 하니 모르려나."

"아뇨, 그 섬뜩한 느낌이 뭔지 이해는 가. 처음 봤을 때부터 다쿠보는 방심할 수 없는 인간이라고 생각했으니까."

"그 일 때문에 부단장한테 기분 나쁜 소리 들었어."

다카미네는 싫은 소리를 할 때 정말로 얼굴에 싫은 티가 난다. 이렇게 고지식한 남자가 미래에 검사 업무를 잘 수행할 수 있을까 불안했다.

"게이한대학 응원단 애들이 야쿠자 예비 조직원이라는 소문은 들었지?"

　"응. 그래서 다쿠보를 더 경계하는 거야."

　"그 소문, 절반은 맞고 절반은 틀려. 단원 모두가 야쿠자가 되는 건 아니야. 졸업이나 취업에 실패한 놈들이 야쿠자 조직으로 모이는 게 현실이지. 이 낙오자 그룹에는 졸업을 기다리지 않고 야쿠자에게 채용되는 놈도 있어."

　"다쿠보 같은 놈?"

　"응원단도 불명예스러운 소문이 퍼지면 부원을 모집하기 어려워지잖아. 되도록 교내에서 불만을 잠재우고 부원들을 무난하게 취직시키고 싶어 하지. 선배가 후배들을 철저하게 관리하고 매너도 가르쳐. 일반 기업에 입사해도 우수한 사원이 될 수 있는 인재니까 폭력조직 따위에게 두 눈 빤히 뜨고 빼앗기기 싫은 거지. 그런데 다쿠보처럼 자꾸 말썽을 피우고서 결국 동아리방에도 얼굴을 내밀지 않는 놈은 야쿠자 사무실에 드나들게 되는 모양이야."

　"그럼 다쿠보는……."

　"다음에 만날 때는 덩치 좋은 패거리와 함께 있을 가능성이 커."

　잠시 다카미네와 마주 봤다. 다쿠보와 일대일로 붙는다

면 다카미네가 유리하겠지만 일대다로 붙는다면 이야기가 다르다. 게다가 상대는 폭력이 생업인 무리다.

불안이 점점 더 커질 때 '한상' 주인이 다시 얼굴을 내밀었다.

"무슨 일이지? 고하루가 너무 늦네. 집에 전화했더니 진작에 출발했다던데."

두 사람은 반사적으로 벽시계를 확인했다. 오후 5시 1분 전. 이 시간까지 나타나지 않는 것은 아무리 생각해도 이상했다.

두 사람은 약속이나 한 듯 동시에 자리에서 일어섰다.

"가게로 오는 길에 습격을 받았다면 이쪽이야."

다카미네가 가게를 나와 오른쪽으로 향했다.

"야스다, 넌 어떻게 할 거야?"

"상대가 둘 이상일 수도 있으니 같이 움직이는 것이 좋겠어. 게다가 집에서 가게로 오던 길이었을 확률이 높으니까."

두 사람은 총알같이 뛰었다. 고하루의 집이 있다는 동네까지는 불과 몇 킬로미터. 훈련으로 매일 러닝을 하는 다카미네에게는 달리기 수준도 되지 않는 거리였다.

그러나 1킬로미터가 지나고 2킬로미터를 지나도 고하

루의 모습은 보이지 않았다. 집까지는 이제 절반도 남지 않았다.

"다쿠보 입장에서 생각해보자."

다카미네는 일단 멈춰 서서 야스다와 마주 봤다.

"고하루도 걸음이 느리지 않아. 평소처럼 걸으면 반 이상을 왔을 테고 여기서부터는 상점가가 가까워서 오가는 사람도 많지. 여자를 덮치기에는 적합하지 않은 데다 아직 날도 밝아."

"어디로 끌고 갔다는 말이야?"

"여기 오는 길에 여자를 끌고 가기 좋은 곳이 있었어?"

야스다는 기억을 더듬었다. 곧바로 떠오른 곳은 가부라기의원이었다.

"하지만 이렇게나 밝은 시간이라면 건물 뒤쪽이라도 다른 사람 눈에 띌 텐…… 아!"

"왜 그래?"

"건물 안으로 들어가면 사람들 눈에 안 띌 거야. 아마 소리도 안 들리겠지."

"거기야."

두 사람은 쏜살같이 되돌아갔다. 아까부터 쉬지 않고 뛰었지만 신기하게도 숨이 차지 않았다.

병원에 도착해 유리문 앞에 섰다.

자물쇠는 바깥쪽에서 부서져 있었다.

다카미네가 문을 밀자 맥 빠질 정도로 쉽게 열렸다. 건물 안에는 사무실 가구와 비품 같은 것들이 나뒹굴었는데 어둑어둑해서 또렷하게 보이지는 않았다.

그때 복도 너머에서 남자와 여자가 다투는 소리가 흘러나왔다.

틀림없이 고하루의 목소리였다.

다카미네가 뛰어 들어가면서 말했다.

"미리 말해두는데 절대로 나 말리지 마."

"이하동문이야."

두 사람은 어둑한 복도를 달렸다.

5
탄로나게 하지 말지어다

Booth
Net Cafe & Capsule
Booth
ネットカフェ & カプセル
8F ~ 5F
Booth
第103 東京ビル
747 カラオケランド
KABUKI町
カラオケ 747
カラオケ 747
川新ビル
にいむら
鳥兵衛
鉄板焼 濱
手作り居酒屋
甘太郎
4F 3F
チルイン
CENTRAL ROAD
ゴジラロード
CINEMAS
九十九
築地

1

가부라기의원에서 발견된 백골 시신 두 구는 곧바로 대학병원 법의학교실로 이송됐다. 시신 발견과 이송에 입회한 미하루였지만 이 사태를 후와가 어디까지 예상했는지 전혀 알 수 없었다. 미하루가 아는 것은 이로써 국유지 불하 문제와 다카미네 문서 조작 의혹이 전혀 다른 국면을 맞이했다는 사실뿐이었다.

미하루가 시신 두 구가 각각 다른 곳에 묻혀 있었던 점에 의문을 느꼈다. 바닥을 뜯어내는 작업만으로도 성가신데 땅을 깊숙이 파서 시신을 던져넣고 묻은 뒤 다시 원래대로 되돌린다. 발굴 모습을 촬영하던 미하루도 엄청난 노력이 필요한 작업이라는 것을 알았다. 시신 두 구를 한데 묻으면 힘이 덜 들 텐데 왜 굳이 두 군데에 나눠 묻었을까.

미하루가 그대로 물었더니 후와가 새삼스레 무슨 말이냐는 얼굴로 돌아봤다.

"땅을 두 군데 파는 수고보다 더 중요한 사정이 있기 때문이지."

"그러니까 그게 무슨 사정인데요?"

끈질기게 물어도 후와는 대답하지 않았다. 내친김에 의아했던 점들은 전부 쏟아냈다.

"옷도 소지품도 없어요. 게다가 완전히 백골화돼서 사인을 특정할 수도 없고요. 이것도 처음부터 범인이 계획한 걸까요? 애초에 두 시신은 어떤 관계일까요?"

"몇 번을 말하나? 스스로 생각하라고."

그 한마디로 미하루가 입을 다물게 했다.

후와와 미하루는 시신과 함께 법의학교실로 갔다. 당연히 법의학자의 의견만 들을 줄 알았던 미하루는 부검에 입회하고 싶다는 후와의 제의에 경악했다.

"저기요, 검사님. 실제로 부검하는 걸 보는 건가요?"

"입회에 다른 의미가 있나? 물론 생리적으로 거부감이

든다면 해부실 밖에서 기다려도 상관없네."

순간 그 제안을 덥석 받아들이고 싶었지만 지금 물러나면 이후에도 겁쟁이 취급을 받을 것 같았다. 게다가 부검이라고 해도 완전히 백골이 된 시신이므로 피나 부패한 조직을 보지는 않으리라.

"아뇨. 저도 함께 들어갈게요."

백골 시신이므로 감염 위험성은 낮았지만 두 사람은 부검복으로 갈아입고 부검실로 들어갔다.

법의학교실의 무네이시 교수와 보조 두 명이 부검했다. 스트레인리스제 부검대 두 대에 백골 시신이 한 구씩 놓였다. 부검실이 서늘해서 보조를 맡은 여성에게 물었더니 섭씨 5도를 유지한다고 했다.

"형사님은 그렇다 쳐도 검사님이 부검에 입회하다니 드문 일이네요."

무네이시 교수는 후와와 미하루의 입회가 흥미로운 듯했다.

"되도록 제 눈으로 직접 확인하고 싶습니다."

"학술적인 태도로군요. 환영합니다."

인사를 마치고 부검을 시작했다. 백골 사체이므로 메스로 절개하는 부분은 극히 적었고 무네이시 교수는 후와에게 설명하듯 하나하나 짚어갔다.

"현장에서 경찰이 골반 모양을 보고 남녀 시신이라고 추정했다던데 훌륭한 판단이었습니다. 남성 골반은 위로 봉긋한 하트 모양이고 여성 골반은 옆으로 넓은 타원형이거든요. 사람마다 차이는 있지만 남성과 여성은 골반 모양이 현저하게 다릅니다."

확실히 두 시신의 골반을 비교해 보면 무네이시 교수가 지적한 대로 차이가 났다.

"또 여성은 출산하기 때문에 골반강이 넓고 남성은 역 V자 모양으로 좁습니다. 이 시신은 각각 남자와 여자가 틀림없습니다. 다음으로 나이인데요."

무네이시 교수의 손가락이 두개골을 더듬었다.

"두개 봉합을 보고 나이를 추정할 수 있습니다. 두 사람 모두 20대 같습니다. 그리고 사망원인인데…… 이게 참 어렵군요. 두 구 모두 뼈가 부러지거나 손실돼서 판별하기 어렵네요."

"신원은 알 수 있습니까?"

"개인 식별도 어렵습니다. 두 구 모두 치아 치료를 받은 적도 없어요. 백골이라도 DNA 감정은 할 수 있지만 그러려면 부모나 형제 같이 비교할 대상이 필요하죠…….

으음?"

남성 시신을 만지던 무네이시의 손가락이 멈췄다.

"이 시신, 오른쪽 무릎에 골절 치료를 받은 흔적이 있군요."

손가락으로 가리킨 부위가 약간 솟아 있었다.

"골절을 치료하면 이렇게 되는데 이 남성은 생전에 외과수술을 받았을 가능성이 매우 큽니다. 진료기록이 남아 있다면 신원을 알 수 있을 겁니다."

다음 날 아침, 시신 발견 소식이 지검에 퍼졌다. 후와와 미하루가 회의실에 들어가자 오리후시와 조사팀원들이 기다리고 있었다.

"오사카지검 에이스라는 이름이 부끄럽지 않은 활약이군. 아니, 전혀 예상하지 못한 성과니 에이스보다는 조커인가."

오리후시는 농담조로 말했지만 후와의 얼굴은 굳었다.

"국유지 불하 후보지였던 곳에 백골 시신 두 구가 묻혀 있었다. 이게 우연이라고 생각하나?"

"시신의 신원이 밝혀지지 않은 단계에서 판단은 시기상조입니다."

"피해자를 특정하는 수사는?"

"부검을 담당한 무네이시 교수 말로는 두 시신은 20여 년 전에 백골화됐다고 합니다. 현재 기시와다 시내 실종 신고자 명단을 정리하고 있습니다."

"20년 치 명단이야. 도대체 그게 다 몇 건이야."

"방금 사무관에게 확인한 결과 천 명 안팎인 듯합니다."

후와는 짐작하는 숫자를 태연하게 말했다. 오리후시도 어이없다는 듯 후와를 돌아봤다.

"설마 백골에서 DNA를 채취해서 그 천여 명과 대조할 작정인가?"

"남성 시신은 외과 수술을 받은 흔적이 있습니다. 진료기록이 남아 있으면 신원을 파악하기 비교적 쉬울 겁니다."

"하지만 여성 시신은 아무런 단서가 없지 않나. 신원을 모두 파악하는 데 도대체 얼마나 시간이 걸리겠어. 차라리 두 사람이 누구인지 다카미네 검사와 야스다 조정관에게 직접 묻는 게 어때?"

오리후시의 입가에 자신만만한 미소가 번졌다.

"데라이초 부지가 오기야마학원 건설지에서 탈락한 것은 야스다 조정관의 의사가 다분히 작용한 것 아닌가. 야스다 조정관이 두 시신과 어떤 관련이 있다면 시신이 발견되지 않도록 공작했다는 의혹이 생기지."

"가능성 중 하나지만 만약 그렇다면 야스다 조정관과 두 시신이 어떤 관계라고 생각합니까?"

"시신을 숨기고 싶어 하는 사람이 당연히 가해자겠지."

지극히 당연하다는 말투였다. 고압적인 태도는 역겨웠지만 오리후시의 논리에는 미하루도 수긍할 수밖에 없었다.

학원 건설 예정지로 정해지면 폐건물인 병원이 철거될 뿐 아니라 정지작업도 해야 한다. 기초공사를 하려고 땅을 파헤치면 백골 시신은 금세 발견된다. 살인사건의 범인인 야스다가 시신이 발견되지 않도록 오기야마 이사장에게 무코야마 부지를 밀어붙였다는 해석은 만인이 납득할 만한 동기였다.

하지만 근거 없는 추측을 싫어하는 후와는 지금도 예상한 대로 말했다.

"어쨌든 시신의 신원을 밝힌 뒤에 신문해야 합니다. 백골 시신 두 구가 야스다 조정관이나 다카미네 검사와 무관할 가능성도 있으니까요."

"새삼스럽지만 후와 검사는 참 특이한 사람이야. 직접 찾아온 중요 증거물인데 너무 쿨한 것 아닌가. 내가 다 춥군."

후와는 군이 대답하지 않았지만 미하루는 그가 속으로 중얼거리는 소리가 들리는 듯했다.

수사와 온도가 무슨 관계냐고.

"오리후시 검사."

두 사람의 대화를 지켜보던 미사키가 나직이 중얼거렸다.

"후와 검사가 쿨한 건 어제오늘 일이 아니야. 자네 눈에는 특이해 보이겠지만 유죄율 백 퍼센트를 보장하는 태도기도 하지. 융통성이 없어서 어지간한 일에는 눈썹 까딱하지 않아. 그 증거물로 신문하지도 않고."

"그럼 신문은 후와 검사 말고 다른 사람에게 시키죠."

오리후시가 눈짓하자 도야마와 모모세가 알았다는 듯 움직였다. 삼류 연극을 보는 듯해 짜증이 났다. 요시모토 흥업의 새 코미디를 보는 게 훨씬 마음 편할 것 같다.

"후와 검사는 계속해서 시신의 신원 파악에 힘쓰도록. 이상."

후와의 의견을 빌미 삼아 가장 쉽고 성과와 직결되는 업무를 낚아챘다. 표정 관리가 안 되는지 세 사람의 얼굴은 득의양양했다. 표정 없는 후와와 더욱 비교됐다.

미사키는 신경질적인 얼굴로 입을 다물었다.

후와와 미하루가 회의실을 나서자 조금 늦게 미사키가 뒤따라왔다.

"그걸로 끝이야?"

"뭐가 말입니까?"

"오리후시 검사 패거리가 시신 두 구를 가지고 다카미네와 야스다에게 자백을 받아 낼 작정이라고."

"네. 반쯤 그렇게 선언했죠."

"시기상조라는 건 나도 동의해."

"그래서 백골 시신의 신원을 밝히는 게 급선무입니다. 신원을 특정하지 않은 채 두 사람을 추궁해봤자 아마 아무것도 안 나올 겁니다."

"어떻게 그렇게 단언하지?"

"다카미네 검사와 야스다 조정관의 관계는 이해를 초월한 것입니다. 아마 두 사람은 철저하게 말을 맞췄을 뿐 아니라 공통된 비밀을 사수하려고 할 겁니다. 조사팀 멤버가 신문해도 이리저리 빠져나갈 게 뻔합니다."

사진 속 두 사람을 본 미하루는 그럴 만하다고 생각했다. 그 정도 되는 관계이니 둘이서 찍은 사진을 보기 전까지 미사키도 완벽하게 속은 것이다.

"신원을 당장 알아내야 한다지만 대상자가 너무 많지

않나."

"시신은 무겁습니다."

후와가 갑자기 묘한 말을 내뱉었다. 그런데 미사키가 당연하다는 듯 대꾸했다.

"그래, 확실히 무겁기는 하지. 옮기려면 도구와 시간이 필요해. 시체 처리는 가장 성가시고 수고스러운 작업이라 대부분 범인이 싫어하지."

"네. 가능하면 범행 현장에 그대로 시신을 숨기는 것이 가장 효율적입니다."

"저기, 죄송한데요."

미하루가 쭈뼛쭈뼛 끼어들었다.

"두 분, 무슨 말씀 하세요?"

"후와 검사는 남녀 두 명을 살해한 뒤 시신을 옮기는 건 힘든 일이니까 시신이 발견된 현장이 곧 범행 현장일 가능성이 크다고 말하는 걸세. 즉 두 피해자는 가부라기의 원을 잘 아는 자나 지역 주민으로 한정된다는 말이지."

이렇게 논리정연하게 설명할 수 있는 이야기를 후와의 방식대로 설명하니 스무고개가 되어버린다. 말수가 아무리 적어도 정도가 있지.

"20년 전 동네 주민의 정보를 모은다면 조사 대상도 오래전 거주하던 주민으로 한정됩니다. 차장검사님은……."

"알겠어."

후와의 말이 끝나기도 전에 미사키가 휴대폰을 꺼내 들었다.

"여보세요, '한상' 사장님이시죠? 지난번에 신세 진 도쿄에서 온 미사키입니다. 실은 또 여쭤고 싶은 게 생겨서요. 혹시 통화 가능하신…… 아아, 감사합니다. 그러면 조금 후에 찾아뵙겠습니다."

통화를 마친 미사키는 이제 만족하냐는 듯 고개를 돌려 후와를 쳐다봤다.

"죄송합니다."

"또 뭐가 있나 보군."

"동행해주시면 감사하겠습니다."

"처음부터 그럴 생각이었어."

'한상' 가게 뒤에는 슬레이트 지붕으로 지어진 주택이 있었다. 문패에는 '후루타'라고 적혀 있는데 아마도 가게 주인의 이름이리라.

인터폰은 구식이어서 초인종 소리가 심하게 지지직거렸다.

"미사키입니다."

―오셨군요. 현관은 열려 있으니 어서 들어오세요.

후루타라는 가게 주인은 여든이 넘은 듯 보이는 남자로 잠옷 위에 얇은 겉옷을 입고 세 사람을 맞이했다.

"이런 차림이라 미안합니다."

아무래도 평소 자리보전하는 몸인 듯 자다가 일어난 모습 그대로였다.

후루타 외에 인기척은 느껴지지 않았다. 우편함에도 가족 이름은 없었으니 독거노인인 듯했다.

"3년 전에 허리를 다쳤어요. 참……, 사람은 어깨나 장기면 몰라도 허리가 아프면 끝이라니까. 허리가 한자로 뭐요. 육달월 변에 중요할 요腰잖습니까. 우리 몸에서 가장 중요한 부위라니까."

미하루가 물었다.

"일어나 계셔도 괜찮으세요?"

"누워만 있으면 더 나빠진다고 하더라고. 그런데 여러분, 이 늙은이에게 무슨 볼일이 있어서 오셨소?"

이제 후와의 차례다.

"오사카지검의 후와라고 합니다. '한상'은 오래전부터 운영하셨습니까?"

"가게를 언제 열었는지 잊을 수 없어요. 1970년 세계 박람회가 오사카에서 열렸던 해니까. 벌써 거의 50년 된 이야기로군. 그때는 일본도 오사카도 활기 넘쳤고, 우리 가게도 장사가 꽤 잘됐지."

"근처에 게이한대학 기숙사가 있었죠?"

"그래, '데라이 기숙사'요. 거기 학생 중에 우리집 단골이 많아서 그 수요만으로도 가게가 유지될 정도였어요. 그래서 기숙사가 없어진 뒤로 손님이 확 줄었지. 결국 우리는 '데라이 기숙사'와 성쇠를 함께 한 셈이로군."

"그만큼 오래 영업하셨다면 단골을 포함해 이웃도 많이 기억하시겠군요?"

"그럼요, 검사님. 사람은 즐거웠던 일이나 경기가 좋았던 시절 이야기는 좀처럼 잊지 못하거든. 잊지 못하니 그 힘으로 어려운 지금을 견딜 수 있는 게지요."

"20년 전 일도 기억하십니까?"

"20년 전이라……. 글쎄요, 그 무렵에 무슨 일이 있었습니까?"

"오사카돔 구장이 완공되고 지하철 나가호리쓰루미료 쿠치선이 개통된 시기입니다."

역시 지역의 굵직한 일은 기억을 끌어내는 데 효과적인

듯 후루타의 표정이 밝게 빛났다.

"오사카돔. 아, 대강 생각이 나는군. 가게가 워낙에 바빠서 점원 한 명으로는 모자를 정도였죠."

"그럼 단골손님 중 이 두 사람을 기억하십니까?"

후와가 내민 것은 다카미네와 야스다 둘이서 찍은 사진이었다.

사진을 받아든 후루타는 잠시 어깨동무한 두 사람을 바라보더니 마침내 떠올랐다는 듯 고개를 크게 끄덕였다.

"그럼요, 그럼. 기억나지. 이 신기한 콤비."

"이름도 기억하십니까?"

"아뇨, 이름까지는……. 하지만 덩치 큰 남자와 작은 남자. 학년은 달랐던 것 같은데 잘도 어울렸죠."

"딱 그때일지는 모르지만 가게 근처 또는 인근에서 실종된 남자와 여자는 없었습니까?"

"실종자, 요?"

후루타가 기억을 더듬듯 천장을 바라봤다.

"으음. 검사님, 오사카 분이에요?"

"몇 년 전에 전근 왔습니다."

"기시와다는 좋든 나쁘든 지연地緣이 강해요. 애초에 지역에 취직하는 녀석도 많고, 타지로 나간 사람도 축제 때

만큼은 돌아오죠. 그러니 실종자는 대개 범죄와 관련 있어요. 그때는 거리에서 일어나는 일 중에 공공연하게 알려지지 않은 사건도 있으니."

"범죄 관련 사건도 괜찮습니다. 후루타 씨가 기억하는 사건을 알려주세요. 그 사진 속 두 사람과 관련된 이야기라면 더욱 감사하겠습니다."

"범죄 관련 이야기가 고맙다니, 이런, 이런 검사님……."

말을 이으려던 후루타가 문득 입을 다물었다.

"왜 그러십니까."

"검사님……. 내가 정신이 나갔나 보오. 왜 지금까지 고하루를 잊고 있었을까요."

"누구, 짐작 가는 사람이 떠오르셨습니까?"

"암, 떠올랐고 말고. 고하루, 딱 그 무렵에 우리 집에서 일했던 아이요."

"직원이었습니까?"

"응응. 가나모리 고하루라고 재일교포 여자애였는데, 활달하고 싹싹하고 착한 아이였지. 우리 집 마스코트였어요. 고하루를 노리고 우리 집에 오는 손님도 있을 정도였으니까."

"그 고하루 씨가 실종됐군요?"

"여름방학이었으니까 분명 8월쯤이었을 거예요. 오후 영업 준비를 마치고 고하루가 오기를 기다리는데 아무리 기다려도 안 오는 거요, 글쎄. 결국 그날은 오지 않고, 다음 날도 못 봤지."

"당시 가나모리 고하루의 나이가 어떻게 됐습니까?"

"스무 살 즈음이었을 거예요."

"실종신고는 했습니까?"

"나는 안 했고, 고하루네 엄마가 했을 거예요. 하지만 그 뒤로 고하루가 돌아왔다는 소식은 못 들었어……. 아아, 그랬지, 그랬어. 그러고 보니 고하루가 집에서 출발한 지 오래됐다는 말을 듣고서 그 콤비가 고하루를 찾으러 나갔지."

"그러면 하나 더 여쭙겠습니다. 가나모리 고하루 씨 외에 남성 실종자는 기억 안 나십니까?"

"남자? 아뇨, 갑자기 모습을 감추는 깡패들은 하도 많아서. 돌아왔는지 어떤지 모르지만."

"고하루 씨가 살던 곳은 어디인지 아십니까?"

"가게에서 자전거로 갈 수 있는 거리였어요. 옆 동네인 아타카초라는 곳에 살았지. 가나모리 씨네는 고하루와 어머니와 여동생 세 식구였는데 지금도 거기 살지는……."

"그것만으로도 충분합니다. 협조해주셔서 감사합니다."

후와는 인사도 하는 둥 마는 둥 후루타의 집을 나왔다. 미사키가 입을 열었다.

"가나모리 씨 집으로 바로 가기 전에 일가가 어디 사는지 알아보는 게 좋지 않겠어? 고하루라는 딸이 계속 실종 상태라면 어머니와 여동생 둘이 20년 전과 같은 곳에 거주할 가능성은 반반이지 않나."

"네, 우선 기시와다 경찰서에서 가나모리 고하루의 실종신고를 확인할 생각입니다."

"그렇겠지. 그렇다면 나는 남성 시신의 신원을 알아보도록 하지."

미사키는 달리 목적지가 있는지 발길을 돌려 길 건너편으로 사라졌다. 그래도 이상하게 불안하지 않았다.

"차장검사님은 후와 검사님을 도우시려는 걸까요?"

"아니."

후와는 단칼에 부정했다.

"차장검사님은 어디까지나 조사팀의 목적을 위해 움직이는 거야. 오리후시 검사들이 두 사람을 신문했는데 단서를 잡지 못했을 때의 돌파구를 하나 마련하려는 생각이지."

"하나요? 그럼 나머지 하나는 가나모리 고하루를 특정하는 것이겠군요."

"두 개가 한 쌍이 되지 않으면 비장의 카드가 될 수 없으니까."

"그런데 맡은 업무에 참 충실하신 분이네요. 조사팀이 삐거덕거리는 시점이니 후와 검사님과 한 팀으로 움직여도 좋을 텐데요."

"심지가 굳은 사람이야. 옛날부터."

과연 20년 전 실종신고가 남아 있을까 의심스러웠지만 다행히도 기시와다 경찰서는 과거 서류를 모두 데이터로 만들어 보관했다.

1997년 8월, 대상자 가나모리 고하루를 검색하자마자 나왔다. 당시 주소는 후루타가 증언한 대로 기시와다시 아타카초. 신고자는 어머니인 가나모리 도코였는데 실종자가 돌아왔다는 기록은 없고 신고도 취소하지 않았다.

시청에 문의하니 아니나 다를까 가나모리 모녀는 고하루가 실종되고 몇 년 후 오사카 시내로 이사했다. 게다가 어머니 도코는 이미 사망했다. 현재 여동생 미카만 살아 있었다.

"어떻게 할까요?"

미하루가 물었지만 후와는 눈썹 하나 까딱하지 않았다.

"여동생만 남아 있어도 돼."

후와와 미하루는 즉시 해당 지역으로 향했다. 가나모리 모녀가 이사한 곳은 오사카시 다이쇼구, 흔히 '리틀 오키나와'라고 불리는 지역으로 오키나와 음식점이 빼곡하게 늘어선 곳이었다. 가게 안에서 새어 나오는 소리도 오키나와 말이 많았다. 예전에도 사건 수사 때문에 방문한 적이 있는데 여전히 활기찬 곳이었다.

가나모리 미카의 집은 동네 한구석에 있는 아파트였다. 문패도 인터폰도 없어서 문을 두드리자 집에서 대답이 들렸다.

"네, 지금 나갑니다."

반쯤 열린 문틈으로 얼굴을 내민 사람은 30대로 보이는 여자였다. 미하루가 검찰사무관 신분증을 보이며 신분을 밝히자 여자도 신분을 밝혔는데 역시 고하루의 여동생 미카였다.

"집이 좀 지저분해요."

안으로 들어가니 확실히 깔끔하게 정리되어 있다고 말하기 어려웠다. 나름대로 수납 공간은 있겠지만 잡지와

의류가 바닥에 널려 있었다. 그늘진 곳이어서 실내에서 빨래를 널어놓은 것도 좋아 보이지 않았다. 빨래에 남자 옷도 섞여 있었다. 아무래도 혼자 사는 것은 아닌 듯했다.

"가나모리 고하루 씨 건으로 찾아뵈었습니다."

후와가 용건을 말한 순간 미카의 기분이 언짢아졌다.

"이제 와서요?"

말에 가시가 박혀 있었다.

"왜 이제 와서 그러시죠? 20년 전에 실종신고서를 제출했을 때는 콧방귀도 안 뀌더니."

당시 기시와다 경찰서의 대응이리라. 그들을 두둔하려는 의도는 아니지만 사건에 연루된 것이 분명하지 않으면 실종 신고가 들어온다고 매번 수사관을 파견하지 않는다.

"언니가 사라져서 저랑 엄마가 얼마나 걱정했는지. 언니랑 엄마가 열심히 일한 덕에 제가 학교에 다닐 수 있었어요. 언니는 아빠 노릇까지 했거든요. 우리집 기둥이었어요. 제발 찾아달라고 그렇게 빌었는데 경찰은 귓등으로도 안 들었죠. 그런데 왜 새삼스럽게."

"심정은 이해합니다. 다만 20년이나 지나서 기시와다 경찰서가 아니라 오사카지검 검사가 찾아뵌 점을 헤아려주세요."

그리고 기시와다 경찰서에서 가져온 실종신고서 사본을 내밀었다.

　"날짜는 1997년 8월 11일. 실제로는 그 이틀 전인 9일 저녁, 고하루 씨는 집을 나섰다가 그대로 소식이 끊겼습니다. 맞으시죠?"

　"언니가 일하던 백반집 사장님이 고하루가 아직 안 왔는데 무슨 일이냐고 전화했어요. 그래서 저랑 엄마가 같이 찾아봤지만 결국 그날은 못 찾았죠."

　"신고는 이틀 후에 하셨네요."

　"혹시라도 돌아올 수도 있으니 기다려보자고 엄마가 말씀하셨거든요. 그렇게 하루를 기다렸는데 전화 한 통 없어서 다음 날 경찰에 찾아갔어요."

　"고하루 씨가 사라진 이유로 짚이는 것이 있습니까?"

　"그걸 모르니 저도 엄마도 고민했죠. 누구랑 어울려 놀러 다니는 사람도 아니었고, 남자가 있던 것도 아니고 집을 떠날 이유가 하나도 없었어요. 무엇보다 집을 떠난다면 떠난다고 반드시 우리에게 이유를 알려줬을 거예요."

　"소식이 전혀 없었습니까?"

　"전혀요. 그래도 언니가 돌아왔을 때 아무도 없으면 안되니까 한동안은 기시와다 집에서 살았는데 내가 고등학교를 졸업한 해에 엄마가 돌아가셔서 결국 저만 이사 왔어요."

"이곳에 이사 와서도 한 번도 연락이 없었습니까?"

"네."

"고하루 씨와의 연락 외에 뭔가 달라진 건 없습니까?"

"달라진 거요……? 아아, 하나 있어요. 언니와 연락이 끊긴 뒤로 한 달에 한 번꼴로 편지 봉투가 오기 시작했어요."

"어떤 봉투죠? 어디 소인이 찍혀 있었습니까?"

"평범한 갈색 봉투였어요. 우체국에서 온 게 아니라 매번 우편함에 넣어져 있었고요. 발신인 이름은 없었어요."

"내용은 어땠습니까?"

"그게, 편지가 아니라 다른 것이 들어 있었어요. 하지만 여기로 이사 온 뒤로는 그마저도 끊겼죠."

봉투 속 내용물을 들은 미하루는 혼란스러웠다. 언니가 실종된 직후부터 우편함에 넣어져 있던 봉투. 도대체 누가 무슨 이유로 그랬을까.

후와는 개의치 않고 계속 질문했다.

"혹시 당시 고하루 씨가 입던 옷이 남아 있습니까? 모자, 장갑, 다른 머리카락이 묻어 있을 만한 것이라면 아무 것이나 상관없습니다."

"왜 그런 걸……."

"DNA 감정 때문입니다. '한상' 근처에 있던 가부라기의원을 아십니까?"

"가부라기의원……, 알아요. 저도 여러 번 그 앞을 지나갔거든요."

"병원 부지에서 백골 시신 두 구가 발견됐습니다. 그중한 구는 20대 여성으로 추정됩니다."

미카의 몸이 순식간에 경직됐다.

"그 시신이 언니라는 말씀이에요?"

"어디까지나 확인 작업입니다. 만약 그런 물건이 없다면 미카 씨의 DNA를 채취할 수 있도록 협조 부탁드립니다. 가족의 DNA로도 특정할 수 있거든요."

"아니, 이게 무슨……."

미카는 분명 동요했지만 후와는 신경 쓰지 않는다는 투로 말을 이었다.

"집을 떠나더라도 그 이유를 제대로 알려줬을 것이라고하셨죠. 미카 씨도 고하루 씨가 사망했다고 은연중에 생각하지 않았습니까?"

정곡을 찔렀는지 미카는 순간 입을 다물었다. 이윽고느릿느릿 안방으로 사라졌다가 돌아왔을 때 손에 브러시를 쥐고 있었다.

"이거, 언니가 사용하던 브러시예요. 옷이나 소품은 정리했는데 이것만은 도저히 버릴 수가 없어서……."

후와는 손수건을 꺼내 브러시를 감쌌다.

"감사합니다."

"검사님, 한 가지만 알려주세요. 병원에서 발견된 시신은 자살한 건가요? 아니면 누군가에게 살해당했나요?"

"지금 사인까지 수사하고 있습니다. 수사 상황을 지켜봐 주시죠."

"저는, 이미, 20년이나 기다렸다고요."

섣불리 답변드릴 수는 없지만, 하고 후와가 말을 꺼냈다.

"더는 미카 씨를 괴롭게 할 수 없습니다."

가나모리 미카의 집을 나왔을 때 후와의 휴대폰에 전화가 걸려 왔다. 새어 나오는 소리를 들으니 미사키였다.

―그쪽은 진척이 어때?

"가나모리 고하루의 물건을 입수했습니다."

―제법이군. 그런데 좋은 소식과 나쁜 소식이 있어.

"원하시는 것부터 말씀해주세요."

―도야마와 모모세 두 검사가 백골 시신의 신원에 대해 다카미네와 야스다를 신문했어. 결과는 헛수고. 둘 다 모

르는 체하기로 한 듯해.

그것이 좋은 소식인지 나쁜 소식인지 미하루는 곧바로 판단할 수 없었다.

—이제 좋은 소식. 이쪽도 진전이 있어.

"말씀하세요."

—기시와다 경찰서의 폭력조직 수사팀에서 마음에 걸리는 이야기를 들었어. 게이한대학 응원단이라는 곳이 있는데 예전부터 현지 야쿠자의 예비 조직원처럼 여겨지던 학생들이 적지 않았다더군. 그런데 20년 전에 갑자기 소식이 끊긴 단원이 있다고 해.

"이름만 알면 진료기록과 대조할 수 있겠군요."

—이미 대조 중이야.

그쪽이야말로 제법 아닌가.

2

이틀 후, 법의학교실의 부검보고서를 받은 후와와 미하루는 곧바로 회의실로 향했다. 여느 때처럼 오리후시를 비롯한 조사팀 멤버들이 기다리고 있었다. 하나같이 시무룩한 얼굴이었는데 미사키 외에는 이렇다 할 취조 결과를 내지 못한 탓인 듯했다.

곧바로 오리후시가 재촉했다.

"법의학교실에서 부검보고서가 왔다며?"

"지금 막 도착했습니다."

"결과는?"

"여성 백골 시신이 당시 스물한 살이었던 가나모리 고하루일 가능성이 98퍼센트라고 합니다."

"다카미네, 야스다 두 사람과의 관계는?"

"아직 조사 중입니다."

오리후시는 초조함을 감추지 않았다. 신발을 다 신기도 전에 뛰다가 넘어진 아이 같았다.

"시신 한 구의 신원을 알아냈어도 그 두 사람과의 관계를 밝히지 못하면 방법이 없어."

"현재 드러난 접점은 백반집 단골과 점원이었다는 점입니다."

"그것만으로는 관계성이 극도로 빈약하다는 말이야."

"그럼 나머지 한 구의 신원도 알아내면 어떨까?"

미사키가 두 사람 사이를 중재하며 입을 열었다.

"사실 남성 시신의 신원도 특정할 수 있어. 어제 늦게 병원에서 보고서를 받았네."

오리후시는 놀란 얼굴로 미사키를 돌아봤다.

"금시초문인데요, 차장검사님."

"아침 일찍 알리려고 했는데 자네 셋이 옥신각신하는 것 같아서 말이야. 그만 말할 타이밍을 놓쳤네."

"······말씀하시죠."

"남성은 기시와다시에 거주하던 다쿠보 히토카즈, 당시 스물네 살. 게이한대학 응원단 소속 4학년이었어. 3학년 때 다른 대학 응원단과 폭력 사건을 일으켰고 그때 오른쪽 무릎이 골절됐지. 오사카 시내 병원에서 치료받았는데 그때의 진료 카드와 시신을 대조한 결과 본인임이 밝혀졌네."

다쿠보라고 특정할 수 있던 이유는 어제 미사키에게 들었다. 그러나 그보다 미하루가 놀란 점은 미사키의 행동력이었다. 홈그라운드가 아닌 오사카에서 오사카부경과 오사카 내 의료기관에 정보를 공유해 불과 하루 만에 남성 시신의 신원을 알아낸 것이다.

"다만 이것도 신원을 밝혀냈을 뿐 다카미네와 야스다 두 사람과 무슨 관계인지는 알아내지 못했어."

"두 사람이 살인에 연루되었을 가능성이 농후합니다. 시신의 신원이 밝혀진 지금 두 사람을 다시 신문하면 반드시—"

"반드시, 무엇을 자백할 것 같은가?"

미사키가 반쯤 도발하듯 다그쳤다.

"시신을 발견했다고 몰아세워도 두 사람 입에서 이렇다할 진술을 얻지 못했지. 설령 시신의 신원을 알아냈다고 몰아붙여도 결과는 같지 않을까? 이런 말은 좀 그렇지만, 특히 다카미네 검사는 조사팀의 두 사람보다 취조에 훨씬 능숙해. 한발 늦은 정보만으로 진술을 어디까지 끌어낼 수 있을지 나로서는 염려되는군."

도야마와 모모세는 자존심이 크게 상한 듯 일그러진 얼굴로 미사키를 쏘아봤다. 항의하고 싶겠지만 이미 결과로 보여줬으니 입이 열 개라도 할 말이 없었다.

"무슨 계획이라도 있으신가 보군요, 차장검사님."

"계획이라고 할 만한 것은 아니고, 단서가 전혀 없는 상황에서 여성 시신의 신원을 밝혀낸 것은 후와 검사의 능력이야. 그러니 취조도 후와 검사에게 맡기면 어떨까 싶은데. 신원을 식별해낸 과정을 아는 사람만의 공략법이 있을지도 모르지."

"그런 공략법이 있나?"

오리후시가 후와를 향해 물었다.

"특별한 공략법이 있을 리가요."

"그럼 그렇지."

"피의자는 피의자입니다. 특별히 무언가를 해야 하는 건 아니죠. 필요 충분한 물증과 사실을 쌓아가면서 피의자의 진술에서 진실과 허위를 판별합니다. 요약하면 그게 다입니다."

"그게 다, 라고?"

두 사람의 대화를 듣던 미하루는 후와가 의도치 않게 오리후시를 도발하고 말았다는 것을 깨달았다.

"그게 다라고 호언장담하니 반드시 성과를 보여주겠군."

후와가 인사를 하고 발길을 돌렸을 때 오리후시가 마지막 한마디를 잊지 않았다.

"피의자가 실토하면 나머지는 우리가 인계하지. 자네는 조서를 작성하지 않아도 돼."

피가 거꾸로 솟았다. 시신의 신원 특정부터 취조까지 후와에게 떠넘기고는 마지막 과실만 낚아채겠다는 선언이었다.

당연히 기분 나쁘리라 생각했지만 예상과 달리 후와는 아무 대답 없이 회의실을 나갔다.

검찰사무관은 검사와 함께 움직여야 하지만 지금만큼

은 참을 수 없었다. 오리후시에게 한마디 해야겠다고 생각해 한 걸음 앞으로 나섰다.

그 순간이었다.

"미하루 사무관."

짧지만 묵직한 목소리가 회의실 분위기를 압도했다.

미사키의 목소리였다.

"무슨 일이지? 후와 검사는 이미 나갔네만. 지금부터 취조 준비를 해야 하지 않나?"

"하지만 차장검사님. 방금은 도저히."

미하루가 끝까지 말하도록 허락하지 않았다.

"후와 검사는 걸음이 빨라. 서두르지 않으면 따라잡지 못할 거야."

"하지만."

"후와 검사를 이해하고 곁에서 수행하는 사람은 미하루 사무관뿐일 텐데?"

미사키가 미하루의 행동을 막듯 어깨를 감싸고 문으로 이끌었다. 미하루가 경솔한 발언을 하지 않도록 막는 것이다.

"그를 이해할 수 있는 사람은 미하루 사무관뿐이라는 말은 동의합니다."

미하루의 등 뒤에서 오리후시의 목소리가 날아왔다. 한 번 진정됐던 분노에 다시 불이 붙었을 때 바로 옆에서 미사키의 목소리가 들렸다.

"그건 그렇겠지. 도야마 검사와 모모세 검사도 후와 검사를 절대로 이해하지 못할 거야. 같은 검사라도 그와 자네들은 지향하는 바가 다르니까."

"무슨 뜻입니까?"

"자네들은 출세 욕구가 강하지. 실적을 쌓고 평가받아 출세 계단을 오르려는 사람들이야. 그 생각이 잘못됐다는 건 아니네. 출세 욕구가 일의 추진력이 되는 것도 부정하지 않아. 자네들 눈에는 분명 후와 검사가 이질적으로 보일 거야. 툭하면 공을 남에게 넘기잖나. 출세욕을 드러내지도 않고 튀지도 않고 스스로 내세우지도 않아. 그가 집중하는 건 오로지 기소와 불기소를 가리는 일뿐이네. 어차피 녀석은 현장에 집착하니 퇴직할 때까지 수사 검사로 남겠지……. 대부분 그런 식으로 생각하지?"

"저희를 비난하시는 겁니까?"

"비난이 아니라 반론이다."

미사키는 미하루를 데리고 가며 말했다. 어깨에 닿은 손이 매우 포근했다.

"검찰청에는 자네들보다 세상 물정을 더 잘 이해하는 사람이 많아. 어리석어 보일 정도로 자신의 업무에 충실한 자를 가벼이 대하지 않지."

다카미네와 야스다의 신문은 오후부터 시작됐다. 피의자신문을 준비하던 미하루는 후와가 사전에 지시한 조건을 듣고 깜짝 놀랐다.

"다카미네 검사와 야스다 조정관 두 사람을 동시에 신문하겠네."

"동시라니, 그 두 사람을 동석시키겠다는 말씀이세요?"

"그것 말고 다른 의미가 있나?"

피의자가 여러 명일 때는 서로 말을 맞추거나 정보가 유출될까 봐 보통 각각 한 명씩 신문한다. 그 정석을 무시하는 것인가.

"두 사람을 동시에 신문하는 건 무엇 때문인가요?"

"이해관계가 있는 사람들을 한 자리에 앉히면 견제하고 허위 진술을 하게 돼. 하지만 정말로 이해를 초월한 사이라면 그 반대 효과를 기대할 수 있지."

매번 자세히 설명해줄 마음은 없는 사람이었다. 수긍이 가는 대답은 아니었지만 따를 수밖에 없었다.

두 사람이 같이 조사를 받는다는 말에 당사자들도 뜻밖이었던 듯 집무실로 들어온 다카미네는 희귀한 짐승을 보는 눈빛으로 후와를 노려봤다.

"도대체 이게 무슨 꿍꿍이지?"

"아무런 꿍꿍이도 없습니다. 평소와 같은 조사입니다."

"아니, 이런 형태는 아무리 생각해도 이상하잖아."

"다카미네 검사님, 조사를 시작하죠. 자리에 앉으세요."

조용하지만 사정을 봐주지 않는 어조였다. 다카미네 다음으로 말하려던 야스다도 입을 다물었다.

미하루는 기록하는 역할로 뒤쪽에 대기하기 때문에 후와와 나머지 두 피의자는 집무실 책상을 사이에 두고 마주 봤다. 전례 없는 구도에 피의자들도 당황한 모습이었고 태연한 사람은 후와뿐이었다.

"기시와다시 데라이초, 가부라기의원에서 백골 시신 두 구가 발견됐다는 사실은 이미 알고 있죠?"

"도야마 검사에게 들었다. 본인이 찾은 듯 말했지만 자네의 공훈이라지?"

"바로 어제 두 구 모두 신원 확인을 완료했습니다."

후와는 그렇게 말하며 두 사람 앞에 가나모리 고하루와 다쿠보 히토카즈의 얼굴 사진을 놓았다.

순간 반응을 보인 사람은 뜻밖에도 다카미네였다. 야스다는 사진을 보자마자 무표정을 일관하기로 결심한 듯했다.

하지만 무표정이라면 후와가 한 수 위다.

"이 두 사람이 비슷한 시기에 연락이 끊겼습니다. 접점은 두 분의 단골 식당이었던 '한상'이라는 백반집이죠. 여성은 그곳 점원이었습니다. 이 여성을 기억합니까?"

두 사람은 말이 없었다. 여기까지는 당연히 예상한 전개다.

그러나 후와의 다음 말에 두 사람이 동요했다.

"가나모리 미카 씨를 만났습니다."

덜커덩 소리를 내며 다카미네가 엉덩이를 들썩였다.

"결혼해서 가정을 꾸렸더군요. 지금은 오사카 시내에 살고 있습니다. 걱정했습니까, 다카미네 검사님?"

"……그런 여자는 모르네."

아는 것이나 다름없는 반응이었다. 후와의 승리였다. 다카미네도 후와가 갑자기 고하루의 동생 이야기를 꺼낼 줄은 예상하지 못했으리라.

"미카 씨와 도코 씨는 줄곧 고하루 씨가 돌아오기만을 기다렸지만 결국 돌아오지 않았고 미카 씨는 고등학교 졸업과 어머니 도코 씨의 사망을 계기로 기시와다의 집을 떠났습니다. 가족을 둘이나 잃었으니 고등학교를 갓 졸업한 미카 씨는 상당히 불안했을 겁니다. 게다가 재일교포입니다. 여전히 편견이 남아 있는 이 나라에서 살기란 힘들었을 테고, 여러 차별에도 시달렸으리라는 건 쉽게 상상할 수 있습니다. 하지만 미카 씨는 줄곧 잊지 않았습니다. 한 달에 한 번, 누구인지도 모르는 사람이 보내는 소식에 담긴 마음을."

후와는 두 사람의 앞에 그것을 늘어놓기 시작했다.

완전히 색이 바랜 갈색 봉투.

한 장, 두 장, 세 장.

다섯 장, 열 장, 스무 장.

책상 위는 순식간에 갈색 봉투로 가득 찼다. 다카미네와 야스다는 아무 소리도 내지 못한 채 갈색 봉투에 시선을 빼앗겼다.

"미카 씨는 봉투를 단 한 장도 버리지 않았습니다. 도저히 버릴 수가 없었다고 합니다. 봉투 속에는 현금이 들어 있었죠. 처음에는 2만 엔씩, 얼마 후에는 4만 엔, 6만 엔으로 금액이 늘어났고 마지막에는 10만 엔이나 됐습니다. 누가 무엇 때문에 돕는지는 몰랐지만 가장을 잃은 가나모리 모녀에게는 돌려주고 싶어도 돌려줄 수 없는 생명줄이었습니다. 다행인지 불행인지 갈색 봉투에는 발신인이 적혀 있지 않았고, 우편함에 직접 넣었기 때문에 돌려줄 방법도 없었죠. 가나모리 모녀에게는 그것이 면죄부가 되었습니다. 도코 씨는 사망하기 직전까지 선의를 베풀어 준 인물에게 고마워했다고 합니다. 마지막 순간에 감사하다는 말을 남겼습니다."

그러자 지금까지 무표정을 고수하던 야스다의 표정이 무너졌다. 바지 무릎을 꽉 움켜쥐고 치밀어 오르는 감정과 필사적으로 싸우는 듯했다.

"20년이 지나도 변하지 않는 것, 바꿀 수 없는 것이 있습니다. 두 분은 그것을 지키려고 한 것 아닙니까?"

억양이 없는 담담한 말투라서 더욱 상대방의 가슴에 와 닿았다. 격정적이지도 의심이 담기지도 않은 말이기에 상대가 거부감 없이 받아들였다.

"지위나 체면, 보상이나 수입을 남자의 자존심이라고 생각하는 사람이 있는가 하면 우정과 약속을 평생 소중히 여기는 사람들도 있습니다. 솔직히 말하면 저는 후자가 서툽니다. 돈으로 환산할 수 있는 종류는 무덤까지 가져갈 수 없지만 친구를 생각하는 마음과 주고받은 약속은 땅 밑에서도 영원합니다. 그런 보물은 여간해서는 손에서 놓을 수 없으니 입을 열기 어렵겠죠."

시간이 조금 흐른 뒤에 다카미네가 입을 열었다.

"낯간지럽게 풋풋한 말을 늘어놓는군. 후와 검사가 그런 캐릭터인 줄은 몰랐는데."

"사실입니다. 아주 드문 경우지만 다른 사람을 지키려는 피의자만큼 힘든 상대도 없죠. 그런데 다카미네 검사님, 그리고 야스다 조정관."

후와의 얼굴이 두 사람에게 가까이 다가갔다.

"신원이 확인된 시점에서 가나모리 고하루와 다쿠보 히토카즈의 관계에 대해 좋지 않은 의심을 품는 사람도 있습니다. 죽은 자의 존엄을 지키려면 지금이야말로 밝혀야 할 사실이 있지 않습니까?"

다카미네는 당황한 기색으로 야스다와 흘긋 시선을 주고받았다.

이윽고 야스다가 승낙하듯 고개를 끄덕였다.

"이제 그만 됐어, 다카미네. 여기까지야."

야스다가 함락된 순간이었다.

"야스다, 아직 아니야. 이건 후와 검사의 계략이라고. 우리의 과거를 파고들어서—"

"계략이든 뭐든 이런 식의 정공법이 있다니 전혀 예상도 못 했어. 그리고 자네가 옆에 있어 주면 나도 자유롭게 이야기할 수 있을 것 같아. 둘이 동시에 초대받은 시점에서 이미 우리가 진 거야. 하지만 후와 검사님, 허세 같겠지만 당신에게 진 것은 아닙니다."

야스다는 다시 봉투로 시선을 떨어뜨렸다.

3

야스다와 다카미네는 고하루가 누군가와 싸우는 소리가 들린 쪽으로 전력 질주했다. 조금 전부터 불길한 예감은 들었지만 아무래도 심상치 않은 목소리였다.

하지만 복도까지 침입한 잡초와 여기저기 널브러진 비품들이 두 사람의 앞을 가로막았다. 저마다 손전등을 비추어 봤지만 빛이 닿는 범위는 좁고 발밑도 어두웠다. 우거진 숲속을 달리는 것 같아 앞으로 마음껏 걸을 수 없었고 마음만 급했다.

"방금 목소리, 남자는 다쿠보가 분명한 것 같지?"

"응."

야스다의 물음에 다카미네가 짧게 대답했다.

"몇 번 들은 적 있는데 그 끈적끈적한 목소리는 잊고 싶어도 잊히지 않아."

고하루와 다쿠보가 싸우는 상황은 하나밖에 생각할 수 없었다. 최악의 상황이었다.

"지금 나와 같은 생각하지?"

"아마도. 같은 생각일 거야."

"예상대로라면 자제할 자신 없어."

"나도 마찬가지야. 둘 중 하나가 말려야 하는데 자신이 없어. 분명 우리 둘이서 반쯤 죽여놓을 것 같아."

고하루의 목소리가 끊긴 지 몇 초, 아무리 귀를 기울여도 두 번째 소리는 들리지 않았다. 싸움이 끊긴 듯한 상황도 두 사람에게 불안 요소일 뿐이었다.

"고하루!"

"대답해!"

두 사람의 목소리가 폐건물에서 공허하게 메아리쳤다.

제발!

다시 소리를 내줘.

어디 있는 거야.

둘이서 나누어 진료실 문을 하나하나 열었다.

아니야, 여기는 아니야.

여기도 아니야.

대답이라도 해줘.

그리고 야스다가 세 번째 진료실을 들여다본 순간, 손전등 불빛 안에 처참한 광경이 펼쳐졌다.

진료대를 구석으로 밀어 확보한 공간에 남자와 여자가 누워 있었다. 예상대로 고하루와 다쿠보였다. 고하루는 천장을 보고 누운 채였고 다쿠보는 엎드려 쓰러진 자세로 뒤통수에 엄청난 피를 흘리고 있었다.

말할 것도 없이 야스다와 다카미네는 고하루에게 달려 갔다. 하지만 그녀의 몸을 만진 순간 다카미네는 숨이 턱 막혔다.

고하루의 가슴에 칼이 박혀 있었다. 자세히 보니 찔린 부위에서 나온 피가 상당했다. 지금은 꽂혀 있는 칼을 빼면 피가 더 많이 나겠지. 야스다는 놀라서 어찌할 바 몰랐지만 간신히 정신을 붙잡고 고하루의 얼굴을 살폈다. 몸을 안기도 조심스러워서 바로 옆에서 연신 이름을 부를 수밖에 없었다.

"고하루, 고하루."

몸을 흔들지 않고 열심히 이름을 부르자 고하루가 희미하게 눈을 떴다.

"야, 야스다 씨."

간신히 알아들을 수 있을 정도로 금방이라도 꺼질 듯한 목소리였다. 고하루가 말하자 그만큼 피가 더 흐르는 것만 같았다.

"덮치길래 저항했더니, 칼로 찔러서……."

힘없이 움직인 손끝에 사람 머리만 한 콘크리트 조각이 나뒹굴었다. 리놀륨 바닥 일부에서 떨어져 나온 듯 표면에 끈적끈적한 피가 묻어 있었다. 이것으로 다쿠보를 내려쳤구나.

"다카미네 선배, 다쿠보는……."

"잠시만."

다카미네는 잠시 다쿠보의 옆에서 몸을 굽혔다. 이번에는 다소 거칠게 안아 일으켜 생사를 확인했는데 즉각 판단이 선 듯했다.

"틀렸어. 숨을 안 쉬어. 심장도 멈췄다."

목소리에 긴장이 느껴졌다. 검사 지망생인 다카미네라면 당연히 고하루의 상해치사죄를 염두에 두었기 때문이리라.

웃기지 마. 이건 분명한 정당방위야. 그렇게 생각하면서 고하루를 내려다봤다.

"고하루, 가만히 있어. 당장 구급차를 부를 테니까."

그러자 고하루가 미약하게 고개를 흔들었다.

"부탁, 이야, 비밀로, 해줘."

"하지만."

"절대, 아무도, 몰랐으면, 좋겠어."

손전등의 희미한 불빛으로도 고하루의 얼굴에서 생기가 사라진 것을 알 수 있었다. 야스다는 고하루를 안심시키려고 고개를 끄덕일 수밖에 없었다. 상황을 감지한 다카미네도 야스다의 옆으로 돌아와 고하루의 마지막을 지켰다.

"다카미네 씨, 부탁이야. 미카는, 아직, 중학생이야."

쉰 목소리가 가슴을 옥죄었다. 이 순간에도 고하루는 동생을 걱정했다.

"알겠어. 이 일은 아무에게도 말하지 않을게. 나와 야스다만 아는 비밀로 할게."

언니가 살인범이라는 사실이 알려지면 미카의 입지가 좁아진다. 고하루가 걱정하는 것이 무엇인지 눈에 보이는 듯해 야스다는 다카미네를 따라 고개를 끄덕였다.

두 사람에게 다짐을 받자 갑자기 고하루의 눈에서 빛이 꺼졌다.

"고하루!"

"고하루!"

야스다와 다카미네의 목소리에도 반응하지 않았다. 야스다는 고하루의 눈을 확인하고 다카미네는 손목의 맥박을 확인했다.

야스다는 필사적으로 상황을 부정했다.

이럴 수가 있나.

이까짓 일로 사람이 죽다니, 그럴 리가 없다.

다카미네도 같은 심정인지 고하루의 손목을 잡은 채 어찌할 바를 몰랐다.

"죽지 마, 고하루! 죽으면 안 돼!"

얼굴과 어울리지 않는, 금방이라도 울음을 터뜨릴 것 같은 목소리였다.

그러나 두 사람의 바람이 허무하게 죽음은 자비 없이 찾아왔다. 동공이 열렸고 심장은 더 이상 뛰지 않았다. 맥박을 짚은 다카미네의 표정이 경악과 낭패로 물들었다.

두 사람은 한동안 아무 소리도 내지 않았다. 남들처럼 죽음이라는 개념을 알고 있을 텐데 눈앞에 있는 고하루가 쉽게 숨을 거뒀다는 사실이 농담처럼 느껴졌다.

"정말로 죽었어?"

이번에는 다카미네가 몸을 쑥 내밀어 고하루의 입술에 얼굴을 가져다 댔다. 깨끗이 체념하지 못하는 다카미네를 타이를 생각도 못 한 채 야스다는 넋이 나갔다.

다카미네의 표정이 낭패감에서 점점 절망감으로 변했다. 고하루의 가슴에 이마를 기댄 채 어깨를 잘게 떨었다.

무거운 침묵이 내려앉았다. 주위가 어둡기까지 해서 마치 카타콤*에 있는 듯했다.

몇 분 동안 묵념한 뒤 다카미네의 어깨에 손을 얹었다.

"이제, 됐어?"

"……그래. 이제 구급차를 부르자."

"멍청한 소리 하지 마. 고하루의 유언 못 들었어? 비밀로 해달라고 부탁했잖아."

야스다의 날 선 질책에 다카미네는 그제야 생각난 듯했다.

"우리가 어떤 위증을 해도 고하루가 다쿠보를 죽인 것은 사실이야. 미래의 검사님, 이 경우 정당방위가 성립돼?"

"사법 해부를 해 봐야 알아."

"그렇겠지. 하지만 만일 정당방위가 인정된다고 해도

---

* 초기 기독교의 지하 묘지.

고하루가 다쿠보를 죽인 사실은 변함없어. 남겨진 어머니
나 동생에게 무자비한 비난이 쏟아지겠지. 고하루는 그런
상황을 어떻게 해서든 막고 싶었을 거야."

"그럼 어쩔 셈이야?"

"두 사람의 시신을 숨기자. 그러면 여기서 일어난 비극
은 아무도 모를 거야. 고하루는 실종자가 되겠지만 살인
자보다는 훨씬 낫겠지."

"어디에다 숨긴다는 거야?"

"여기. 폐건물이 된 병원에. 전임 병원장에게 안 좋은
소문이 난 탓에 여기를 매입하려는 사람이 아직도 없어.
시신을 묻기에 딱 좋은 곳이잖아."

다카미네는 시신 두 구를 바라보며 중얼거렸다.

"그 방법밖에 없는 건가."

"고하루의 유지를 존중한다면 그렇지."

사체 유기에 가담하다니, 검사가 되고자 하는 다카미네
에게는 말도 안 되는 이야기일 터다. 만약 발각된다면 사
법시험에 합격한다고 해도 분명 검찰청으로 들어가는 길
이 막히리라. 설령 다카미네가 거절한다 해도 비난할 일
이 아니다. 그렇게 된다면 다카미네를 건물에서 내쫓고
혼자서 시신을 묻기로 마음먹었다.

"한 가지 제안이 있어."

그래, 왔구나.

"다쿠보 저 빌어먹을 새끼를 고하루와 함께 묻는 건 용납 못 해. 다른 곳에 묻자."

"오케이."

작업은 수월했다. 야스다가 '데라이 기숙사'에서 삽을 빌려 오자 두 사람은 바닥을 뜯어내기 시작했다. 고하루에 대한 마음 때문인지, 아니면 사체유기를 들킬까 봐 두려운 마음에서인지 작업은 속도가 붙었다.

마루판이 반쯤 썩어서 쉽게 떼어낼 수 있었다. 마루판 밑 장선과 멍에를 둘이서 들어내자 땅이 드러났다. 이제는 구덩이를 파기만 하면 된다.

삽을 잡은 동안 두 사람은 아무 말도 나누지 않았다. 행위 자체는 범죄와 다름없지만 어떠한 엄숙한 기분에 지배당했기 때문이었다.

"이 정도면 되겠지?"

50센티미터 정도 파 내려간 시점에서 다카미네가 마침내 입을 열었다. 이만한 깊이라면 괜찮겠지 야스다도 동의했다.

"관에 넣어주지 못해서 미안해."

다카미네가 있어서 다행이었다. 힘쓰는 일을 나눠서 할 수 있을 뿐 아니라 자신이 하고 싶은 말을 대신해줬다.

고하루의 가슴에서 천천히 칼을 뽑았다. 죽은 지 어느 정도 시간이 흘러서인지 더 이상 몸에 피가 돌지 않아 상처에서 피가 울컥하고 조금 흘러나오기만 했다. 칼을 다시 살펴보니 잭나이프였다. 몹시 더럽다고 느낀 야스다는 지문을 닦아내고 가져온 비닐 봉투에 넣었다. 이것은 멀리 떨어진 곳에 버릴 것이다.

둘이서 고하루의 시신을 안고 구덩이 바닥에 조심스럽게 눕혔다. 서로 눈빛을 주고받지 않았지만 동시에 합장했다.

"법조문을 아무리 외워도 이런 상황에서는 아무런 도움이 안 되네."

다카미네는 분통이 터지는 듯했다.

"경문 한 구절이라도 외워둘 걸 그랬어."

손으로 흙을 떠서 고하루의 시신 위에 뿌렸다. 이내 시신이 완전히 보이지 않자 다시 삽으로 땅을 메웠다.

다시 침묵이 흘렀다.

어쩔 수 없이 이렇게 묻어줄 수밖에 없지만 너와의 약속은 무슨 일이 있어도 지킬게. 그러니까 오늘은 양해해줘.

우리가 어디까지 할 수 있을지 모르지만 네가 동생을 걱정한다면 지켜줄 거야. 절대로 고하루 너만큼은 못하겠지만 힘이 닿는 한 도울게.

확인하지는 않았지만 다카미네도 같은 생각이리라. 눈을 감고 기도하는 얼굴은 그 어느 때보다 진지했다.

흙을 덮은 후 마루판을 원래대로 되돌린 뒤 그 위에 진료대를 놓았다. 자세히 살피면 파헤친 흔적이 보이겠지만 어쨌든 폐건물에 들어오는 인간은 거의 없다. 불량배나 노숙자들이 들어와도 그 흔적을 딱히 신경 쓰지는 않을 것이다.

이제 다쿠보의 시신을 묻을 차례였다. 생전에는 경멸해 마지않던 사람이었지만 죽고 나니 미움도 반감됐다. 두 사람 모두 죽은 자에게 돌을 던지는 성격도 아니니 다른 진료실로 옮겨 구덩이를 파고 시신을 넣었다.

"나아무아아미타아부울, 나아무아아미타아부울."

흙을 덮기 직전 다카미네가 묘한 어조로 염불을 외었다.

"뭐야, 그 맥아리 없는 염불은."

"최소한의 작별 인사야. 이런 놈이라도 죽으면 부처*

---

* 착한 사람도 나쁜 사람도 죽으면 모두 평등하다는 뜻.

잖아."

　그래도 고하루를 묻을 때보다 엄숙하지 않았다. 거의 의무적으로 구덩이를 메웠다.

　이번에도 묻은 자리 위에 진료대를 올려놓고 작업을 마쳤다. 옷에 묻은 흙을 털어내자마자 피로가 엄습했다.

　깊은 한숨이 새어 나오는 순간 허리가 부서질 것 같았다.

　"왜 그래?"

　"피곤해 죽을 것 같아."

　"그러니까 평소에 운동을 했어야지. 한심하군."

　다카미네가 말하며 야스다의 옆에 앉았다.

　"자, 참모님. 이제 어떻게 할 거야."

　"언제 참모가 된 거야?"

　"당연히 제안한 사람이 참모지."

　"이제 해야 할 일은 없어. 비밀을 지킬 뿐이지."

　"이 나이에 벌써 무덤까지 가져가야 할 비밀이 생기다니."

　"그리고 하나 더. 고하루가 동생을 걱정했잖아. 학생 신분으로 어디까지 도울 수 있을지는 모르지만 힘이 닿는 한 고하루의 여동생을 돕자."

　"그거 말인데, 딱히 학생 시절로 한정하지 않아도 되지 않아?"

"응?"

"응? 은 무슨 응? 이야. 나는 검사, 너는 재무 관료를 목
표로 하잖아. 순조롭게 목표를 이루면 지금보다 더 경제
적으로 지원할 수 있을 거야."

"선배, 그 동생을 계속 도울 생각이야?"

"내가 좋아한 여자의 동생이니까. 고하루가 이렇게 된
이상 언니를 대신하는 게 당연하지. 적어도 그 아이가 고
등학교를 졸업할 때까지 지켜보고 싶어."

마음의 깊이에 감탄한 것도 잠시, 자신도 힘을 보태고
싶었다.

"선배만 멋있는 사람 되게 둘 수는 없지."

"키다리 아저씨가 두 명일 필요는 없어."

"아직 아저씨 소리 들을 나이는 아닌데."

야스다와 다카미네는 서로 마주 보며 쓴웃음을 지은 뒤
천천히 자리에서 일어났다.

맹세가 어디까지, 그리고 언제까지 지켜질지는 확실하
지 않지만 적어도 당분간은 이 남자와 함께하리라는 예감
이 들었다.

폐건물을 나와 한참을 걷다가 다리에 다다랐다. 작은
강이지만 유속은 빠르다. 야스다는 비닐 봉투 속에 담긴

칼을 살핀 뒤 자신의 지문이 묻지 않게 던졌다.

강으로 떨어지는 칼은 단 한 번 칼날을 번쩍 빛내며 강으로 빨려 들어갔다.

***

"이상이 우리가 저지른 사체 유기의 전모입니다."

긴 옛이야기를 마친 야스다가 한숨을 내쉬었다.

"미리 말해두는데 저희는 사체만 유기했습니다. 살인에는 아무 관여도 하지 않았습니다. 맹세합니다."

사체유기죄는 4년 이하의 징역에 처하는데 공소시효가 3년이다. 야스다의 증언이 사실이라면 사체유기죄는 물을 수 없다.

당연히 후와가 공소시효를 모를 리 없으니 흥분하는 기색은 전혀 없었다.

"사실은 감정을 부탁한 법의학교실에서 보고서가 도착했습니다. 시신 두 구 모두 심하게 훼손되어 사인을 특정하기 어렵지만 남성은 후두부에 함몰 부위가 있어 둔기에 얻어맞은 것이 사인으로 추정된다고 합니다. 야스다 조정과의 증언과 일치하죠."

"믿어주셔서 감사할 따름입니다."

"하지만 여성, 가나모리 고하루의 사인은 아직 정확히 밝혀지지 않아 야스다 조정관의 증언을 그대로 받아들일 수는 없습니다."

"아무튼 20년 전 일입니다. 저와 다카미네도 증거가 남지 않도록 주의를 기울였으니까요. 과거에 너무 깔끔했던 일 처리가 지금에 와서 오히려 발목을 잡는군요. 이 무슨 아이러니한 상황인지."

"당초 국유지 불하 문제의 증언을 거부한 이유가 사체 유기 때문입니까?"

"오기야마학원 건설 예정지 후보로 가부라기의원 부지가 거론됐을 때 가슴이 철렁 내려앉았습니다. 청천벽력이었죠. 이제 와 생각해 보면 지금까지 매각 이야기가 나오지 않은 것 자체가 운이 좋았습니다."

"그러면 오기야마 이사장과 뇌물을 주고받은 사실은 없겠군요."

"신께 맹세할 수 있습니다. 고하루의 범죄가 드러나는 것에 비하면 하찮은 의혹이지만 증언을 거부하면 당분간 검찰의 의혹이 그쪽으로 향할 테니 눈속임 수단으로 좋겠다고 생각했습니다."

"게다가 공교롭게도 다카미네 검사가 취조를 맡았죠. 야스다 조정관에게는 말을 맞추고 말고 할 것도 없는 일이었습니다."

"이제 내가 설명하지."

다카미네가 끼어들었다.

"후와 검사의 추측에 추가하자면 특수부에서 국유지 불하를 수사하기로 결정됐을 때 내가 취조 담당을 자처했어. 평소 업무 평가가 좋은 편이니 임명될 자신이 있었지."

조사하는 사람과 조사받는 사람이 같은 비밀을 공유하고 있으니 짜고 치는 고스톱이나 마찬가지였다. 결과가 나지 않은 것이 오히려 당연했다.

"마음에 걸리는 점은 야스다와 오기야마 이사장과의 협상 과정이었네. 오기야마 이사장은 무코야마 부지뿐 아니라 데라이초 부지에도 관심이 있었어. 실제로 후보지에 오른 시점에 초등학교 시설 정비 지침을 고려해도 데라이초 부지가 학원 건설지로 유리했지. 그런데 공사가 시작되면 고하루와 다쿠보의 시신이 발견될 가능성이 컸어. 그래서 야스다가 고육지책을 내놓고 말았어. 무코야마 부지라면 매입가를 낮출 수 있을지도 모른다고 했지."

옆에서 듣던 야스다는 수치심 때문인지 배임 행위를 해

서 면목이 없어서인지 입술을 깨물고 고개를 숙였다.

"협상 기록을 읽다가 탄식했지. 협상 내용상 야스다의 경솔한 그 한마디만 삭제하면 내용이 몹시 부자연스러워지니까."

"그래서 24쪽을 통째로 갈아 끼울 수밖에 없었군요."

"원본을 바꾸고 나서 사본을 긴키재무국에 보냈네. 어쨌든 공문서라는 이름이 붙은 모든 것에서 문제 되는 부분을 삭제해야 했어. 설마 종이 질이 달라서 들킬 줄은 몰랐지만."

"신중에 신중을 기해도 어딘가에 구멍이 있어요. 옛날부터 그랬죠, 이 사람은."

"너도 비슷하잖아. 애초에 네가 경솔하게 가격 인하 협상을 거론한 것이 화근이었어."

야스다와 다카미네가 아옹다옹했다. 신기하게도 귀에 거슬리지 않는 이유는 두 사람의 말다툼이 심통 부리는 아이의 그것이었기 때문이리라.

그러나 그런 두 사람에게 찬물을 끼얹는 모습이 참으로 후와다웠다.

"사체 유기 자체는 이미 공소시효가 지났습니다. 그런데도 가부라기의원 부지의 불하를 막으려 한 이유는 20

년이 지나도 가나모리 고하루의 범죄를 은폐하기 위해서
였습니까?"

"미카의 소식을 몰랐고, 숨길 수 있다면 그야말로 무덤
까지 가져갈 생각이었으니까요."

"마음은 이해합니다. 하지만 사체 유기가 발각될까 두
려워 국유지 매입가를 조작하려고 한 일, 그리고 협상 과
정이 기록된 문서를 바꾼 행위는 배임으로 비난받아야 마
땅합니다."

후와의 엄숙한 말에 분위기가 얼어붙었다.

"지켜야 할 약속을 지키고 지켜야 할 사람을 지킨 일에
는 탄복했습니다. 하지만 공무원 신분으로 공무를 저버렸
으니 죗값을 치러야 합니다."

"과거의 사체 유기보다 현재의 배임 행위란 말인가. 정
말이지 자네다운 말이군."

다카미네는 달관한 듯 쓴웃음을 지었다.

"안심하게. 나도 야스다도 자백한 이상 각오는 했어. 기
소든 뭐든 상관없어. 법정에서 정정당당하게 반론하지."

이어서 야스다가 말했다.

"사체 유기를 추궁하지 않을 생각이시라면, 우리는 어
떻게 다루든 상관없지만 고하루의 이름만은 공개하지 말

아주셨으면 좋겠습니다. 소식을 몰랐다고는 하나 미카에게는 가정이 있습니다. 그녀의 삶을 어지럽히고 싶지 않습니다."

"그건 나도 부탁하네. 공무원으로서 책임을 물어도 도리가 없지만 고하루와 관련된 일은 범인이 이미 사망했어. 이제 와 과거를 들춰봤자 이들을 보는 사람은 아무도 없지. 오히려 또 다른 슬픔과 불행을 낳을 뿐이야."

다카미네는 평소에 거의 숙이지 않던 고개를 숙였다. 야스다도 그를 따라 고개를 숙였다. 함께 조사받는 피의자들이 담당 검사에게 고개를 숙이다니 흔하지 않은 광경이었다.

공과 사, 우정과 사명. 몇 가지 대립축을 안고 함께 싸우던 야스다와 다카미네를 보노라면 외부인인 미하루조차 그들의 심정에 공감이 갔다.

하지만 후와는 끝까지 후와였다. 고개를 숙인 두 사람을 보고도 눈썹 하나 까딱하지 않았다.

"저도 피해자 유족을 곤란하게 하고 싶지 않습니다. 다만 공소시효가 지났다는 이유만으로 수사를 중단할 수는 없습니다."

그 말에 두 사람이 퍼뜩 고개를 들었다.

"다카미네도 말했듯 이미 시효가 지났고 범인도 이 세상 사람이 아닙니다. 그래도 사건을 수면 위로 띄우겠다는 말입니까? 검사님의 직업의식은 쓸데없이 완고하군요."

"공무에 쓸데없는 완고함이란 없습니다."

"누구도 행복하지 않은 결말 아닙니까. 의미도 없고."

"진상을 쫓는 것만으로도 의미가 있습니다."

"그만해, 야스다. 소용없어."

다카미네가 고개를 절레절레 저었다.

"후와 검사는 오사카지검에서 가장 말이 통하지 않는 검사야. 육법전서에 적히지 않은 조항에는 관심 없지. 남의 마음을 헤아리거나 동정할 줄 몰라. 그런 남자야."

"분명 유능하다고 칭찬이 자자하겠죠. 다카미네도 유능하다고 소문난 인재인데 후와 검사님의 유능함은 아무래도 다른 종류인가 보군요."

야스다 나름의 비아냥이었지만 후와의 얼굴에서 표정을 끌어낼 만한 위력은 없었다. 후와는 아무 일도 없었던 사람처럼 말했다.

"검사들의 평판과는 관계없습니다. 조서 작성에 협조해 주시죠."

"후와 검사. 유감이지만 가나모리 고하루의 명예를 약

속하지 않는다면 우리는 더 이상 수사에 협조할 수 없네."

"흔쾌히 협조할 수 없다면 억지로라도 협조해주시죠. 물론 조서 작성에 협조하는 건 선택이 아니라 의무입니다."

담담하게 내뱉는 말에는 직업윤리 외에는 아무것도 느낄 수 없었다.

야스다와 다카미네는 이후 조개처럼 입을 다물었다.

두 사람이 집무실을 떠나자 교대하듯 미사키가 들어왔다. 후와에게 취조 성과를 들은 미사키의 얼굴이 흐려졌다.

"애써 두 사람이 입을 열었는데 원리원칙을 들이대다니. 자네답긴 하지만 그들이 다 털어놓은 뒤에 완고하게 굴어도 되지 않나."

미사키가 비난하듯 말했다가 곧바로 정정했다.

"……아니, 그러면 자네의 방식을 어기는 셈이 되겠군. 조사 대상자가 마음을 열었는데 속이는 짓을 싫어하니."

"그건 아닙니다."

미사키가 의외라는 표정을 지었다. 미하루 역시 궁금했다.

"올바른 진술을 끌어내기 위해서라면 가벼운 협박이나 유도 신문은 할 수 있다고 생각합니다."

"흠. 그러면 왜 죽은 사람의 명예를 지키겠다고 말하지 않았나? 가나모리 고하루의 범행을 증명하는 것은 두 사람의 증언밖에 없어. 피의자 사망 범죄를 파헤치는 게 무의미하다고까지 할 수는 없지만 조사 대상자의 입을 다물게 할 가치는 없지 않나."

"아직 제가 스스로 납득하지 못했습니다."

"두 사람의 증언만으로는 부족하다는 말인가?"

"배경을 알면 두 사람이 위증할 가능성이 확실히 희박합니다. 하지만 아직 몇 가지 이해가 가지 않는 점이 있습니다. 그 의문이 해소되지 않는 한 가나모리 고하루의 범죄에 대한 수사를 중단할 수 없습니다."

"뭐가 납득이 안 간다는 말이야?"

"야스다 조정관과 다카미네 검사의 증언에 나온 시신 발견 건입니다."

대답을 들은 미사키는 기억을 되돌리듯 후와를 노려봤다. 잠시 생각에 잠겼다가 수긍한 얼굴로 고개를 끄덕였다.

"아아, 그거 말인가."

"네. 그 하나가 앞뒤가 안 맞습니다."

"앞뒤가 안 맞는다는 말에는 동의하지만 그래도 두 사람의 증언이 유일무이한 증거임에는 변함없어. 의문 해소가 불가능한 것 아닌가."

"짚이는 게 있습니다."

"그렇다면 단순 증언보다 더 강력한 증거겠지?"

"오사카부경 본부의 감식에 의뢰했습니다. 조만간 결과가 나올 겁니다."

대답을 들은 미사키는 안심했는지 한 손으로 알겠다는 표시를 하고 집무실을 나갔다.

미하루의 머릿속은 물음표로 가득 찼다.

"검사님. 방금 차장검사님과 무슨 말씀을 하신 거예요?"

"들은 그대로네. 차장검사님도 나처럼 의문을 느껴 수사를 계속하는 데 동의하셨어."

무엇에 대한 어떤 의문이란 말인가. 미하루가 물어도 결코 친절하고 자세하게 설명해줄 사람이 아니다. 평소처럼 스스로 생각하라는 말이나 듣겠지. 미하루라고 언제까지나 신입 사무관이 아니다. 후와에게 핀잔을 듣기 전에 먼저 상황을 꿰뚫어 보려고, 직접 기록한 야스다와 다카미네의 증언을 다시 읽기 시작했다.

하지만 후와가 무엇을 납득하지 못했는지 짐작도 할 수 없었다.

4

일주일 후, 후와는 미하루를 대동하고 다이쇼구에 있는 미카의 아파트를 방문했다. 오늘도 집에 있던 사람은 미카뿐이고 배우자의 모습은 보이지 않았다.

"남편은 헬로 워크*에 다녀요."

미카는 변명하듯 말했다. 취업 준비로 집을 비웠다면 특별히 부끄러운 일은 아닐 텐데, 미카는 체면을 신경 쓰는 모습이었다.

"DNA 감정 결과가 나와 알려드리러 왔습니다. 가부라기의원에서 발견된 시신 중 한 구는 역시 미카 씨의 언니였습니다."

"그래요?"

미카는 침착했지만 실망을 드러냈다.

"언니는, 살해당한 건가요?"

"목격자 증언이 사실이라면 그렇습니다. 저도 아마 그랬으리라 생각합니다."

---

* 각 지자체 노동국에서 운영하는 공공직업안정소로 채용 상담과 직업소개 등을 제공한다.

"범인은 누군가요? 같이 발견된 사람이 범인인가요?"

"왜 그렇게 생각하십니까?"

"우리 언니가 일방적으로 당하지는 않았을 것 같아서요. 언니는 남자처럼 강했으니 범인에게 반격 정도는 했을 거예요."

"틀린 말씀은 아닐 수도 있겠네요. 미카 씨에게는 알려 드리겠습니다. 증언한 목격자는 고하루 씨가 실종된 후 미카 씨와 어머니가 사는 집 우편함에 현금을 주기적으로 넣어 둔 두 사람입니다. 고하루 씨는 마지막 순간까지 미카 씨를 걱정했습니다. 유언을 들은 두 사람은 자신들이 어떻게 도울 수 있을까 고민하다가 경제적 도움을 주기로 했다고 증언했습니다."

"언니가, 그런 유언을……."

미카는 차마 말을 끝까지 잇지 못하고 조용히 울음을 터뜨렸다.

후와는 미카가 진정되기를 기다렸다가 다시 말을 꺼냈다.

"또 목격자 증언에 따르면 고하루 씨는 가슴을 칼에 찔렸다고 합니다. 그것이 치명상이었던 듯 미카 씨를 두 사람에게 맡기자마자 그대로 숨을 거두었습니다. 목격자들은 시신을 발견하기 직전에 고하루 씨와 남자가 싸우는 소리를 들었다고 했고, 고하루 씨 본인도 습격을 당해 저항했더니 남자가 칼로 찔렀다고 말했다고 합니다. 상황을 고려하면 고하루 씨의 이야기에 모순은 없습니다. 물증은 없지만 고하루 씨를 찌른 사람이 그 남자였다는 증언은 믿어도 좋을 겁니다."

"어떤 남자였어요?"

"게이한대학 응원단 소속이었던 다쿠보라는 남자입니다. 학생 신분으로 반쯤 폭력조직원이었는데 평소에 계속 고하루 씨를 노린 듯합니다."

"나쁜 새끼. 언니에게 몹쓸 짓을 하려다가 자기도 죽었네요. 쌤통이에요. 속이 다 시원하네요."

"그게 아닐지도 모릅니다."

후와가 미하루에게 손을 내밀었다. 미하루는 가방에서 서류 한 장을 꺼내 후와에게 건넸다.

감식 보고서 사본이었다.

"지문 두 개를 감정한 보고서입니다. 왼쪽 지문은 다쿠보를 구타한 것으로 추정되는 흉기에서 채취했습니다."

"네? 흉기요? 20년 전 사건인데 흉기를 찾았나요?"

"흉기는 벗겨진 바닥 일부였습니다. 고하루 씨의 시신

발견 현장에서 채취했습니다. 흉기에서 다쿠보의 혈액도 나왔습니다. 목격자 증언으로 흉기가 바닥 일부라는 확증을 얻어 다행이었습니다. 표면이 리놀륨이어서 지문이 쉽게 묻는 것 또한 운이 좋았죠."

후와는 다음으로 오른쪽 지문 사진을 손가락으로 가리켰다.

"이것을 바로 얼마 전에 채취한 지문입니다. 두 지문이 완전히 일치했고, 지문의 주인이 다쿠보를 살해한 범인일 가능성이 매우 큽니다."

"저기, 오른쪽 지문은 설마……."

"네, 고하루 씨의 브러시에서 채취했습니다."

"그럼 역시 언니가 반격한 거 아닌가요?"

"아뇨. 미카 씨, 당신 지문과 일치했습니다. 제게 브러시를 맨손으로 건네 주셨죠. 그래서 두 지문을 대조할 수 있었습니다."

미카는 넋이 나가 후와를 쳐다봤다.

"설마…… 처음부터 저를 의심하고……."

"가능성을 하나 염두에 두었죠. 증언한 두 사람이 목격한 장면에는 어디까지나 주관적인 의견이 개입되니 전적으로 믿을 수 없습니다. 증언 내용에는 어색한 점도 있었습니다. 가슴을 찔려 빈사 상태인 고하루 씨에게 후두부를 가격당한 다쿠보가 진작에 숨을 거둔 상태였다는 점이었습니다. 만약 증언대로 다쿠보가 반격을 당했다면 이미 가슴을 찔린 고하루 씨가 다쿠보의 빈틈을 노려 사람 머리만 한 바닥재로 등 뒤에서 후려친 셈입니다. 억지스러운 상황이 도저히 이해 가지 않았습니다. 고하루 씨를 찌르고 당황해 허둥대던 다쿠보를 제삼의 인물이 등 뒤에서 구타했다는 해석이 가장 타당하죠."

"하지만 언니가 마지막으로 전한 말은……."

"고하루 씨는 목격자들에게 이렇게 말했습니다. '부탁이니 비밀로 해줘. 절대 아무도 몰랐으면 좋겠어. 미카는 아직 중학생이야'. 자신이 사람을 죽인 일이 소문 나면 여동생의 입지가 좁아진다. 두 사람은 그렇게 해석했지만 사실은 여동생이 진범이라는 사실을 비밀로 해달라, 아직 중학생이니까, 라는 의미였던 것 아닐까요. 그렇게 생각하면 앞뒤가 맞습니다."

후와의 설명이 끝났지만 미카는 한동안 침묵했다.

"가부라기의원 현관문 자물쇠는 예전부터 부서져 있었습니다. 하지만 부서진 문이 앞문만은 아니었죠. 뒷문도 같았습니다. 즉 목격자 두 명은 접수대를 지나 현장으로 향했지만 다쿠보를 살해한 범인은 뒷문으로 나갈 수 있었습니다. 다만 중상을 입어 빈사 상태가 된 고하루 씨는 거기까지 상황을 파악하지 못했죠. 현장에 뛰어든 두 사람이 미카 씨도 목격한 줄 알았대도 이상하지 않습니다. 그래서 두 사람에게 그런 말을 남긴 겁니다. 고하루 씨가 마지막 순간에 걱정했던 사람은 당신이었습니다."

미카가 갑자기 털썩 주저앉았다.

고개를 숙이고 바닥을 멍하니 응시했다.

후와는 미카와 눈높이를 맞추듯 허리를 굽혔다.

정적이 몇 분 동안 이어졌을 때 미카가 마침내 입을 열었다.

"……언니가 '한상'에 도착하지 않았다는 말을 듣고 제가 찾으러 나섰어요. 그런데 가부라기의원 뒤를 지나가다가 건물 안에서 나는 소리를 들었죠. 검사님 말씀대로 뒷문도 이미 열려 있어서 안으로 들어갔더니 진료실에서 그놈이 언니 위에 올라타 있었어요. 제가 막으려고 했는데 그사이에 그놈이 언니를 찔러서……."

말을 하다 보니 격앙됐는지 미카의 목소리가 점점 커졌다.

"그런 상황에 처하니 순간적으로 말도 안 되는 힘이 솟더라고요. 너무 화가 나서 나도 모르는 사이에 바닥에 굴러다니던 잔해로 그놈의 머리를 내려쳤어요. 그놈, 그대로 바닥에 쓰러지더라고요. 그러고서 언니와 눈이 마주쳤는데, 언니가, 빨리 가라고 신호를 보내는 거예요. 갑자기 왈칵 겁이 나서 온 길을 되돌아가 뒷문으로 도망쳤어요."

그 직후 야스다와 다카미네가 현장에 나타난 것이다.

"집으로 돌아오니 너무 무서워서 이불을 뒤집어쓰고 벌벌 떨었어요. 돌이킬 수 없는 짓을 했다고 생각했어요. 언니를 두고 온 걸 죽을 만큼 후회했죠. 그런데 다음 날, 몰래 가부라기의원에 들어갔더니 시신이 둘 다 없어진 거예요……. 설마 진료대 밑에 묻혀 있으리라고는 상상도 못 했죠. 그래서 검사님한테 시신이 발견됐다는 말을 들었을 때, 사실은 안심했어요."

천천히 든 얼굴은 마음의 짐을 내려놓은 듯 평온했다.

"계속 마음에 걸렸던 일이 마침내 해결됐네요."

"이제 검찰청으로 가서 진술해주시겠습니까?"

"갈게요. 그런데 한 가지 부탁이 있어요."

"최대한 편의를 봐 드리겠습니다."

"매달 돈을 보내준 사람을 만나게 해주세요. 지난 20년간 내내 고맙다는 인사를 하고 싶었어요."

다음 날, 후와가 가나모리 미카를 신문하기 시작했다는 사실이 지검 내에 알려지자 야스다와 다카미네가 가장 먼저 집무실로 달려왔다.

"후와 검사, 미카가 범인이라는 게 사실인가?"

다카미네는 먹살을 잡을 기세였지만 후와가 조용히 긍정하자 어깨를 떨궜다.

"고하루의 마지막 말은 그런 뜻이었나."

"오죽 좋으시겠습니까, 후와 검사님."

야스다는 넘치는 증오를 숨기지 않았다.

"우리가 직을 걸고 지키려 한 사람을 당신은 아주 쉽게 도마에 올렸군요. 20년도 더 전, 게다가 친언니를 구하려던 여자아이를 이제 와 단죄하려 하다니."

"범행 시기를 감안해도 살인죄의 공소시효는 성립되지 않습니다."

"당신한텐 정이란 게 없습니까?"

"야스다 조정관. 공무에 정을 개입한 결과가 지금 당신들이 처한 상황이라는 것을 잊었습니까? 가나모리 고하루의 명예를 지키는 다른 방법도 있었지만 당신들은 은폐라는 악수를 택하고 말았습니다. 정보다 우선시해야 할 윤리가 있는데 그걸 외면하고 쉬운 길을 택했죠."

"설교 작작 하죠. 사람의 정도 모르는 인간이 대단한 척 떠드는 소리는 듣고 싶지 않습니다."

"두 사람이 져야 할 책임이 있습니다. 심판받아야 할 죄가 있습니다."

천성은 격정적인 사람이리라. 얼굴이 분노로 물든 야스다가 성큼성큼 후와에게 다가갔다.

"잠깐, 야스다."

일촉즉발. 그 순간 두 사람 사이로 다카미네가 끼어들었다. 틀림없이 중재해주겠거니 미하루가 가슴을 쓸어내린 것도 잠시, 다카미네는 대담한 미소를 지었다.

"이건 내 몫이야."

말이 끝나기가 무섭게 다카미네의 주먹이 후와의 얼굴을 가격했다. 고개가 옆으로 돌아간 후와가 휘청거렸다.

"검사님!"

미하루가 황급히 달려가려고 했지만 후와가 손으로 저지했다.

"미안하네, 후와 검사. 이렇게라도 하지 않으면 우리에게 동생을 맡긴 가나모리 고하루에게 얼굴을 들 수 없어. 공무집행방해든 상해든 상관없어. 마음대로 고발해."

예상 밖의 전개였던 듯 야스다도 얼이 나간 채 그대로

서 있었다.

간신히 쓰러지지 않고 버틴 후와는 얻어맞은 곳을 손으로 누르며 태연히 두 사람을 돌아봤다.

"오늘 신문을 시작하겠습니다. 자리에 앉으세요."

"오리후시 검사 일행과 같이 앉지 않아도 괜찮으세요?"

며칠 후, 미하루는 홀로 신오사카역 플랫폼에서 미사키를 비롯한 조사팀을 배웅했다. 오리후시를 포함한 세 명은 특실이지만 미사키는 일반 지정석이었다.

"아무래도 그 무리와 한패처럼 보이는 것이 거북해서."

다카미네의 문서 조작 의혹에 대해 진술을 받아 낸 사람은 후와다. 대검에서 파견한 조사팀은 닭 쫓던 개 지붕 쳐다보는 꼴이 됐고, 은밀하게 계획하던 효마 의원의 뇌물 수수 의혹은 오사카지검 특수부의 별동대가 밝혀냈기 때문에 체면을 완전히 잃고 최근 며칠은 분한 기색을 감추지 않았다. 미사키가 함께 앉기를 싫어하는 것도 당연하다고 생각했다.

이미 결심했는지 뇌물공여 혐의로 기소된 오기야마 이사장은 저항하지 않고 특수부 수사에 전적으로 협조할 뜻을 전했다. 체면이 떨어진 사람은 효마 의원이었는데 그는 언론 취재 공세에는 노코멘트로 일관하고 특수부 조사에는 묵비를 관철했다. 그러나 오기야마 이사장이 뇌물을 건넨 일시와 금액을 기록한 장부를 제출했기 때문에 자백은 시간 문제라는 것이 중론이었다. 다만 금품을 받은 사람은 효마 의원뿐이며 긴키재무국과 재무성까지 영향을 끼치지는 않을 듯했다. 투입한 인력과 얻은 성과를 비교하면 분명히 대검의 계획은 빗나간 셈이었다.

그러던 중 오리후시 일행과 거리를 두던 미사키만은 초연했다. 미하루가 내민 오사카 명물 선물에 표정을 풀며 감사 인사를 했다.

"짧은 시간이지만 신세 많이 졌네."

"아뇨, 저야말로 신세 많았습니다."

"새삼스럽지만 후와는 그런 사람이야. 버리지 마."

"버림받는다면 후와 검사님이 아니라 저겠죠. 그런데 의외였어요."

"무엇이?"

"후와 검사님이 정작 살인사건은 불기소 결정한 일이요."

후와는 지검 관계자가 보기에도 타당한 이유를 들어 다카미네를 증거인멸죄, 야스다를 배임죄로 기소했지만 다쿠보 살해는 증거불충분으로 불기소를 결정했다.

근거는 다쿠보의 직접 사인인 뇌좌상과 미카의 지문이 묻어 있던 잔해와의 인과관계를 입증할 수 없다는 점이었다. 즉 치명상을 입힌 것이 문제의 바닥재였는지 단언할 수 없다는 뜻이었다. 미카의 일격은 다쿠보를 기절시키는 데 그쳤고 그가 사망했다는 것은 목격자 야스다와 다카미네의 착각이었을 가능성을 배제할 수 없다.

둘째로 범행 당시 미카는 열네 살이었다. 당시 소년법을 적용하면 살인죄로 기소하기에 타당성이 떨어져 공판을 유지할 수 없을 우려가 있었다.

확실하게 유죄 판결을 받을 수 있는 안건이 아니면 기소는 보류한다. 이번만큼은 후와도 손을 쓸 수 없었다.

"과연 후와 검사님도 백전백승은 아니네요. 검사님도 사람이었어요."

"미하루 사무관, 그건 좀 아니야."

미사키가 짓궂게 웃어 보였다.

"불기소는 후와 검사 나름의 배려일세."

순간 미사키의 말을 이해할 수 없었다.

"아무리 언니를 구하려고 했대도 한 사람을 때려죽인 것 아닌가. 가나모리 미카의 20년은 공포와 후회로 점철되었을 것이야. 하지만 검찰 조사를 받은 것으로 어깨의

짐을 조금은 벗을 수 있겠지. 벌을 받는 것은 중요하지 않아. 행위를 밝히고 죄를 추궁하는 것 자체가 의례인 셈이네. 후와 검사는 그 의례를 치렀고."

마침내 이해했다.

다쿠보의 유족도 침묵을 지키는 듯하고 사건 내용을 감안해도 검찰심사회가 심사할 사안은 아니었다.

"……왠지 에두른 방식 같은데요."

미카가 짊어진 짐을 내려놓도록 돕고 싶었다면 처음부터 모른 척하면 되지 않았을까.

미사키는 웃으며 말했다.

"사사로운 정을 개입시키지 않고 원리원칙을 관철하는 방식으로는 그렇게 할 수밖에 없었네. 에두른 게 아니라 그냥 서투른 거야."

그의 서툰 방식은 야스다와 다카미네가 보여준 의협심과는 다른 종류였다.

"언젠가 또 만납시다."

미사키는 마지막 말을 남기고 열차 안으로 사라졌다.

신념이 필요한 시대,
신념을 관철하는 히어로

작가 나카야마 시치리는 비교적 늦게 데뷔했지만 활발한 작품활동을 이어가며 10여 년 동안 많은 시리즈 작품을 발표했습니다. 그리고 그만큼 독자들의 시선을 잡아끄는 매력 넘치는 주인공들이 많습니다. 그중에서도 누구보다도 강한 신념을 지닌 다소 독특한 캐릭터는 바로 이 인물일 것입니다.

항상 표정 없는 얼굴에 어떠한 감정 변화도 보이지 않으며 오로지 법과 원리원칙에 따라 죄를 밝혀내는 인물. 신념의 끝판왕. 오사카 지방 검찰청의 에이스 후와 슌타로입니다. 후와 검사가 '표정 없는 검사' 시리즈 두 번째 작품인 '표정 없는 검사의 분투'로 돌아왔습니다.

오기야마학원은 초등학교를 짓기 위해 오사카 기시와다에 있는 국유지를 매입합니다. 그런데 매입 가격이 시세에 비해 터무니없이 낮아서 이를 둘러싸고 학원 이사장과 긴키재무국 조정관과 국회의원 사이에 뇌물수수 의혹이 불거집니다. 결국 오사카지검 특수부에서 국유지 불하 사건을 수사하게 되는데, 수사가 한창 진행되던 중 특수부의 핵심 인물인 다카미네 검사가 국유지 불하와 관련된 증거 문서를 조작했다는 의혹이 제기됩니다. 오사카지검 특수부는 과거에도 증거물을 조작한 전적이 있기 때문에 이번 의혹은 오사카지검에 치명적인 데다 검찰청 전체의 위기로 번질 수 있기에 대검찰청에서 조사팀을 파견합니다. 그리고 후와 검사가 오사카지검장의 명령으로 조사팀에 합류하여 다카미네 검사의 증거 조작 의혹을 파헤치게 됩니다.

『표정 없는 검사의 분투』를 읽으면서 몇 년 전 일본을 떠들썩하게 한 '모리토모학원 국유지 특혜 불하 사건'을 떠올린 독자가 적지 않을 것입니다. 2017년, 사학재단 모리토모학원이 건설 부지를 매입하면서 재무성이 국유지를 헐값에 넘겼다는 사실이 폭로됩니다. 그리고 모리토모학원 이사장 부부와 친분이 있던 아베 신조 총리 부부가 국유지 헐값 불하에 관여했다는 의혹이 일었습니다. 아베 총리는 이를 부인했고 이를 위해 재무성에서 관련 서류를 조작했습니다. 이 정치 스캔들은 아베 총리의 정치 생명에도 치명상을 입혔습니다.

주로 시의성 있는 주제로 사회파 미스터리를 집필하는 작가가 이번에도 실제 사건을 연상시키는 소재를 작품에 적절하게 녹였습니다. 작품 속에서 사건은 다소 예상치 못한 방향으로 흘러가는데 이러한 흐름 또한 작가가 의도한 또 다른 반전이겠죠. 그리고 반전의 제왕답게 작품 후반에 등장하는 연이은 반전은 이번에도 독자를 즐겁게 합니다. 원리원칙을 고수하고 신념을 꺾지 않는 후와 검사는 이번에도 수사 도중 많은 인물과 부딪치지만 결국 사건의 진상을 밝혀냅니다. 마지막에는 기계 같은 후와 검사 서툴지만 나름의 다정함도 느낄 수 있어서 그의 매력을 잘 보여준 작품 아닌가 생각합니다.

나카야마 시치리 작품들은 세계관을 공유하며 각 시리즈 등장인물이 시리즈를 넘나들며 등장한다는 사실은 이제 많은 미스터리 독자들이 아는 사실입니다. 이번에는 피아니스트 탐정 미사키 요스케의 아버지이자 도쿄지검 차장검사인 미사키 교헤이가 등장합니다. 적절한 요소마다 등장해 존재감을 뽐내는 미사키 차장검사는 과거 부하 직원이었던 후와 검사와 함께 증거물 조작 사건을 수사하는데 서로를 잘 이해하는 두 사람의 케미가 매우 흐뭇하게 합니다.

누구나 신념을 지키는 사람이 되고자 하지만 마음먹은 대로 행동하기 쉽지 않은 현실입니다. 혼란한 시대일수록 굳은 신념을 지키며 행동하는 사람이 나타나주길 바라고 그런 사람이야말로 히어로 같다고 느끼죠. 그래서 후와 검사가 더욱 매력적으로 느껴지는 것일지도 모르겠습니다. 어떻게 보면 벽창호같이 답답하다고 느낄 수도 있지만 결국 자신의 신념을 관철하면서 흔들리지 않고 맡은 임무를 수행하는 후와 검사. 그런 후와 슌타로를 보며 카타르시스를 느끼기에 '표정 없는 검사' 시리즈가 더욱 매력적인 것 아닐까요.

부러질지언정 휘어지지 않는 후와 슌타로. 이 신념 투철한 사법 기계가 다음 편에서는 어떤 활약을 보여줄지 기대됩니다.

2023 봄
문지원

표정없는 검사의 분투

1판 1쇄 인쇄 2023년 4월 17일
1판 1쇄 발행 2023년 5월 3일

지은이 나카야마 시치리 **옮긴이** 문지원

책임편집 민현주 **디자인** 박진범 **제작** 송승욱 **마케터** 유인철 **발행인** 송호준

발행처 블루홀식스 **출판등록** 2016년 4월 5일 제2016-000100호
주소 경기도 파주시 회동길 483-1 **전화** (031)955-9777 **팩스** (031)955-9779
이메일 blueholesix@naver.com

ISBN 979-11-89571-93-1 (03830) **정가** 16,800원